RESIDENT EVIL™

ROSE BLANK

TADASHI AIZAWA

Dino

Die Deutsche Bibliothek – CIP-Einheitsaufnahme
Ein Titeldatensatz für diese Publikation ist bei der Deutschen Bibliothek erhältlich.

Aus dem Japanischen übertragen von
Josef Shanel und Matthias Wissnet

Die Übersetzer danken den Kollegen Slawomir Mionskowski, Alexandra Klepper, Andreas Wollny

Lektorat: Manfred Weinland
Redaktion: Mathias Ulinski, Holger Wiest
Chefredaktion: Jo Löffler
Umschlaggestaltung: tab visuelle kommunikation, Stuttgart
Illustrationen von Yuko Tsukishiro
Satz: Greiner & Reichel, Köln
Druck: Nørhaven Paperback A/S, Viborg, DK

Japanischen Originalausgabe: „BIOHAZARD Rose Blank“ by Tadashi Aizawa, Ilustrations by Yuko Tsukishiro. Originally published in Japan in 2002 by Media Works Inc., Tokyo, Japan. German translation rights arranged with Media Works Inc., through TOHAN CORPORATION, Tokyo

ISBN: 3-8332-1348-5
1. Auflage, Mai 2006

www.paninicomics.de/videogame

RESIDENT EVIL™

ROSE BLANK

TADASHI AIZAWA

Dino

Prolog

Ein schriller elektronischer Ton durchdrang den Wald. Reena Mittford bahnte sich ihren Weg mit schwimmenden Bewegungen, denn die Luft hatte eine fast wasserähnliche Viskosität angenommen und musste regelrecht verdrängt werden. Sie streckte ihre Hand aus, um den Ast, der über ihrem Kopf auftauchte, zu berühren. So weit, so gut.

Sie konnte das harte Holz, das sich nur schwer biegen ließ, in ihrer Handfläche spüren. Doch als sie den Ast losließ, schnellte dieser mit unwirklichem Elan wieder in seine ursprüngliche Position zurück und schwang eine ganze Weile nach, so als wäre er aus Gummi. Sie stampfte bewusst fest auf dem Boden auf. Er fühlte sich anders an als weiche Erde, es war vielmehr so, als würde sie auf Hartgummi treten. Verglichen mit dem, wie sich der Ast angefühlt hatte, beschlich sie hier noch weit mehr das Gefühl, es mit etwas Künstlichem zu tun zu haben. Sie fühlte sich wie dieser Amerikaner damals bei seinem Spaziergang über die Mondoberfläche. Auch ihr Schritt war wankend; auch sie ruderte mehr durch den Wald als dass sie ging. Zwischen den Bäumen konnte sie in der Dunkelheit die malerische Kammlinie des Agua-Vulkans erspähen, der in der Ferne in silbrigem Licht erstrahlte.

Das Hintergrundrauschen in den Kopfhörern wurde abrupt lauter, und Reena presste instinktiv die Hände gegen die Ohren. Einen Augenblick später aber musste sie unweigerlich über ihre amateurhafte Reaktion grinsen. Natürlich würde das Geräusch nicht aufhören, nur weil sie sich die Ohren zuhielt. Dass in der Audio-Vorrichtung Störgeräusche auftraten, war ein inhärentes Problem dieses Geräts, ein chronisches Leiden sozusagen. Seit einem halben Jahr war Reena nun schon als Technikerin an diesem Projekt beteiligt. Sie hatte täglich Umgang mit der Maschine, doch so sehr sie auch mit deren Bedienung vertraut war, fand sich doch kein Mittel, dieses Rauschen abzustellen. Als Operatorin war sie in einer Sackgasse angelangt.

„Liquid Sensory Virtual Reality Mechanism" war die Bezeichnung, die der Hersteller diesem mit hochviskoser Trägerflüssigkeit gefüllten Bassin gegeben hatte. Es war mit drei Supercomputern verbunden, die für die Steuerung der Maschine zuständig waren. Das Personal der Einrichtung aber nannte es schlicht „Tank".

Jedermann, der die Anlage sah, war zunächst überwältigt vom imposanten Anblick des Tanks, von dessen plumper, schnörkelloser Form der interne Name hergeleitet worden war. Ein metallener Kubus mit einer Seitenlänge von fünf Metern. Ein Drittel des VR-Raumes wurde von dem riesigen Gebilde eingenommen; unzählige Kabel liefen von ihm zu den in die Wand eingelassenen Hochleistungsrechnern. Sie waren das Gehirn der monströsen Maschine, und die mathematischen Operationen darin erweckten die virtuelle Welt zum Leben.

Die Bewegungen der Testperson, die in einen Spezialanzug schlüpfte, wurden mittels der im Tank angebrachten Sensoren erfasst, die auch die Strömungen innerhalb der Trägerflüssigkeit maßen. Die drei Supercomputer verarbeiteten die so gewonnenen Daten parallel zueinander und berechneten sämtliche Änderungen des Blickwinkels sowie Interaktionen mit Umgebung und Objekten in Echtzeit. Die Resultate wurden verzögerungsfrei auf die VR-Brille projiziert.

Neben all den visuellen Elementen konnte der Tank auch Geräusche über die für ihre Störgeräusche berüchtigte Audio-Vorrichtung abspielen. Darüber hinaus vermochte er durch Kompressoren, die an verschiedenen Stellen eingearbeitet waren, passende Mengen an Luft in den Anzug zu pumpen, sodass sich dem menschlichen Körper im Zusammenspiel eine Welt darbot, die sich durchaus echt anfühlte.

Die Testperson konnte sich ganz der Illusion hingeben, tatsächlich in den Bergen Guatemalas unterwegs zu sein.

Die Bergkette, der Wald, das Mond beschienene Hochland – für alles, was sich Reenas Augen präsentierte, dienten von einem Satelliten gewonnene Daten als Grundlage. Er hatte die Topographie des guatemaltekischen Berglandes exakt abgetastet – noch bevor diese Forschungsstation errichtet worden war. Ein leises Geräusch, das ein wenig klang, als würde es von einem peitschenden Wind erzeugt, ließ die dunkle Silhouette der Bäume erzittern, die Reenas gesamtes Gesichtsfeld einnahm. Es sah aus, als wäre der Wald durch ein mächtiges Kitzeln zum Lachen gebracht worden.

Die grobe Auflösung der Monitore lag an der virtuellen Welt selbst, die absichtlich so geschaffen worden war. Erhöhte man nämlich die Präzision zu stark, wurden die Störgeräusche noch aufdringlicher. Reena war Operatorin und kannte sich mit der Betriebssystem-Seite nicht bis in die Details aus. Aber immerhin wusste sie, dass das Programm automatisch dazu überging, die Sound-Daten zu komprimieren, sobald die Höchstgrenze an verarbeitbaren Daten überschritten wurde. Und je gröber man die grafische Darstellung herunterregelte, desto besser wurde im Gegenzug die Tonqualität.

Die äußerst komplex wirkenden Bäume beispielsweise bestanden in Wirklichkeit aus gerade mal zwanzig fraktalen Mustern. Und betrachtete man den Nachthimmel durch die Lücken zwischen den Ästen etwas aufmerksamer, fiel unweigerlich auf, dass bei den unzähligen in die Dunkelheit gebetteten Sternen das in der Realität durch Luftverschmutzung auftretende Flimmern nicht auszumachen war. Es handelte sich bei dem Sternenhimmel also nur um eine Art „Tapete", die im Hintergrund vorgaukelte mehr zu sein, als sie tatsächlich war.

Auch der Mond, der den dichten, labyrinthischen Wald mit seinem satten, mattweißen Licht plastisch in Szene setzte, war nicht etwa 380 000 Kilometer von der Erde entfernt, sondern lediglich eine vom Programm fixierte Lichtquelle.

Da der Druck auf das Atmungssystem bei dieser Einrichtung ein in Kauf zu nehmendes Übel war, konnte man auf keinen Fall das gleiche unbeschwerte und erfrischende Gefühl erleben, wie bei einem Spaziergang in der realen Welt in luftiger Gebirgslandschaft. Bedingt durch das instabile Positionsgefühl und die Tatsache, dass der beschrittene Boden eine unnatürliche Elastizität besaß, wurde der Testperson, sofern sie nicht an die Benutzung der Maschine gewöhnt war, garantiert schlecht.

Doch für Reena war es ein wahrhaft fantastisches Gefühl, ihren Körper in dieses digitale Meer, dem sie sich nur schwerlich entziehen konnte, eintauchen zu lassen.

Der strapaziöse Alltag fiel nach und nach von ihr ab, und

sie konnte Momente genießen, die sie ganz für sich allein hatte. Einfach nur die Seele baumeln lassen, sich frei machen von allen Gedanken und die erschaffene Welt in vollen Zügen genießen … Hier drinnen, in diesem von der Außenwelt losgelösten, ruhigen und friedvollen Raum, hatte das Fluch beladene „Projekt Rose“ keine Bedeutung, ebenso wenig wie die Auseinandersetzungen mit ihren Vorgesetzten. Und wie auch gerade jetzt wieder, versteckte sich Reena hin und wieder heimlich in der virtuellen Welt.

In der Ferne erhob sich eine Gebirgskette und über ihrem Kopf erstrahlte das bleiche Licht des Mondes. Alles, was diese Welt bot, spielte sich einzig und allein vor Reenas Augen ab und existierte auch einzig und allein für sie.

Zusammengekauert schwebte sie mit geschlossenen Augen im Tank und verschmolz mit dem Meer der Illusionen. An ihren Ohren schwirrten ganze Schwärme von Bienen vorbei. Als sie sich jedoch für einen Moment darauf konzentrierte, was jenseits der elektronischen Störgeräusche zu hören war, vernahm sie in genau diesem Augenblick einen Toneffekt, der irgendwie unpassend erschien. Ein Lerchen-Männchen beim Balzgesang würde in der Natur gewiss leidenschaftlicher klingen …

Das alles erinnerte sie an ihr Heimatdorf in Cornwall. Das Dorf vermittelte einen schlichten und idyllischen Eindruck, die Leute kannten einander, ein vertrautes Gesicht war niemals weiter als einen Steinwurf entfernt. Im Grunde ihres Herzens aber hatte sie dort jeden ihrer Tage in einer gewissen Ungeduld und Rastlosigkeit verlebt. Später absolvierte sie die Universität und verließ ihre Heimat, um jetzt in einem anspruchsvollen Beruf als Technikerin zu arbeiten. Doch ihr wahres Ich schlief vielleicht immer noch in jenem Zuhause.

Und diese trickreiche Illusion, die man gemeinhin als „Erinnerung“ bezeichnete, verschaffte sich selbst zu dieser abgeschlossenen Sphäre Zutritt, um Reena zu vereinnahmen. Niemand konnte dem entrinnen.

Reena öffnete ihre Augen. Hinter den ganzen Störgeräuschen war entfernt etwas zu hören, das wie Musik klang. Was mochte es sein? Mozart? Oder vielleicht spielten ihr ihre Sinne einen Streich und ließen das Geräusch einfach zu einer Melodie werden?

Nein, das war das „Requiem“. Über Reenas Lippen huschte ein Schmunzeln, doch schon im nächsten Augenblick erstarrte dieser Ausdruck.

„Du darfst nicht raus! Draußen wütet eine Seuche!“

Es handelte sich zweifelsfrei um eine Stimme, sie war klar und deutlich zu hören.

Der reißende Strom von Störgeräuschen hatte sich bis in die tiefsten Windungen ihres Gehirns gefressen und tobte dort. Dennoch war sie sich sicher, soeben eine Stimme gehört zu haben.

Als sie ihre rechte Hand hob, um die virtuelle Tastatur für die Kommunikation aufzurufen, veränderte sich die Szenerie urplötzlich. Die auf den Modellen der Bäume angebrachten Texturen waren mit einem Mal verschwunden und aus dem, was eben noch ein Wald gewesen war, wurde ein Gewirr aus Linien: das Gitterraster der Kulisse, das sich nach und nach zurückbildete.

Das Bild einer jenseits der Bergkette liegenden Stadt tauchte vor Reena wie eine Fata Morgana aus dem Nichts auf. Die Stadt stand in Flammen.

Dieses neu vor ihr entstandene Umgebungsbild war so klar und deutlich, so *real*, wie es in einer virtuellen Welt unmöglich existieren konnte. Dann nahmen die Flammen das gesamte Gesichtsfeld ein, und auf einmal befand sich Reena inmitten der lichterloh brennenden Häuser.

Sie wollte schreien, doch ihre Stimme verhallte stumm hinter ihrer Sauerstoffmaske. Der Anblick, der sich darbot, war unglaublich. Menschen gingen aufeinander los, es herrschte ein heilloses Durcheinander – Menschen … fraßen Menschen!

Und es waren nicht nur ein oder zwei. Überall in den Straßen entfaltete sich unbeschreiblicher Schrecken. Bestialischer Kannibalismus prägte die Szene.

Unzählige Autos waren auf Gehwegen abgestellt und brannten zu Wracks aus. Auch die Häuser und Gebäude waren von der Feuersbrunst erfasst und ragten wie gigantische Fackeln empor, sonderten fetten dunklen Rauch ab. Unter dem schwarz verhangenen Himmel irrten unzählige rot schwärende Gruppen von Menschen umher. Die Mark erschütternden Schreie, die sämtliche Straßen durchdrangen, und die ohrenbetäubenden Störgeräusche vermischten sich zu einem erbarmungslosen Getöse und wüteten in Reenas Kopfhörern.

Von Panik befallen, kam sie nicht auf die naheliegendste Idee, die jemandem in einer solchen Situation sofort in den Sinn kommen müsste, nämlich eine Notfall-Abschaltung der Virtual-Reality-Maschine einzuleiten.

Sie versuchte verzweifelt davonzulaufen, doch wie in einem sadistischen Alptraum trat sie einfach nur auf der Stelle. Tränen schossen ihr in die Augen, und sie versuchte, die klebrig zähen Luftmassen von sich wegzustoßen, paddelte wild und planlos umher. Das Bild, das der Computer auf den Monitoren der Brille erscheinen ließ, verschwamm durch die

Tränen in ihren Augen zu einer konturlosen, rotschwarzen Schlammflut. Jenseits ihrer getrübten Sicht sah sie einen kleinen Basketball-Korb. Ihre Welt füllte sich mit laut hallendem Gelächter, das ihr direkt über die Ohrhörer ins Gehirn zu schallen schien.

Gerade hatte Emily Ran ihr spätes Mittagessen beendet und war auf dem Weg zurück ins Labor, als sie bemerkte, dass im Virtual-Reality-Raum etwas nicht zu stimmen schien. Sie hörte, wenn auch nur gedämpft, die Alarmsirene hinter der Tür. Skeptisch legte sie ihren Kopf schief und öffnete vorsichtig die Schiebetür. Im nächsten Augenblick schallte ihr auch schon die maschinelle Stimme aus dem Raum entgegen.

„Die empfohlene maximale Aufenthaltszeit für VR-Testpersonen ist überschritten. Beenden Sie sofort die Simulation!"

Sie spähte vom Eingang aus von einem Ende des Raumes zum anderen. Was sie sah, war ein quadratischer Bereich, der eine Seitenlänge und Höhe von jeweils etwa zehn Metern hatte. Doch in diesem schlichten Raum mit Wänden aus rohem Beton gab es keinerlei Anzeichen für die Anwesenheit eines Menschen.

Da waren nur dieser kolossale Tank und ein daneben aufgestellter Tisch. An dem cremefarbenen Computer-Terminal blinkte eine kleine Alarmlampe. Das war das Zeichen, dass die VR-Simulation vorzeitig abgebrochen worden war. Auf dem 20-Zoll-Monitor flackerte für einen kurzen Augenblick etwas auf, das wie eine in Rot getauchte Stadt aussah – doch das Bild verschwand gleich darauf wieder.

Was … war das eben?

Emily stand vor Schreck wie angewurzelt da und starrte ungläubig auf den schwarz gewordenen Monitor. Dann löste sie sich aus diesem Zustand und schüttelte aufgeregt den Kopf.

Da ist jemand im Tank!, schoss es ihr durch den Kopf.

Sie stürmte in den Raum, hechtete zu der an der Wand angebrachten Sprechanlage und rief hastig: „Carmen! Gib übers Netz eine Warnung raus!“

„Prozess wird ausgeführt“, antwortete aus dem Lautsprecher eine feminin klingende elektronische Stimme. Emily kletterte die Leiter an der Seite des Tanks hoch, öffnete die runde Luke und sah hinein. Im Innern erblickte sie eine kraftlose Person, die in der zähen Trägerflüssigkeit schwamm. Hätte es nicht die Sauerstoffversorgung des Anzugs gegeben, wäre Reena Mittford bereits wie ein toter Fisch an der Oberfläche getrieben.

Vom Eingang her waren laute Schritte zu hören. Ein blau uniformierter Wachmann stürmte in den Raum. Emily rief ihm von oben, vom Rand des Tanks, die Worte zu: „Holen Sie jemanden vom medizinischen Personal! Es gab einen Unfall!“

Der Mann machte eilig auf dem Absatz kehrt und rannte wieder hinaus auf den Gang.

„Benutzen Sie Carmen!“, gab Emily ihm noch mit auf den Weg, doch er schien den Zuruf nicht mehr zu hören. Sie stieß einen Seufzer aus und blickte ins Innere des Tanks. Um nicht selbst hineinzufallen, stellte sie sich breitbeinig hin, sodass sie den bestmöglichen Stand hatte. Sie streckte ihre Hände nach Reena aus, packte fest zu und zog mit aller Kraft. Ihre Hände und Ärmel wurden in gelblich-grüne Trägerflüssigkeit gebadet.

Emily verlagerte ihr Körpergewicht nach vorne, um die Last mit geradem Rücken, wie ein Gewichtheber, nach oben zu stemmen. Es gelang ihr schließlich, Reena aus dem Tank zu wuchten.

Während Emily versuchte, wieder zu Atem zu kommen, betrachtete sie die in Rückenlage vor ihr liegende Reena. Rasch nahm sie ihr die VR-Brille sowie die Maske ab und schälte sie halb aus dem Anzug. Die Trägerflüssigkeit, die sich in Reenas langem Haar verfangen hatte, tropfte klebrig zu Boden.

Emily legte ihre Hand auf Reenas Wange und wollte sie ansprechen. In diesem Augenblick packte Reena Emilys Arm, und ihre Fingernägel gruben sich tief in ihre Haut. Emily biss die Zähne zusammen und konnte nur mit Mühe einen Schrei unterdrücken. Vorsichtig griff sie nach der Hand, zog sie von ihrem Arm weg und sagte so gefasst wie nur möglich: „Reena Mittford, ich bin es. Wissen Sie, wer zu Ihnen spricht? Emily Ran."

„Frau Projektleiterin …" Reenas Augen waren glasig und zeigten keinerlei Regung. „Alma ist in der VR-Simulation. Ich bin Alma …"

Reena wiederholte immer wieder dieselben Wortfetzen, nickte unentwegt und hatte dabei einen Gesichtsausdruck wie ein völlig verstörtes Kind.

Kapitel 1

Das leise Spannen des Schlaghahns durchbricht die Stille. Ein unsichtbares, in einem Mikrokosmos stattfindendes Blutbad.

Wo fängt man am besten an zu erzählen?

Da Gedächtnis und Verstand untrennbar miteinander verbunden sind, gibt es ständig falsche Erinnerungen – an das Richtige erinnert man sich nie. Auch nicht an dich.

Ich lege den Finger an den Abzug und blicke dir in deine gläsernen, leeren Augen.

Aus einer Lücke der Gasse kommt eine schwarze Katze angewankt und hinterlässt ein klaffendes Loch in meinem Sichtbereich – es entspricht exakt ihrer Silhouette.

Ich dachte eigentlich, mit den kleinen, verwinkelten Gassen vertraut zu sein, nun jedoch überkommt mich das Gefühl, sie seit langem nicht mehr betreten zu haben. Was wäre, wenn man die linke mit der rechten Seite vertauscht hätte?

Obwohl Rechtshänderin, würde ich dann zur Linkshänderin und mich unweigerlich verlaufen.

Ich glaubte, hier die Schule vorzufinden, dort das Krankenhaus, da den Supermarkt. Ginge ich in jene Richtung, wäre dort der Park …

Die Karte in meinem Kopf spielt verrückt, und ich bin ratlos.

Unter dem blauen Himmel dieser Stadt hebt sich die weiße,

menschliche Haut besonders gut ab. Doch es wird bereits dunkel, die Nacht bricht herein. Die Neonlichter der Straßen erstrahlen, und die darin liegenden Gebäude verkommen zu tiefschwarzen Umrissen. Menschen strömen in Vorfreude auf ihren Feierabend nach draußen. Einige Leuchtreklametafeln flackern und streuen blinkend Licht. Die Stadt versinkt langsam in einer rituellen Abendszenerie, wie sie in jeder großen Stadt zu finden ist.

So wird auch in der gesündesten Stadt dieses Landes der Tag zur Nacht.

Ich gehe von der Lücke, aus der die Katze geschlichen kam, in Richtung Stadtzentrum, und als wäre ich selbst eine kleine Katze, deren Sehradius nur wenige Zentimeter über den Boden reicht, streune ich weiter umher.

Trotz moderner Kommunikationsmittel einsam umherirrende Menschen – zick.

Unter dem Mantel der Menschenmasse allein auf ihrem Floß dahinfahrende Menschen – zack.

Das entnervende Klimpern einer Kasse im Lebensmittelmarkt – tick.

Die Designertasche, der mehr Wert beigemessen wird, als den auf der Straße spielenden Kindern – tack.

Der Rhythmus der Stadt seit Großvaters Zeiten?

Tick, tack.

Bis hin zur kleinen Apotheke steht die Stadt unter der Obhut des hier ansässigen, gigantischen Pharmakonzerns, wodurch sie zum Inbegriff von Gesundheit geworden war. Die Stadt ist organisiert und unterteilt wie eine Computerfestplatte mit ordnenden Partitionen. Der Springbrunnen im Park mit seiner barocken Skulptur ist perfekt platziert und wirkt beinahe reinigend.

Der letzte Schrei amerikanischer Zivilisation, eine Ausgeburt an Sauberkeit und Gesundheit – Raccoon City. Über alles geliebtes Gesundheitsparadies.

Sämtliche Geschicke der Stadt werden von Umbrella gelenkt, dem riesigen Pharmakonzern, der große Anteile an ausländischen Unternehmen hält.

Wer auf den Schutz des Unternehmens verzichtet, wird von der Gesellschaft ausgeschlossen und endet als Verlierer auf der Straße.

Umbrella hat nach und nach seine Fühler ausgestreckt und eine seinen Vorstellungen entsprechende, vorbildliche Stadt erschaffen. Die Macher verstehen es, Gesundheit zur käuflichen Ware zu degradieren. Wer in dieser Stadt am Leben bleiben will, muss die Gesundheit über alles stellen. Das Rauchen aufgeben, ökologisch angebautes Gemüse essen und sich den Hals stets mit den neuesten Vitaminpräparaten voll stopfen. Zuwiderhandlung wird mit Vertrauensentzug bestraft, wodurch die Ernährung der Familie nicht mehr gewährleistet werden kann.

Alle verkamen zu Motten, deren einziges Ziel das tödliche Licht ist. Wie einst Jonas, der drei Tage lang im Bauch eines Wals ausharrte, so glaubten auch Umbrellas Angestellte – in der linken Hand die Hoffnung, in der rechten die ewige Liebe – an ihr Wohl. Den Fehler erkannten sie erst, als es bereits zu spät war. Unten, in den abgelegenen Winkeln der Stadt, gibt es viele solcher Ausgestoßener.

Ich renne zum U-Bahngleis, vorbei an Wänden mit Graffiti, in den Bahnhof hinein. Ich mag die U-Bahn. Hier liegt der sonst von weißem Putz bedeckte Pulsschlag der Vergangenheit offen.

Die nächste Station der Bahn ist in tiefster Dunkelheit verborgen, und das Rollgeräusch der Räder erinnert mich an Indianer, die mit Knochen toter Tiere auf die Gleise klopfen und die ich nur aus Legenden und Theatervorstellungen kenne. Das ist der unterirdische Rhythmus, das unterirdische „Tick – Tack“ der Stadt, wovon die Zeit dort unten in tiefem Bass erbebt.

Mein Kopf schwankt hin und her, im Einklang mit dem Waggon. Von meiner Schläfe rinnen Schweißtropfen langsam meinen Hals hinunter. Das üble Zeug, das ich mir von Alex aufschwatzen ließ, brummt immer noch in meinem Schädel. Die Zeit und der Raum – beides erscheint dunkel, und ich fühle mich leer.

Ich drücke meinen Körper fest in den Sitz und versuche langsam zu mir zu kommen, während ich den fast leeren Waggon überschaue.

Ein mit bunten Bommeln bedeckter Clown hält ein Bündel Luftballons in der Hand, doch es ist niemand hier, der ihm etwas abkaufen würde. Am Rande einer schmutzigen Sitzbank hockt ein müdes Pärchen, zärtlich aneinander geschmiegt. Die Frau, die das Pärchen anstarrt, hat über ihren abrasierten Augenbrauen zwei neue aufgemalt, was den Anschein erweckt, sie habe vier davon. Hinter ihr spiegelt sich mein Gesicht im Fenster. Bei der geringsten Regung steigt mir der stechende Geruch meines eigenen Körpers in die Nase. Ich stinke. Unter dem Samtmantel bin ich durchgeschwitzt. Mein Befinden und Aussehen haben den Tiefpunkt erreicht.

Ich kratze mich an der Nasenspitze, und das Fett bleibt an meinen Fingern kleben. Ich habe wirklich die Schnauze voll.

Das Bild meines Vaters spukt mir durch den Kopf. Ganz gleich, wie weit ich auch von zuhause weg wollte, letztlich habe ich nichts erreicht. Mir drängt sich das Gefühl auf, dass ich, je weiter ich mich von dort entferne, umso dringender dorthin zurückkehren muss.

Er ist nicht mehr im Stande, sein Essen selbst zu sich zu nehmen. Ich seufze und sehe mich geistesabwesend im Wagoninnern um.

In dem Augenblick nehme ich die Frau wahr. Ohne dass ich sie zuvor bemerkte, steht sie plötzlich in der Nähe der Wagontür. In der flackernden elektrischen Beleuchtung wirkt ihr Haar weiß, und es sieht so aus, als klebe an einigen Stellen ihrer grauen Jacke getrocknetes Blut.

Sie hat kein Gesicht, denn an der Stelle, an der es sich befinden müsste, gähnt nur graue Leere.

Ich weiche ihrem Blick aus und betrachte mein eigenes Spiegelbild in der Scheibe. Ich spüre jedoch, dass sie mich unentwegt ansieht und finde keine Ruhe. Ich will nichts mit ihr zu tun haben, doch sie nähert sich meinem Platz.

„Du bist …“, spricht sie mich an und schweigt unvermittelt.

Ich blicke zu ihr auf. Wahrhaftig, da ist kein Gesicht. Keine Augen, keine Nase, kein Mund, nur eine Fläche, die einer grauen Tafel ähnelt.

Wie kann sie ohne Gesicht sprechen?, geht es mir durch den Sinn.

„Kennen wir uns …?“ Ich schaffe es nicht, mehr zu sagen.

Die Frau neigt verdutzt den Kopf zur Seite. „Sagst du mir deinen Namen?“

In meinem Kopf schrillen die Alarmglocken. Verstehe. Das muss der böse, Menschen fressende Geist dieser Stadt sein, der kleine Kinder entführt. Sehr wahrscheinlich sind in seinem Gedächtnis die Namen seiner Opfer eingraviert. Die Namen der vielen an meiner statt verschwundenen Kinder sind nicht mehr zu zählen.

„Geh weg.“

„Sag doch, wer bist du?“ Sie wird langsam zudringlicher.

Die Bahn verlangsamt jäh, doch der Körper der Frau trotzt der Fliehkraft und bewegt sich keine Spur. Draußen kommt meine Haltestelle in Sicht. Ich stehe auf und gehe an der Frau vorbei.

„Alma … Alma Hartline. Und wer oder was bist du? Bist du ein Mensch?“

Ich will die Frau scharf ansehen, drehe mich um … und bin verblüfft, als ich dort, wo sie eben noch stand, niemanden mehr vorfinde.

Nachdem ich eine halbe Stunde gegangen bin, erreiche ich die Wohnsiedlung, in der sich mein Haus befindet. Dort ist es bereits stockdunkel. Beide Hände über den Kopf gestreckt, schütze ich mein Gesicht vor den tief hängenden Zweigen der Allee-Bäume. Ich pralle gegen das eine oder andere Hindernis auf meiner Odyssee und hoffe, dass, falls mich jemand beobachten sollte, er mich wenigstens für ein schreckliches Ungetüm aus einem Horrorfilm hält. Doch wahrscheinlich sehe ich nur aus wie sturzbetrunken.

In der Tat, ich bin schon eine grandiose Ausreißerin. Ich bin zwar vor allen ungelösten Problemen davongelaufen, habe mich dabei aber immer nur im Kreis bewegt.

Großvaters alter Antiquitätenladen unten ist jetzt einsam und verlassen. Das zweistöckige, aus Ziegelsteinen errichtete Gebäude schimmert blau im Mondschein. Ich ziehe an der alten, verrosteten Tür, die ein quietschendes Geräusch von sich gibt, und betrete den Laden.

Drinnen ist es dämmerig. Seit Großvaters Tod stehen die ganzen Schätze unaufgeräumt herum, und es kümmert sich niemand mehr um sie. Alles ist durcheinander geraten, und der Laden vermittelt den Eindruck eines verlassenen Hauses. In einem solchen Fall verkommen die Gegenstände, ganz gleich welchen Wert sie einst gehabt haben mögen, zu wertlosem Gerümpel. Ich bleibe vor dem ganzen Ramsch stehen und bin für einige Augenblicke wie erstarrt.

Zu Großvaters Lebzeiten spielte ich nicht selten hier und wurde immer wieder dafür gescholten. Mutter kam wegen ihrer Arbeit oft spät heim. Obwohl sie verantwortliche Leiterin einer Forschungsgruppe in dem Pharmakonzern war, steckte sie sich mit einem unbekannten Grippevirus an und verstarb erschreckend plötzlich, als ich sieben war. Vater war ununterbrochen im Labor beschäftigt und kam von Anfang an so gut wie nie nach Hause. Auf die Frage nach seinem Arbeitsgebiet, hatte er für uns immer nur ein „streng vertraulich“ als Antwort übrig.

So kam es, dass ich fast nur von meinem Großvater erzogen wurde. Für mich waren die Geschichten, die er über die Schätze – und was mit ihnen verbunden war – erzählte, das Wichtigste auf der Welt.

Großvaters Sammlung und sein Wissen waren so umfangreich, dass sich für mich eine zweite Welt auftat, eine ebenso fiktive wie reale Welt, die einen Kontrast zur Realität des Alltags bot.

Da war beispielsweise die Armbanduhr von General Custer, die diesen Kontinent unwiderruflich mit zu dem gemacht hatte, was er heute war. Oder die älteste mit Pocken verseuchte Wolldecke, die mehr Ureinwohner umgebracht hat, als jede Kavallerie es zu tun vermocht hätte. Dann noch die mittlerweile schwarz gewordene Schreibmaschine, auf der (wahrscheinlich) einst der große Hemingway getippt hatte … all die Ungeheuer des 20. Jahrhunderts, fein säuberlich aufgereiht wie in Scheiben geschnittene Salami, in Zeitschriften verewigt oder was auch immer.

In Großvaters Sammlung befinden sich fast ausschließlich Replikate, Imitate oder einfach nur furchtbar abgenutzte Sachen; bei einigen ist die Schrift verblichen oder sind die Bildseiten herausgerissen.

„Verstehst du, Alma?“ Großvater lachte damals schelmisch bei seinen Worten. „Das alles hier sind lauter Fälschungen. Ich habe diese imaginäre Welt Stück für Stück verhökert.“

Und eines Morgens versank auch Großvaters „Ticktack“ in diesem Meer der mehr oder weniger ernst zu nehmenden geschichtlichen Überbleibsel – für alle Zeiten.

Von einem sonderbar krampfhaften Verlangen getrieben tauche ich ein in den Wust von Gerümpel, von dem der Laden übersät ist. Überall verstreute Töpferware und verschiedenartige metallische Gegenstände, die nach allen Richtungen reflektieren und bei der kleinsten Berührung Trommelfell zerreißende Geräusche verursachen. Die Armbanduhr fliegt davon, die Wolldecke wirbelt Staub auf, die Tasten der Schreibmaschine drucken eigenständig Buchstaben, der Zeitschriftenberg fällt in sich zusammen. Der Anblick, der sich Großvater bis zuletzt geboten hat, ist bis auf die Lage einiger Gegenstände unverändert.

Draußen jault ein Hund, vom Lärm des umfallenden Gerümpels aufgeschreckt. Die in der Nachbarschaft wohnenden Schattengestalten bewegen sich leicht und verursachen dabei ein leises Rauschen.

Vor meinen Augen liegt eine silbern glänzende Feuerwaffe, in deren Lauf sich mein verzerrtes Gesicht widerspiegelt. Der

Revolver ist Teil von Großvaters Sammlung, und die Menschen früher nannten ihn „Peacemaker“; ein absonderlicher Name für eine Waffe.

Großvater hat damals oft einen Stuhl neben die große Standuhr gestellt und den Revolver mit sichtlicher Freude poliert. Ob er das zur Demonstration seiner letzten, noch verbliebenen Kraft tat?

Ich bin also schließlich zurückgekehrt. Wie jener Embryo, den ich einmal in einem Lehrbuch sah, hocke ich zusammengekauert da.

Warum bin ich eigentlich hier?

„Sag doch … wer bist du?“, hat die Frage der gesichtslosen Frau aus der U-Bahn gelautet. Wie das Rätsel der Sphinx: Was hat am Morgen vier Beine, am Mittag zwei und am Abend drei? Tapp, Tapp.

Als ich mein eigenes, grinsendes Gesicht im Lauf der Waffe bemerke, bekomme ich Schüttelfrost. So oft ich auch reibe, das Grinsen verschwindet nicht.

Vom Lärm geweckt, stöhnt mein Vater im Hinterzimmer auf. Sofort habe ich wieder das Bild seines scharlachroten Körpers vor Augen.

Was war mit ihm?

Ich suche Antworten auf meine Fragen.

2. Oktober, Emily Rans Privatzimmer

Auf dem Bildschirm des Telecoms erschien das Gesicht eines Mannes mittleren Alters. Emily stützte ihre Wange auf die Hand und betrachtete geistesabwesend die auf dem Monitor stehende Topfpflanze, eine künstliche Geranie. Eine niemals austrocknende, von Anfang an in jedem Zimmer vorhandene Blumenattrappe, die sich Innenausstattung schimpfte und doch nichts anderes war als bloßer Kitsch.

In der ersten Woche hatten alle, die hier arbeiteten, diese Dinger weggeworfen, nur Emily hatte es irgendwie versäumt. Sie war nicht im Stande, ihr Leben zu ordnen. Seit sie das Zimmer vor Monaten bezogen hatte, war die Einrichtung unverändert geblieben.

In dem weiß tapezierten, rechteckigen Raum standen ein Tisch, ein gelbes Kunstledersofa, ein Geschirrschrank und zu guter Letzt noch ein zweibeiniger, schwarzer Rohrstuhl ohne Rückenlehne – das war auch schon alles an Einrichtung. Ferner gab es noch die zum täglichen Leben notwendigen Dinge wie einen Kühlschrank oder eine Mikrowelle, die leicht planlos im Zimmer aufgestellt waren. In ihrer Nähe befand sich der zum Arbeiten vorgesehene Schreibtisch. Die viel Platz beanspruchenden, sperrigen Kabelleitungen waren im Inneren des Schreibtischs versteckt, wodurch die Vorderseite schön und aufgeräumt wirkte. Darauf standen zwei einfache Monitore, von denen einer, das Telecom, für Korrespondenzzwecke diente.

Aus den an der Wand montierten Lautsprechern ertönte die Stimme des Mannes. Sie drang jedoch nicht zu Emily durch. Es kamen aktuelle Informationen bezüglich der Experimente sowie Verweise auf ältere Dateien, also ausschließlich Dinge, über die Emily bereits im Bilde war. Neues wurde nicht zum Besten gegeben.

Sie schmachtete bereits seit geraumer Zeit nach einer Zigarette. Die Nichtraucherquote im Virus-Forschungsinstitut des Umbrella-Konzerns lag bei stolzen achtundneunzig Prozent. Von den dreiundfünfzig Angestellten rauchte nur Emily. Sollte sie in der Nähe von Zankteufel Christian Selfridge rauchen … nun, was er wohl dazu zu sagen hätte? Sicherlich etwas äußerst Abfälliges. Es machte ihr zwar niemand Vorwürfe, doch im Laufe der Zeit hatte sie es sich angewöhnt, nur dann zu rauchen, wenn sie auch wirklich allein war.

Als sie sich nicht mehr zu beherrschen vermochte, verließ sie den Platz vor dem Telecom und öffnete das Fenster sperrangelweit. Aus den Lautsprechern drang weiterhin der Bericht. Doch da der Sprecher sie nicht sehen konnte, kümmerte sie sich nicht weiter darum. Die Bildübertragung des institutsinternen Informationsdienstes lief nicht in Echtzeit, sondern übermittelte nur aufgenommene Bilder. Benutzte man das Telecom, so erkannte der Server automatisch die ID, und das vorher festgelegte Bild des Gegenübers, mit dem man kommunizierte, erschien auf dem Bildschirm.

Die Äste der Flammenbäume im Innenhof bewegten sich im Abendwind. Mittags, von der hellen Sonne beschienen, strahlten die Bäume in karminrotem Licht, abends hatte man das Gefühl, als wären sie mit Blut durchtränkt. Das Rot der Bäume und das Schwarz der Nacht vermischten sich zu einer unheimlichen Szenerie.

Der Wind strich angenehm durch Emilys Haar. Auf Satellitenbildern sah man auf dem Institutsgelände ein viereckiges, sonderbares Gebäude, in dessen Mitte ein Loch klaffte. Der von weißen Wänden umgebene, nahezu quadratische Innenhof hatte eine Seitenlänge von etwa fünfzig Metern. An den Wänden gab es überall die gleichen viereckigen Fenster, wie in diesem Zimmer auch, und die Linien zwischen ihnen ergaben ein Gittermuster.

Das Ganze erinnerte irgendwie an Wohnhäuser. Die kleinen Apartments wurden als Quartiere für Forscher genutzt; jedes verfügte über ein Zimmer mit abgetrennter Kochnische und lag zum Hof hin.

Die Wassertropfen des abendlichen Schauers rannen von Ast zu Ast und erzeugten eine für das Ohr angenehme Hintergrundmusik, auf die sich die aus den Lautsprechern ertönenden Störgeräusche wie ein feiner Film legten. Im Innenhof gab es eine Rohrleitung, durch die Wasser aus dem Wald floss. Dieses Wasser wurde in einer Anlage unter dem Institut für den täglichen Gebrauch innerhalb des Gebäudekomplexes aufbereitet.

Emily lehnte gegen das Fensterbrett und wandte sich erneut dem Monitor zu. Der vom Wald kommende Wind fühlte sich auf ihren nackten Armen kalt an. Die an der Decke angebrachte Belüftungsanlage fing mit einem summenden Geräusch an, die Lufttemperatur im Zimmer selbständig zu regulieren.

Emily rollte die hochgekrempelten Ärmel ihrer Strickjacke herunter und blickte zur Decke empor. „Und, wie ist der Zustand von Reena Mittford?“

„Nicht so gut. Sie ist gerade auf ihrem Zimmer und hält sich bereit.“

„Heißt das, sie ist inhaftiert?“

„Vorübergehend eingesperrt. Weil sie sonst herumtobt.“

Das verzerrte Bild von Robert Prasch zuckte zuweilen nach links und rechts. Sein grobpixeliges, ausdrucksloses Gesicht war eingefallen und flach. Das Bild stammte wahrscheinlich aus der Zeit, als er die Stelle angetreten hatte, und ganz gleich, wie man es betrachtete, er sah darauf nach nichts anderem aus als einer vertrockneten Mumie.

Emily holte aus einer zerknüllten Schachtel eine Zigarette

heraus und zündete sie an. Sie nahm einen tiefen Zug und blies den Rauch aus dem Fenster ins Freie. „Frau Projektleiterin?“

„Ja, ich höre.“

In der letzten Zeit ließ ihre Konzentrationsfähigkeit irgendwie nach, und manchmal überfiel sie auch noch grundlos ein Brechreiz. Wenn man Mitte dreißig war, veränderten sich der Körper, der Geist und die Erwartungen rapide. So lange man lebte und der eigene Körper alterte, blieb man nicht verschont von unangenehmen Wandlungen.

„Wenn sie sich ein wenig ausruht, wird sie sich wahrscheinlich bald wieder fit fühlen“, sagte Emily.

Es klang, als würde Prasch in sich hineinlachen, als er erwiderte: „Da bin ich etwas skeptisch. Es scheint, als hätte sich die Technikerin Mittford beträchtlich verletzt. Ich nehme an, dass sie in diesem Zustand wohl mehrere Monate in Behandlung sein wird.“

Mehrere Monate. Es gab einige Kollegen, die nach erfolgreich abgeschlossenen Projekten mehrere Jahre Urlaub nahmen, doch Emilys Projekt war noch voll im Gange. Und dass jemand zur Kur musste, war nicht vorgesehen.

„Was für ein Unglück … Reena ist doch die Einzige, die den ‚Tank‘ benutzen kann?“

„So ist es.“

„Wenn man die Zentrale informiert und einen neuen Techniker anfordert, womit muss man dann rechnen?“

„Womit? Meinen Sie Kosten oder Zeit?“

„Zeit. Ist doch selbstverständlich, oder? Ich bin doch nicht Selfridge.“

Prasch dachte eine Weile nach, bevor er antwortete. „Mindestens zwei Wochen. Wenn man jemanden ihrer Klasse will, kann das sogar einen Monat dauern. Es gibt in der Firma kaum Techniker, die auf Virtuelle Realität spezialisiert sind, das ist eine besondere Kategorie. Und natürlich kann man diese Sache niemandem außerhalb der Firma anvertrauen."

Emily schwieg kurz, dann sagte sie: „Kann man nichts machen. Heute werde ich mich jedenfalls die ganze Nacht mit der Bedienungsanleitung herumschlagen und versuchen, den Tank zum Laufen zu bringen. Die Angelegenheit mit Reena melden Sie bitte vorerst nicht der Zentrale. Wir beobachten Reenas Zustand erst noch ein wenig, womöglich bessert er sich morgen ja rapide."

„Geht das? Und Mister Selfridge …?"

„Das geht schon. Das Team wurde *meiner* Obhut unterstellt. Machen Sie sich nicht so viele Gedanken."

„'tschuldigung", erklang es aus den Lautsprechern.

Als Emily ihre Arbeit im Institut antrat, war Prasch schon seit langem dabei, ein richtig alter Hase. Außerdem war er auch mindestens zehn Jahre älter als sie. Inzwischen lag es ein gutes halbes Jahr zurück, dass sie dieses neue Projekt als hauptverantwortliche Leiterin übernommen hatte. Doch noch niemals in all der Zeit hatte sie es erlebt, dass sich dieser Mann jemandem öffnete. Selbst wegen Kleinigkeiten kam es immer wieder zu Konflikten zwischen ihnen.

Ein durch Computersimulationen groß herausgekommener Grünschnabel blieb eben für einen alten Fuchs, der durch klinische Versuche Erfahrung gesammelt hatte, immer nur ein Störenfried.

Emily runzelte leicht die Stirn und nahm einen Zug. Sorgsam legte sie sich die nächsten Worte zurecht. „Und was war nun der Grund?"

„Wird gerade untersucht. Es sieht aus, als läge es an Technikerin Mittfords privatem Stress."

Reena Mittford wirkte neuerdings in der Tat etwas komisch. Kleinigkeiten brachten sie in Rage, und sie fauchte Emily des Öfteren an.

Und dennoch, wie war es möglich, dass einer solch erfahrenen Technikerin ein derart amateurhafter Fehler – während der Simulation das Bewusstsein zu verlieren – unterlief?

Die für einen kurzen Moment auf dem Monitor zu sehende lodernde Stadt schoss ihr wieder durch den Kopf. „Ich lege nun auf. Den Rest erledigen wir morgen. Die Sache mit Mittford wird Mister Selfridge von mir selbst erfahren."

„Jawohl."

Das Bild auf dem Schirm verschwand, und im Zimmer wurde es übergangslos still. Nur das Geräusch des Regens war noch zu hören.

Emily entfernte sich vom Fenster und trank von der Flüssigkeit, die in einem Kaffeebecher auf dem Schreibtisch stand. Der bittere Geschmack ließ sie das Gesicht verziehen.

Das einzige, was Carmen wahrscheinlich niemals schaffen würde, war, einen vernünftigen Kaffee zu machen. Der barbarische Cappuccino bestand aus mehr Schaum als Flüssigkeit und war zudem *viel* zu kalt. Doch natürlich war das nicht Carmens Schuld. Sie bediente ja nur die Kaffeemaschine.

Emily holte ein unbeschriftetes Medizinfläschchen aus der Schreibtischschublade, und drei Tabletten rollten ihr in die offene Hand. Die Kapseln flogen in ihren Mund, und ein Schluck lauwarmer Kaffee folgte. Sie stellte den leeren Becher wieder auf den Schreibtisch, strich sich mit dem Daumen über den Mund, und auf ihren Lippen erschien ein Lächeln. Beim Anblick von Patienten, die ihre Medizin mit Kaffee hinunterspülten, hätte wohl jeder Hausarzt die Augen verrollt.

Emily blickte auf die Fotografie ihrer Tochter Ann. Das niedliche, kleine Mädchen spanischer Abstammung lachte. Äußerlich kam sie nach ihrem Vater, und das Einzige, was Emily ihr gegeben hatte, waren defekte Gene.

Ihr Blick fiel auf das Päckchen neben der Aufnahme. „Die Abenteuer des Huckleberry Finn“ sollte ein Geschenk für Ann sein, das Emily ausnahmsweise über den unternehmensinternen Bestellservice bezogen hatte. Man konnte zwar nicht davon sprechen, dass es ein Buch speziell für Mädchen war, doch auch Emily hatte es damals von ihren Eltern geschenkt bekommen. Ihr Vater hatte aus purem Interesse ein Textgenerierungsprogramm entwickelt, das voller Mängel war. Die Erinnerung an die Zeit, als sie auf seinem Schoß saß und mit dem Zeigefinger Huck Finns Kraftausdrücke tippte, ließ ihr Herz heute noch schneller schlagen.

Ann kam zur Welt, als Emily Ende Zwanzig war und damals mit einem der Mitarbeiter eine Affäre hatte. Heute konnte sie sich nicht mehr an sein Gesicht erinnern, geblieben war nur ein vages Abbild, an das sie beim Blick in Anns Gesicht erinnert wurde.

Ihre Eltern hatten nichts gesagt, als ihre einzige Tochter unverheiratet mit einem Kind heimkehrte. Ohne ein Murren hießen sie das neue Familienmitglied willkommen. Ann war, wie auch Emily im Kindesalter, sehr kränklich. Ihren Eltern musste es wohl so vorgekommen sein, als wäre die eigene Tochter noch einmal in ihre Kinderschuhe geschlüpft und nach Hause heimgekehrt.

Ganz gleich, wie oft sie ihnen auch empfohlen hatte, auszuziehen, ihre Eltern klammerten sich immer noch an Los Angeles und hielten an ihrem beengten Appartement fest.

Ann würde wohl jetzt auf Vaters Schoß sitzen und auf der

Tastatur tippen. Die mit ihren ungeschickten Zeigefingern getippten Wörter und die vom Programm ausgegebenen Kontextbrocken würden sich als die erste Geschichte in ihrem Gedächtnis festsetzen.

Wenn die Arbeit hier beendet ist, nehme ich das Buch und gehe zu Ann, um es ihr zu geben, dachte sie sich. *Wir werden dann über das Buch sprechen. Es wird mir das Herz brechen. Wenn die Arbeit hier nur zu Ende ist …*

Das von einem Blumenmuster gezierte Geschenkpapier sah nicht mehr ganz neu aus. Ihr Blick blieb an einem auffälligen rosafarbenen Zettel hängen, der am Telecom-Monitor klebte, und Emily streckte die Hand aus, um ihn abzureißen.

3. Oktober, 14 Uhr. Besprechung mit R. F.

Als die Nachricht eingetroffen war, hatte Emily das Memo beiläufig hingekritzelt, und als sie jetzt darauf blickte, konnte sie die Regenwürmern ähnelnden Linien, die ihr damaliges Gefühl widerspiegelten, kaum noch als ihre eigene Schrift erkennen.

Der Mann, Richard Fuchs, galt als Reporter, der sich ein fast schon militantes Umweltengagement auf die Fahne geschrieben hatte. Emily hatte sich seine Arbeit ein paar Mal in Zeitschriften angesehen; seine Artikel zielten darauf ab, die Massen dazu zu bringen, auf die Unternehmen einzuprügeln, und seinen Auftritten mangelte es nicht an schrillen, überzogenen Worten und Gesten. Ein gefährlicher Mann. Normalerweise übernahm ein offizieller Sprecher solche Begegnungen, doch in diesem abgelegenen, von Bergen umsäumten Institut gab es solche nützlichen Leute nicht, sodass Emily und der Institutsdirektor direkt mit dem Besucher sprechen mussten.

Wie hat er bloß diesen Ort gefunden?

Das fette, braungebrannte Gesicht von Selfridge schwebte Emily vor Augen, und gleichzeitig überkam sie eine schlimme Vorahnung.

Nicht genug, dass sie einem solch starken Gegner entgegentrat, zudem musste sie auch noch die VR-Maschine untersuchen.

„Es sieht so aus, als türme sich ein Berg von Aufgaben vor mir. Dass das ausgerechnet jetzt passieren muss …“, sagte sie zu sich selbst.

Sie stand vor dem Fenster und folgte mit den Augen dem Rauch ihrer Zigarette. Dann fiel Emilys Blick auf Reenas Zimmer, das fünfzig Meter entfernt direkt gegenüber lag. Die elektrische Beleuchtung war ausgeschaltet, und das Fenster glich einem schwarzen Brett.

Der Zigarettendunst wandte sich in Richtung des kleinen abgegrenzten Waldes. Emily dachte an Reena, die mit einem weißen Gesicht und dem langen Haar dagelegen hatte wie eine Porzellanpuppe. Sie war über und über beschmiert mit klebriger Trägerflüssigkeit gewesen, die aussah, als stamme sie von einem Lebewesen …

Ihr Anblick wurde immer hässlicher und verzerrter, und ihre blauen Augen waren leer.

„Alma ist in der VR-Simulation. Ich bin Alma …“

Emily schüttelte die Vision ab. Sie holte den versteckten Aschenbecher aus dem Geschirrschrank und drückte die Zigarette aus.

Die Arbeit als Leiterin war lästig und ermüdend. Besonders von den geheimen Angelegenheiten, die man nicht einmal Mitgliedern der Projektgruppe anvertrauen durfte, gab es zu viele.

Der Name ihrer Tochter schoss ihr durch den Kopf. Wie unfair. Sie hatte ihren Eltern einfach aufgedrückt, für sie zu sorgen und sich somit des unangenehmen Teils entledigt. In einem schwierigen Moment wie jetzt aber genügte ein bloßer Gedanke an Ann, um sich besser zu fühlen – den angenehmen Teil des Ganzen kostete sie also aus.

Carmens maschinelle Stimme ertönte plötzlich im Raum. „Ein Besucher."

Emily neigte den Kopf zur Seite und stellte den Aschenbecher wieder in den Schrank zurück.

Auf Emilys Anweisung hin ließ Carmen den Gang auf dem Monitor erscheinen. Ren Sprague, der Institutsdirektor, blickte unverwandt in die Kamera. Was hatte ihn bloß dazu veranlasst, sich hierher zu bemühen? Emily zuckte mit den Schultern und betätigte den Türöffner.

Als hätte ihn das laute Druckluftgeräusch der sich plötzlich öffnenden Tür überrascht, schob der Direktor seine Brille hoch, die im Begriff war, von seiner Nase zu rutschen.

„Herr Direktor, was ist passiert?"

„A...ah." Sprague stammelte, während er sich das zerzauste Haar raufte. Aus der Brusttasche seines unmodischen, karierten Hemdes lugte sein knallroter Lieblingsstift hervor, der die Form einer Rakete hatte. Dieser kindische Gegenstand passte wahrlich zu diesem Menschen. Nervös sah er sich links und rechts um, wodurch er erst recht merkwürdig wirkte.

„Ren, was ist denn passiert?"

„Nichts Besonderes. Dachte, Sie hätten vielleicht Sorgen."

„Danke für Ihre Anteilnahme, doch mir geht es gut. Es wäre besser, sich um Reena zu kümmern. Ich bin beschäftigt."

Sprague schaute bestürzt drein und wurde plötzlich ernst.

Er kreuzte beide Arme vor der Brust, nahm dann jedoch die Hände hoch und machte ein V-Zeichen. Dieser Geste bediente er sich mit Vorliebe, sie bedeutete so viel wie „Love & Peace“.

Sprague war ein hoffnungsloser Verfechter der Goldenen Sechziger.

Wie er selbst gern aus einem seiner Lieblingsromane zitierte, war er einer aus der Generation der zu spät Gekommenen. Er hatte mit Mühe und Not die Schule beendet, doch als er, endlich erwachsen, triumphierend in die Stadt einziehen wollte, hatte sich der Hype dort bereits gelegt.

Die Hippies hatten ihr Haar geschnitten und die Begriffe „Love“ und „Peace“ waren nur noch nostalgische Erinnerungen. In der Studentenzeit war er dennoch ein hartnäckiges Mitglied einer Rockband gewesen, so erzählte er stolz, und man konnte die Überbleibsel aus dieser Zeit in seinem sich mittlerweile lichtenden, langen und blonden Haar, das er zu einem Pferdeschwanz zusammengebunden hatte, noch heute erkennen.

Emily betrachtete diese Generation – oder vielmehr das Phänomen an sich, selbstherrlich von einer „Generation“ zu sprechen – höchst nüchtern. Sie war nicht vollständig dagegen. Die Ansichten dieser Menschen erschienen ihr jedoch zu voreingenommen und einseitig. Sie hatten sich in ihrer eigenen Welt bewegt, in ihrer abgesonderten Realität und versucht, die Probleme dieser Welt mit ihrer fanatischen Liebe zu lösen. Sich selbst umarmen und die Arme anschließend auszubreiten – mündend im alles bezwingenden Peace-Zeichen …

Doch für Sprague bedeutete dieses Gebaren nur noch ein „nun aber aufgepasst!“. Emily blickte ihm in das ernste Gesicht.

Sprague lächelte plötzlich, riss eine Hand hoch und rief: „Lassen Sie uns etwas Außergewöhnliches anschauen gehen!“

Dieser Mann war nicht etwa hier, um Emily zu trösten, nein, vielmehr schien er extra gekommen zu sein, um sie abzuholen und sich etwas mit ihr zusammen anzusehen.

„Was gibt es denn so Außergewöhnliches?“

„Es soll eine nackte Kuh ins Wasserspeicherbecken geworfen worden sein.“

„Was soll das bedeuten? Ist das Rhetorik – oder was?“

„Gehen wir, los! Eine nackte Kuh!“, rief Sprague, der durch seine eigenen Worte ganz aufgebracht schien, und schob abermals die bis auf die Nasenspitze gerutschte Brille mit dem Zeigefinger nach oben.

2. Oktober, 19:20 Uhr,
Untergeschoss des Instituts, Wasserspeicherbecken

Nach Verlassen des Aufzugs gingen sie durch einen weißen Korridor und erreichten das Becken nach etwas mehr als zwei Minuten. Kaum hatte sich die quietschende Eisentür geöffnet, legte sich Feuchtigkeit auf ihre Gesichter; schwacher tierischer Geruch hing in der dunstigen Luft.

Das Speicherbecken war eine gewaltige unterirdische Kaverne. Bis zur Decke waren es geschätzte fünf Meter. Das Becken selbst war so groß, dass man dort einen Schwimmwettbewerb hätte austragen können. Die dunkle Wasseroberfläche, von Leuchtstoffröhren erhellt, war geradezu unheimlich glatt, und das Motorengeräusch der sich daneben befindlichen Wasseraufbereitungsanlage ließ die Feuchtigkeit, die den Raum einnebelte, in regelmäßigen Abständen erzittern.

Einige Meter weiter, am Beckenrand, standen gut zehn Personen dicht aneinander gedrängt. Offenbar schien es dort tatsächlich so etwas wie eine Kuh zu geben. Zu den Institutsmitarbeitern in privater Kleidung hatten sich einige uniformierte Wachleute gesellt.

Emily schob beide Hände tief in die Taschen ihrer Daunenjacke und näherte sich, von Sprague dazu aufgefordert, widerwillig der Menschenansammlung. Mit jedem Schritt wurde der beißende Geruch von verfaultem Fleisch stärker.

Sprague gebärdete sich wie ein Grundschüler auf Exkursion. Er riss abwechselnd den linken und den rechten Arm energisch hoch und stürmte der Menge auf einem Bein hüpfend entgegen. Als er zu stehen kam, konnte Emily endlich aufschließen.

Von der Gruppe eingeschlossen steckte Emily, die sich frech vordrängte, den Kopf in eine Zuschauerlücke, um bessere Sicht zu erlangen … und im gleichen Augenblick bereute sie, hierher gekommen zu sein.

Die Kuh war ohne jeden Zweifel *nackt* – weil sie vollständig gehäutet war.

Über das rote Fleisch liefen rosa Sehnen, und aus diesem Muster sickerte stellenweise noch schwach Blut hervor; mitunter hatten sich geronnene Klumpen wie Pfropfen gebildet. Von der Kuh, die fast schon wie selbstverständlich dalag, tropfte Wasser herunter. Über dem Kadaver schwirrten Fliegen, die den Weg herein gefunden hatten, und mit ihren Flügeln warfen sie das Licht zurück, als würde es von Metall reflektiert. In der näheren Umgebung der Kuh vermischten sich Wasser und Blut zu einer schwarzroten Flüssigkeit, die sich nach und nach ausbreitete. Der zum Herausziehen verwendete Haken hatte sich tief in den Unterleib des Tieres gebohrt. Der Körper wirkte wie ein gewaltiges, in Formalin eingelegtes Anschauungsobjekt.

Der stechende Geruch verursachte Emily starken Brechreiz. Etliche Fliegen kamen herbei und stürzten sich auf ihren Körper, um von dem Nektar, den der ausströmende Schweiß auf ihren Armen für sie wohl darstellte, zu kosten.

Emily schüttelte sich mehrmals, doch die Fliegen drangen zwischen ihren Fingern hindurch und hielten, wild umher tanzend, auf ihre Arme zu.

Sprague pfiff anerkennend durch die Zähne. „Ein Prachtexemplar, nicht wahr? Da hat sich jemand richtig Mühe gemacht!"

„Einen Augenblick ... Das da war in *unserem* Wasserbecken? Seit wann? Findet dieses Wasser etwa nicht auch als Trinkwasser Verwendung?!", keuchte Emily, während sie sich ob des üblen Gestanks die Nase zuhielt. Sie glaubte, der Kaffee, den sie vorhin getrunken hatte, würde ihr gleich hochgeschossen kommen. Als würden alle das Gleiche empfinden, verzogen sich die Gesichter der in der Nähe stehenden Mitarbeiter, und sie nickten.

„So viel Zeit ist noch nicht vergangen, denke ich. Der Geruch ist zwar entsetzlich, die Verwesung ist aber noch nicht allzu sehr fortgeschritten", sagte Sprague, der kauernd die Kuh betrachtete und den Kopf hob. „Die Wasseraufbereitungsanlage ist zwischengeschaltet, also besteht wohl kein Grund zur Sorge."

„Ja, wenn sie richtig funktioniert."

Sprague lächelte auf Emilys Einwand hin nur. Einen warmen Atem an der Wade verspürend, zog sie reflexartig das

Bein weg. Als sie nach unten schaute, erkannte sie einen Dobermann, der unruhig umherstreifte. Er wurde von den Wachleuten gehalten.

Für einen Hund, der die Welt mit der Nase erkundete, war diese Kuh wahrscheinlich ein außerordentliches Ereignis. Ein spektakulärer Fleischklumpen, unvergleichlich interessanter als die versammelten Menschen daneben.

Als sich der Blick von Emily und dem Wachmann, der eine Strickmütze trug und die Kette gut festhielt – offensichtlich war er der Hundehalter – kreuzten, zuckte sie mit den Achseln. „Der Gestank macht dem Hund wohl zu schaffen."

„Nein, der Fleischklumpen regt wohl eher seinen Appetit an", sagte der dunkelhäutige junge Mann und lachte dabei.

Emily schenkte der Kuh unbewusst einen weiteren Blick, und ihr wurde erneut schlecht. Der Dobermann, der sabbernd in der Nähe umherlief, sah mehr und mehr nach einer Bestie aus.

Wie naiv von mir, den Hund zu bemitleiden, dachte Emily.

Wie man es auch sehen mochte, es war pure Zeitverschwendung. Morgen stand ein Treffen mit Richard Fuchs an. Nicht genug, dass die Vorbereitungen dafür noch nicht getroffen waren, auch die VR-Maschine musste dringend in den Griff bekommen werden. Sich hier aufzuhalten und den absonderlichen Kuhkadaver zu betrachten … nun, davon wurde einem nur schlecht, während der Berg zu erledigender Arbeit um keinen Deut schrumpfte.

Emily beschloss zu gehen, doch dann hörte sie eine wohlbekannte schrille Stimme.

„Wie oft soll ich es noch sagen? Es gibt keinen besonderen Grund!"

Etwas abseits der Gruppe unterhielten sich ein korpulenter Asiate und ein schlanker, hoch gewachsener Mann. Das schrille, mit einem Akzent behaftete Englisch war das charakteristische Merkmal von Hiromu Kinuta, einem Institutsmitarbeiter.

Kinuta gehörte zu Emilys Team und war im Grunde Emilys eigentliche „rechte Hand“, im Gegensatz zu Robert Prasch, der Simulationen hasste. Er war einer der wichtigsten Mitarbeiter und unkompliziert obendrein.

Kinuta wischte sich mit einem um den Hals gewickelten Handtuch den Schweiß ab, und seine Leibesfülle erbebte dabei. Seine verschwitzte Haut glänzte im Neonlicht.

Der Mann, der mit Kinuta sprach, war ein Einsneunzig-Riese in der Uniform eines Wachmanns, dessen graues Haar zu einem eckigen Bürstenschnitt geschoren war. Im Vergleich zu Kinuta wirkte seine noch hellere Haut im Licht fast schon blau. Er schaute kalt auf Kinuta herab, der verzweifelt mit seinen wulstigen Armen fuchtelte und irgendeiner Behauptung Nachdruck verleihen wollte.

„Wer ist das dort?“

„Unser Gruppenführer, Ulysses Allam“, antwortete der Mann mit der Strickmütze.

„Ulysses Allam, Mittfords Geliebter“, flüsterte Sprague stockend, nachdem er aufgestanden war.

Allam sah nach einem Gerippe – oder einem Dämon – aus, und sein Alter war nicht zu bestimmen. Aufgrund seiner ungesunden Gesichtsfarbe mochte man kaum glauben, dass er überhaupt am Leben war.

Als Allam Emilys Blick bemerkte, huschte ein dürres Lächeln über seine Lippen. Es war ein leeres, gefühlloses und unsympathisches Lächeln.

Die elektrischen Leuchtkörper erwärmten den Kadaver,

und der stickige, verhängnisvolle Gestank, der davon aufstieg, wurde zunehmend unerträglicher.

Emily erschauderte und wandte den Blick ab.

Der Mann klopfte Kinuta leicht auf den Rücken – was wohl so viel wie „Wegtreten!“ heißen sollte – und näherte sich dem Becken.

„Kinuta!“, rief Sprague.

Der endlich erlöste Kinuta atmete auf. Er trippelte heran.

„Was ist denn passiert?“

Kinuta wischte sich das Doppelkinn von links nach rechts mit dem Handtuch ab, hob den Daumen und deutete hinter sich.

„Ich geb’s auf. Dieser Penner behauptet steif und fest, *ich* würde hinter der Sache stecken.“

„Mach dir nichts draus. Du siehst eben genau wie diese Kuh aus, hast fast den gleichen Körperbau.“

Kinuta spitzte die dicken Lippen und lachte glucksend. „Ich muss doch sehr bitten! Ich bin nicht ganz so groß!“ Er klopfte sich selbst auf den Arm. „Und wie man sehen kann, ist die Haut auch noch dran.“

„Du bist doch derjenige, der sie gefunden hat. Was hast du hier getrieben?“

„Nichts Besonderes. Kann es nicht mit Worten erklären. Hab nur gedankenverloren ins Wasser gestarrt. Ich kann mich hier gut entspannen.“

„Das hört sich merkwürdig an. Du bist wirklich ein Sonderling. Und, ehrlich gesagt, höchst verdächtig.“

Kinuta lachte gequält.

„Du kannst sagen, was du willst. Reenas Unfall hat mich ein wenig trübsinnig gestimmt.“

„Du wolltest doch nicht etwa zur Ablenkung hier schwimmen?“

Kinuta wedelte lachend mit dem Handtuch, als wollte er sich gegen Spragues Späße verwahren. Sein Gesicht errötete.

„Na ja, aber wessen Werk ist es dann?“

„Vielleicht waren es die Ortansässigen, die ihrem Ärger Luft machen wollten? Man hört ja so schreckliche Gerüchte, hier würden entführte Personen Versuchen unterzogen.“

„Hoho, das wusste ich nicht! Da haben wir uns wohl ganz schön unbeliebt gemacht. Aber warte mal. Es gibt hier doch Kameras, die Leute hätten also niemals unbemerkt hereinkommen können, oder?“

Sprague und Kinuta blödelten herum und machten völlig deplatziert Witze. Die in der Nähe stehenden Institutsangestellten und Wachleute runzelten die Stirn und beobachteten die beiden aus der Distanz.

Emily richtete den Blick auf einen bestimmten Mann – auf Ulysses Allam. Allam tauchte einen Finger ins Wasser und schien über etwas nachzusinnen. Auf der einen Seite wirkte er unauffällig, fast verschroben – jemand den man nicht bemerkte, selbst wenn er neben einem stand –, andererseits besaß er aber auch eine ungeheure Ausstrahlung.

Reenas Geliebter ... Das wusste ich ja gar nicht, dachte Emily.

Kinuta und Sprague setzten ihre heitere Unterhaltung fort. „Oder die Köche haben sie hier fallen lassen und sich dann aus dem Staub gemacht.“

„Wenn das stimmt, dann kriegen wir in nächster Zeit kein Fleisch zu essen. Ist ja eine Tragödie. Womöglich specke ich sogar ab.“

Emily verschränkte die Arme und blitzte die beiden an.

„Kinuta, wie lange willst du noch diese Witze machen? Das Projekt steht auf dem Spiel. Ich glaube, wir haben keine Zeit für solche Albernheiten."

Kinuta unternahm den Versuch, etwas zu erwidern, besann sich aber eines Besseren und blickte leicht betreten zu Boden.

„Ja, ja, verstehe. Du wolltest gerade sagen, dass ich lieber gehen sollte, stimmt's? Ich bin schon weg."

Emily blickte aufgebracht zu Ren Sprague, der sie in all das verstrickt hatte. Er lächelte gequält.

„Einen Moment noch", bat Kinuta und kratzte sich an der schweißnassen Nasenspitze. „Ich habe nachgedacht. Zuerst war ich mir nicht ganz sicher. Doch nun … Lass mich ran an den Tank!"

„Kinuta, wovon redest du?"

„Chefin, ich weiß, dass du beschäftigt bist. Aber ich war schon immer interessiert daran und habe mich mal etwas genauer mit dem Tank beschäftigt."

Interessiert? Emily musterte Kinuta von Kopf bis Fuß. Das erschlaffte Kinn, die wulstigen Oberarme, die gewaltigen Oberschenkel. Vom Scheitel bis zu den Sohlen war er ein einziger Fettklops. Dass er mit einem solchen Körper überhaupt aufrecht stehen konnte … Diese Gestalt passte absolut nicht in einen engen VR-Gummianzug!

Doch eigentlich konnte Emily Hilfe gebrauchen, das musste sie zugeben. Wenn man keine unnötigen Risiken eingehen wollte, brauchte man zum einen jemanden, der in den Tank stieg und in die virtuelle Welt tauchte … und zum anderen jemanden, der alles von draußen bediente. Es war ihr zwar nicht klar, wie weit Kinutas Kenntnisse reichten, doch momentan war ihr jede Hilfe willkommen.

Emily ließ die eben noch vor der Brust verschränkten Arme

sinken und schaute Kinuta in die schmalen Augen. „Das Online-Handbuch ist auf dem Server abgespeichert. Mit einer ID der Stufe B sollte man es lesen können. Kennst du den Pfad?"

„Kenne ich. Weißt du … na ja, in Wahrheit habe ich es bereits durchgelesen …"

Emily zog die Augenbrauen zusammen. *Dieser Kerl! Er steht kurz vor einer Abmahnung. In dieser besonderen Lage könnte es sich aber auch als unerwarteter Glücksfall erweisen,* haderte sie mit sich selbst.

„Heute arbeiten wir vielleicht die ganze Nacht durch. Ich werde mich später melden, halte dich auf deinem Zimmer bereit."

Hiromu Kinuta verbeugte sich tief und bewegte seinen massigen Körper vom Becken weg.

Ren Sprague sah ihm nach und flüsterte: „Man kann ihn nur ganz schwer bremsen, was?"

„Was denken Sie, Herr Direktor? Haben Sie eine Idee, wie es weitergehen soll?"

Sprague zuckte die Achseln. „Tja. Unter diesen Umständen …" Seine Pupillen glänzten feucht im Neonlicht.

Ohne seine Annäherung bemerkt zu haben, stand plötzlich Ulysses Allam neben ihnen. Seine silbernen Augen blickten argwöhnisch auf Sprague herab. Dann ging er zum Kadaver hinüber und trat zwei-, dreimal leicht mit der Spitze seines Stiefels dagegen, was den Fliegenschwarm in Aufruhr versetze. Doch aus irgendeinem Grund hefteten sich die Fliegen nicht an Allams Fersen, sondern ignorierten ihn völlig. Trotz der hohen Luftfeuchtigkeit in diesem Raum war er wohl der Einzige, der nicht schwitzte.

„Nun, Herr Direktor, wie verfahren wir weiter. Obduzieren und untersuchen wir sie?"

Sprague schüttelte auf Allams Frage hin den Kopf. „Dazu besteht wohl keine Notwendigkeit. Das Ganze ist mehr als lästig, und wir sind auch so schon genug ausgelastet."

„Eine Meldung an die Ortspolizei?"

„Nein, wenn eine Meldung erfolgen soll, dann müssen wir vorher Rücksprache mit Mister Selfridge nehmen. Aber soll ich seine Antwort voraussagen? ‚Auf keinen Fall, nein!' Dieser Vorfall geht mit Sicherheit auf das Konto eines unserer Leute."

Der Führer des Sicherheitsteams nickte und erteilte seinen Leuten ein paar Befehle. Eine riesige Schubkarre wurde gebracht und der Kuhkadaver darauf gehievt. Die blauen Uniformen des Wachtrupps entfernten sich mit dem toten Tier.

Der Mann mit der Strickmütze bemühte sich nach Leibeskräften, den angeleinten Dobermann, der jaulend um die Karre rannte, unter Kontrolle zu bekommen.

In Windeseile hatte sich die Menschenmenge gelichtet. Emily betrachtete die Gesichter der wenigen verbliebenen Mitarbeiter und flüsterte Sprague zu: „Sie meinen also, dass es jemand von uns getan hat?"

Er schaute sie mit großen Augen an und nickte übertrieben eifrig. „Wie auch immer, es war ein aufwändiger Streich. Ein richtiges Stück Knochenarbeit. Wir sollten uns ausruhen, um Körper und Geist von allem Schwermut zu befreien …" Er grinste breit.

Emily stieß einen Seufzer aus. „Antworten Sie bitte ernsthaft. Es könnte sein, dass derjenige, der das getan hat, mitten unter uns ist."

Sprague stieß Emilys Arm mit dem Zeigefinger an. „Und, wie war das Spektakel? War die nackte Kuh interessant?"

„Wenn es nur um Kühe mit abgerissener Haut ginge … die

könnte man sich so oft und so lange man will in einem Schlachthof ansehen. So außergewöhnlich ist dieser Anblick nun auch wieder nicht."

Er schaute ihr in die Augen und lachte. „Ja, aber außerhalb eines Supermarktes oder abseits eines gedeckten Tisches war das sicherlich das erste Mal, oder?"

„Nein, ich glaube irgendwie, so etwas schon mal gesehen zu haben, kann mich aber nicht recht erinnern, unter welchen Umständen …" Emily schob beide Hände in die Taschen und neigte den Kopf.

„Das war zweifellos in einer Pfanne", spöttelte Sprague. „Vielleicht vom Liebsten mit Pfeffer bestreut?"

Sie wollte um jeden Preis schnellstmöglich weg von diesem Ort und schenkte Sprague, der sie weiterhin verschmitzt ansah, ein Lächeln. „Ich in der Küche – ist diese Vorstellung denn so abwegig? Na, lassen Sie uns gehen. Ich habe nämlich alle Hände voll zu tun."

Eine Fliege, die sich offensichtlich mehr von der Kuh versprochen hatte, landete auf Emilys Arm und schlürfte von ihrem Schweiß. Ihre Flügel glänzten silbrig, und kurz darauf verschwand sie leise summend im Dunkeln.

Kapitel 2

Mein Körper spiegelt sich im Fensterglas. Draußen schiebt sich die eintönige Landschaft vorbei. Wie bei der Innen- und Außenseite eines Wasserbeckens, sind die Luft draußen und die Luft im Bus völlig verschieden.

Die Leute, die keinen Sitzplatz ergattern konnten, belagern den Gang. Das städtische Verkehrsmittel ist überfüllt und die Luft darin heiß und stickig; das Atmen fällt schwer.

Trotzdem – bei der Flucht in die Vorstädte steigt ein jeder an seiner Haltestelle aus, hastet ein jeder in den Straßen durch sein Leben und kehrt in seinen ganz eigenen Sommer zurück.

Ja, auch nach Raccoon City kommt der Sommer. Nachmittags, nach der Schule, wenn ich auf dem Weg zu Frank war, verspürte ich immer diese Unsicherheit und Erwartung, wurde von der Schwermut und der Freude in Aufruhr versetzt und furchtbar aus der Fassung gebracht.

Draußen schiebt sich eine farblose Landschaft an mir vorbei und ich kann nichts tun, nur schauen. Völlig entkräftet spüre ich die Unbestimmtheit meines eigenen Ichs.

Auf den schlechten Straßen im Speckgürtel der Stadt schaukelt der Bus entsetzlich. Um nicht hinzufallen oder durch die Gegend geschleudert zu werden, klammere ich mich mit aller Kraft an den Haltegriff.

Im Bus herrscht ein fürchterliches Treiben; alle Körper drängen sich aneinander. Davon unbeeindruckt geht draußen der friedliche Sommertag zur Neige. Die Zeit im Bus und die Zeit da draußen sind offensichtlich nicht im Gleichklang. Ich habe das Gefühl, *neben* der Zeit zu stehen und fühle mich einsam.

Wie ich mich so am Haltegriff festkralle, sieht mein Gesicht im Fensterglas plötzlich wie das einer Fremden aus.

Frank wohnt in der unmittelbaren Nachbarschaft, doch in dieser alltäglichen Umgebung ist er stets etwas abweisend zu mir. Ich weiß auch, warum. Unsere Verabredungen finden immer im Park des Vorortes, der an den Friedhof grenzt, statt.

Der Bus rast, und die Fahrgäste neigen sich nach links und nach rechts. Auch mein Körper ist schmerzhaften Stößen ausgesetzt.

Hin und her wippt der Bus, als vollführe er einen Balztanz. Doch das Schaukeln hat auch etwas Gutes, denn ich komme der Zeit mit dir immer näher.

Das Glas glänzt, und wie auf einem Bildschirm erscheinen darin meine Erinnerungen. Plötzlich geistern mir die Worte von jemandem durch den Sinn. Wer hatte das doch gleich noch mal gesagt?

„Sex und Spiegel sind beide verhängnisvoll – denn beide vermehren die Menschen."

Am Lehrerpult stehend greift Steven Kirkwood mit beiden Daumen hinter seine Hosenträger und rückt sie zurecht. Auf seinem Kopf wuchern braune Locken, die er hinten zu einem gekräuselten Pferdeschwanz zusammengebunden hat, was ihm ein irgendwie exotisches Aussehen verleiht.

Eines der Fachgebiete unseres Lehrers ist das Balzgebaren

von Lachsen und Forellen, und er vermittelt sein Wissen mit Hingabe.

„Angenommen, wir hätten einen männlichen Lachs, der über einwandfreie Gene verfügt. Eines Tages vollführt er spontan eine weder nützliche noch schädliche – mit anderen Worten eine sinnlose – Handlung. Sprich, er schwimmt den Kopf schüttelnd. Er vollführt also einen Unterwasserbalztanz. Ob das nun an den Genen oder an Umwelteinflüssen liegt, weiß man nicht. Allerdings gibt es jetzt unter den Weibchen einige, die sich von diesen Balzbewegungen angezogen fühlen und – ohne dass es einen rationalen Grund dafür gäbe – partout dieses Männchen als Fortpflanzungspartner auswählen. Und es gibt noch viele weitere, die dieses Verlangen teilen … Die Prozedur wurde zum Standard und wenn heutzutage die Laichzeit bevorsteht, ist bei den männlichen Lachsen der Balztanz eine Reflexhandlung. Ist also nicht aus dem einfachen Fortpflanzungdrang ein bemerkenswertes ‚Liebesschauspiel' geworden, was meint ihr? Und vom zittrigen Balztanz zum Rosenstrauß ist es gar kein so weiter Weg!"

Der Lehrer blinzelt und sieht sich im Klassenzimmer um. Er beobachtet genüsslich, wie seine Worte, die von unseren jungen Ohren gierig aufgesogen werden, die Erwartungen und Hoffnungen an unsere eigene Fortpflanzung beflügeln.

Wie in einem Western formt er beide Hände zu Pistolen, legt sie an die Hüften und schreit: „Shepherd, du kannst doch hier nicht einnicken! Los, tanz euren Tanz. Tanz, tanz, tanz!"

Ein humorvoller Mann, auch wenn er nicht immer lacht. Kirkwood ist kein stumpfsinniger Mensch. Er weiß, dass seine Worte ungehört verklingen. Dessen ungeachtet steht er hinter seinem Pult und ruft laut weiter: „Tanz, tanz, tanz!"

Aus diesem Grund macht mich Mr Kirkwood nervös. Was denkt er sich nur dabei?

Im Gegensatz zu seinem Auftreten im Klassenzimmer spricht er im Lehrerzimmer stets leise. Draußen herrscht eine hochsommerliche Hitze. Im Lehrerzimmer ist es halbdunkel; eine behagliche, kleine Insel inmitten der alles zum Schmelzen bringenden Glut.

„Alma, was willst du später mal machen? Zum Beispiel, wie war das, bei der UNO zu arbeiten oder Ähnliches?"

Also wirklich, was glaubt der eigentlich, wer er ist?

Ich schaue aus dem Fenster. Bei der herrschenden Hitze scheinen die Vögel vom Himmel zu fallen. Der tiefschwarze Schatten des Schulgebäudes frisst sich bis in die Sandkörner des Innenhofbodens hinein.

Die Stimme des Lehrers ist überhaupt nicht unangenehm, man muss vielmehr sagen, dass sie sogar wundervoll klingt.

Er übt sich am Wochenende im Musikzimmer in Gesang, als Bariton. Und ich weiß es.

Sobald ich die Augen schließe, erscheint das tiefschwarze Gesicht von Alex Snow, der fliegen kann. Wenn man die Augen in dem Augenblick öffnet, in dem der hallende Jubel die enge Gasse durchflutet, kann man Alex Snow wirklich am Himmel schweben sehen.

Das Skateboard, auf dem Alex fliegt, dreht sich in der Luft nach links und verursacht bei der Landung ein dumpfes Geräusch auf dem ramponierten Beton. Das Board will nicht zum Stillstand kommen, doch Alex bringt es mit einem Fußdruck zum Halten. Dabei lacht er souverän. Die weißen Zähne strahlen in seinem schwarzen Gesicht. Mit einem Tritt befördert er das Board in die Luft, fängt es mit einer Hand auf, lässt sich in dieser Position langsam auf den Rücken fallen und betrachtet aus dieser Lage die Wolken.

Einige Jungs wollen spaßhaft nach ihm treten, doch er hält das Board mit beiden Händen fest vor sich und wehrt ihre spielerischen Attacken kichernd ab.

Ich schaue gebannt zu. Die eine Hand, mit der ich an die Wand lehne, stecke ich in die Spalte zwischen den Ziegelsteinen und kratze in ihr herum. Mit der anderen greife ich nach der Rose, die auf meinen Samtmantel gestickt ist.

Den Körper halb aufgerichtet, hebt Alex, der mich bemerkt, eine Hand und schreit: „Hey, ist das nicht die Hexe? Du bist ja spät dran."

Von allen Straßenkindern hier ist es nur Alex, der mich „Hexe" nennt. Er hat mich einmal im Geschäft gesehen, wie ich unter dem ganzen Gerümpel begraben war, und seitdem nennt er mich so.

„Der Lehrer nimmt mich mal wieder unter seine Fittiche. Echt nervig."

„Ach so. Übrigens, wenn du nach *ihm* Ausschau hältst, er ist nicht da. Wollte schon mal voraus zum Friedhof gehen, lässt er ausrichten."

„Okay", nicke ich.

Alex steht auf und kommt näher. „Wieder so ein Beratungsgespräch bezüglich deiner Zukunft?"

„So ist es", sage ich und kauere mich nieder.

„Er sorgt sich um dich."

„Frank?"

Alex nickt und verzieht das Gesicht.

„Er sollte sich lieber um sich selbst kümmern."

Vor meinem geistigen Auge blitzt Franks Gesicht auf. *Wirklich verstanden habe ich dich nie.*

Wenn man Frank zum Beispiel mit Alex hier vergleicht – wie soll man sagen –, so wirkt Alex oft abwesend, in Gedanken versunken, doch schon im nächsten Augenblick kann er quicklebendig werden.

Ich erinnere mich daran, wie ich Frank das erste Mal traf. Er tobte blutüberströmt herum, bis eine Gruppe von Erwachsenen ihn schließlich bändigen konnte. *Deine blutunterlaufenen Augen stierten mich an; es war Furcht einflößend.* Wer war nun Frank? *Diesen Zustand konnte man doch beim besten Willen nicht Liebe nennen.*

Bisweilen kam mir sogar der Gedanke, ob er nicht vielleicht nur eine Illusion ist, die sich die Menschen hier auf der Straße ausgedacht haben. Sie suchten ein Ventil für ihre Frustration und ihre unerfüllten Hoffnungen, die sie niemandem anvertrauen konnten.

So entstand Frank.

Dank Alex' Stimme komme ich wieder zu mir.

Er schaut durch die Lücke zwischen den Häusern zum Himmel hinauf, der nur als schmaler Streifen zu sehen ist.

„Ich will dich zwar wirklich nicht loben, aber du hast es wohl …“ Alex zuckt die Achseln und fährt fort: „… Talent.“

Ich breche in Gelächter aus. „Wovon redest du da. Welches Talent?“

„Was glaubst du?“ Alex legt den Kopf schief und grinst. „Deine Eltern waren doch beide Forscher?“

Dieser Umstand ist, ob ich es will oder nicht, offensichtlich dafür verantwortlich, dass zwischen mir und den Straßenkindern auf immer eine Kluft sein wird. Ich suche händeringend nach Worten, um diese Distanz zu verringern.

„Vater, er scheint krank zu sein.“

„Krank …? Ist es was Schlimmes?“

„Ja, das denke ich schon. Aber er darf damit nicht zum Arzt gehen. Hängt mit der Firma zusammen. Es wird demnächst ein medizinisches Team für ihn zusammengestellt, sagt er."

Alex streicht schweigend über die Kante seines Skateboards. „Ich bin in letzter Zeit auch irgendwie nicht mehr so fit. Die Hitzewallungen sind fürchterlich."

Ein Junge kommt lachend heran und fasst Alex aus Spaß an den Nacken. Alex fährt auf und schüttelt die Hand ab. Inzwischen haben die Kinder alle einen Kreis um sie herum gebildet.

Alex' Wange zuckt plötzlich. Ich folge dem Blick seiner dunkelbraunen Augen und sehe eine Gruppe von fünf oder sechs Erwachsenen, die soeben um die Ecke gebogen kommt und hierher steuert. Auf ihren braunen Jacken ist die Aufschrift „STARS" zu lesen.

Es handelt sich um die vom wahren Boss dieses Viertels, Arthur House, angeführte Jugendbürgerwehr.

Sie nennen sich *Bürgerwehr* STARS, nach dem Vorbild des städtischen Sondereinsatzkommandos S.T.A.R.S. Ich hörte gestern in den Nachrichten, dass die echten S.T.A.R.S. auf ungeklärte Weise ausgelöscht wurden. Diese Bürgerwehr STARS hingegen erfreut sich nach wie vor bester Verfassung.

Ich weiß nichts Genaues über Arthur House und will es auch gar nicht wissen. Aber Gerüchten zufolge scheint er in jungen Jahren von seiner Ehefrau verlassen worden zu sein. Er soll einige Kinder haben, es ist ihm aber untersagt, sie zu sehen.

Dieser Mann hat ein starkes Bedürfnis nach Gemeinschaft. Er weiß alles über die wirtschaftliche Lage und die familiären Beziehungen der einzelnen Familien in der Nachbarschaft und auch darüber hinaus. Gibt es Probleme, so schreitet er ohne Zögern ein, um irgendwie eine Lösung zu finden. Es ist sein Lebenssinn. Als Ersatz für seine verlorene eigene Familie etablierte er die so genannte „Regionalgesellschaft“, die eine kommunale, noch größere „Familie“ bildet, und in der er in seiner Einsamkeit seinen Durst nach Zusammenhalt stillen kann.

Arthur ist im Wirbel des Zyklons, der durch diese Stadt fegt, gefangen. Ein ausgestoßener Versager, wie auch die anderen Einheimischen. Was ihn vom Rest hier unterscheidet, ist die Tatsache, dass er davon überzeugt ist, anderen überlegen zu sein, und dass er nie vergessen hat, durchaus Erfolg hätte haben zu können.

Ein Jugendlicher der Bürgerwehr tritt aus der Gruppe. „Hey, ihr, was treibt ihr denn da?“

Alex schnalzt, für die anderen unhörbar, mit der Zunge. Ein anderer Junge nimmt eine militärische Haltung ein und schreit: „Wir haben nur ein bisschen herumgealbert!“

Die Jungen springen vergnügt hin und her und bilden dabei einen Kreis um die Bürgerwehr. In der Mitte steht Arthur House, wortlos und mit verschränkten Armen. Er hat glattes, blondes Haar und trägt eine Sonnenbrille. Seine Mundwinkel umspielt ein ironisches Lächeln.

„Die STARS! Die sehen aber cool aus!“

Einer der Jungen streckt die Hand aus. Er will das Logo, das auf die Jacken genäht ist, berühren.

„Sofort aufhören“, sagt der Jugendliche streng, den die Szene zwar offensichtlich erfreut, das aber nicht zugeben will.

Aus den Augenwinkeln sehe ich Alex’ abfälliges Lächeln.

„Danke, dass ihr hier für Recht und Ordnung sorgt“, flüstert er zu sich selbst.

Alex soll bei einem kleinen Diebstahl von ihnen erwischt worden sein, und die Prügelstrafe endete beinahe mit einem Lynchmord. Seit diesem Vorfall hasst er die Bürgerwehr.

Ich schaue mit einem möglichst gleichgültigen Gesichtsausdruck verstohlen zu Arthur House. Im Dunkel der Sonnenbrille, die seine hellblauen Augen verdeckt, spiegelt sich mein Gesicht wider.

Auf einmal werfen die Jungs, die den Bürgerwehrtrupp umringen, ihre Skateboards auf den Boden, pfeifen schrill und rufen:

„Heuchler!"

„Heuchler!"

„Ihr stinkt!"

Jeder Einzelne aus der Bürgerwehrtruppe erstarrt kurz aufgrund des plötzlichen Wandels. Das Gelächter von Alex und seinen Freunden hallt durch die Straße. Die Gesichter der Jugendlichen werden zunächst blau, dann tiefrot. Die Jungen springen auf ihre Skateboards, stoßen sich mit den Füßen vom Boden ab und zerstreuen sich in alle Winde.

Du setzt dich auf der Wiese hin und winkst mir zu. Ich gehe erst, dann renne ich dir entgegen.

Wie immer versuche ich die Stille mit Worten zu füllen, während du hastig und angestrengt versuchst, mir das Höschen auszuziehen.

„Habe keine Angst, das tut kein bisschen weh." Du sprichst sanft wie ein Zahnarzt.

Es muss wohl ein ungeschriebenes Gesetz sein, in solchen Augenblicken zärtlich sein zu müssen. Ich nicke mit großen Augen und gehorche dir wie eine folgsame Patientin.

So weit das Auge reicht, sieht man nur weiße Grabsteine.

Halb nackt umarmen und wälzen wir uns im Gras, setzen uns dem Feuer der Julisonne aus.

Das Gras sticht uns hier und da, und schließlich erreichen wir den Gipfel der Vereinigung. Fest umschlungen schauen wir uns in die Augen und ringen nach Atem.

Der Mensch vor mir sieht aus, als sei er der erste Mensch, den ich in meinem Leben treffe. Wir setzen uns auf einen erhitzten Grabstein und atmen schwer.

Und trotzdem, wie sehr wir unsere Körper auch im Einklang erbeben lassen mögen, die Distanz zwischen uns bleibt immer gleich. Es ist immer noch nur ein Balztanz, nichts anderes als ein Balztanz, nur ein Balztanz …

Eine irgendwo versteckte, unsichtbare Kröte ruft; silberne Fische springen aus dem kleinen Fluss und lassen das Wasser spritzen.

Wir flüchten in die Baumschatten und verschließen die Augen vor dem Sonnenlicht. Unser Schweiß fließt in Strömen. Wir riechen ziemlich streng.

Ich streife deinen Arm ab und springe in die Luft, in die dünne Luft des fernen Himmels und das dahinter liegende Königreich Logos. Da mein Körper aber aus Fleisch und Blut ist, plumpse ich erschöpft und ungelenk in den Fluss – dabei lache ich so schallend, dass mir schwindelig wird –, und in einem jeden der aufspritzenden, unzähligen runden Wassertropfen spiegelt sich eine andere Welt wider.

Ich sehe deutlich Huck und Jim, die auf einem Floß fahren. Die Hunderte von Jahren, die auf ihren Gesichtern eingegraben sind, erkenne ich ebenfalls klar und deutlich. Doch die beiden sehen uns nicht an. Ihr Floß treibt einfach weiter den Fluss hinunter.

Im von Sprüngen durchzogenen Fenster des Busses spiegeln sich Franks strahlend weiße Zähne wider. Kirkwood rückt sich die Hosenträger zurecht, und Alex fliegt durch die Luft.

Das Fenster wird kurz darauf zur Sonnenbrille von Arthur House, der mich unverwandt ansieht. Auf der anderen Seite fährt eine orangefarbene Vespa vorbei.

Nachdem die ungestüme Busfahrt endlich ein Ende findet, überkommen mich Schwindelgefühle. Ein Transport – dieser Akt der Bewegung von einem Zeitpunkt zu einem anderen – ist im Grunde genommen eine *leere* Spanne, die zwischen zwei *gefüllten* Zeiträumen existiert. Daher fühlt man sich danach auch so trunken, trunken von der Leere.

Wenn man dieses Gefühl während des Prozesses – den man fast schon als „Warpen" bezeichnen könnte – abstreift, behält man von den Dingen, denen man während der Bewegung begegnet ist, nichts als Bruchstücke zurück.

Der Bus stoppt. Draußen reihen sich Grabsteine an Grabsteine, so weit das Auge reicht.

3. Oktober, 05:40 Uhr, VR-Raum

Emily beugte sich über das Waschbecken und wusch sich das Gesicht. Als wäre aller überflüssige Ballast mit dem Wasser fortgespült worden, waren die Anzeichen des Schlafmangels auf einmal wie weggeblasen und ihr Kopf klarer.

Die Enge, die sich in ihrer Kehle festgesetzt hatte, konnte sie allerdings nicht vertreiben. Das musste wohl die VR-Übelkeit sein, von der man sich erzählte. Die dunklen Ringe um Emilys grüne Augen wurden im Spiegel sichtbar, und ihre erst kürzlich geschnittenen, aschblonden Haare hatten sich zu fettigen Haarbüscheln verklebt; ihr Aussehen spiegelte das Maß ihrer Erschöpfung wider.

Der Gummianzug, den Emily für die VR-Simulation benutzt hatte, und seine mit einem gelben Rand versehenen Ärmel erinnerten an Menschen aus einer fernen Zukunft, wie sie in klassischen Science-Fiction-Filmen vorkamen. Das funktionale Design weckte Schwermut.

Wie erwartet war die Nacht durchgearbeitet worden. In ihren jungen Jahren hatte Emily geglaubt, dass die Anzahl unfreiwilliger Nachtschichten mit zunehmendem Alter sinken würde – dass sie sogar ganz aufhören würden. Doch obwohl sie die Dreißig schon lange überschritten hatte, zeichnete sich dieser Trend in der Realität nicht ab. Wenn man die Arbeit noch am gleichen Tag erledigte, mochte man zwar danach eine gewisse Befriedigung verspüren. Wenn man aber die eigene Effizienz am Folgetag mit ins Kalkül zog, waren Überstunden letztlich wohl doch keine so gute Idee.

Sie und Hiromu Kinuta hatten sich zusammengetan und beschäftigten sich mit dem Tank. Allerdings waren beide wie erwartet nicht sonderlich mit der Bedienung vertraut.

Emilys Stärke waren Versuchsanordnungen, bei denen sie das Verhalten einfacher „Elemente“ steuerte und deren Zusammenwirken in unzähligen Kombinationen testete und protokollierte.

Die von ihnen durchgeführten Experimente fanden, vereinfacht ausgedrückt, als Simulationen im Computer statt. Wenn man zum Beispiel die Eigenschaften und Reaktionsweisen der Bakterien und Viren richtig programmierte, erhielt man ein Ergebnis, das man mit konventionellen Experimenten so präzise und schnell niemals hätte erlangen können.

Die Bakterien- und Virenkulturen, die im Computer herangezüchtet wurden, starben nicht so leicht durch äußere Einflüsse ab, wie es in der realen Welt unter normalen Bedingungen schon mal vorkommen konnte.

Letzten Endes konnten die Experimente also, rein wirtschaftlich betrachtet, zu niedrigeren Kosten durchgeführt werden.

In den Simulationssystemen, wie sie Emily normalerweise einsetzte, war die Realität das, was man als hypothetische Werte vorgab. Man konnte sie von außen kontrollieren und über sie reflektieren.

In einer reinen Computer-Simulation war der Knackpunkt, wie sehr man sich mit seinen als ideal angenommen, hypothetischen Daten den Bedingungen in der Realität annäherte – wohingegen es in der virtuellen Welt einen anderen gab. Nämlich wie man es schaffte, mit der fiktiven Realität der „echten" Realität so nahe wie nur irgend möglich zu kommen …

Nach einer Nacht bemühter Interaktion mit der Maschine – dem Versuch sich auf sie einzulassen und Zugang zu ihr zu finden – gelangte Emily nach einigem Fluchen zu dem unweigerlichen Schluss, dass sie dafür nicht geschaffen war. Die Herangehensweise unterschied sich einfach zu sehr von der Art von Simulationen, die sie für gewöhnlich durchführte. Schon das bloße Starten der Maschine hatte sich als eine kaum überwindbare Hürde erwiesen.

Wenn ihr Kinuta nicht zur Seite gestanden hatte, wäre die Hoffnung, sie bedienen zu können, gescheitert. Kinuta war ein Genie; man mochte kaum glauben, dass er sich nur eine einzige Nacht intensiv mit der Anlage beschäftigt hatte. Emily hatte Kinuta die Geräte bedienen lassen, während sie in den Tank eingetaucht war. Jede Stunde hatte sie eine fünfminütige Pause eingelegt, was sie jedoch nicht davor bewahrte, Opfer der VR-Übelkeit zu werden.

Als sie wieder aus dem Umkleideraum kam, wollte sie noch einmal in den VR-Raum gehen, wo Kinuta aller Wahrscheinlichkeit nach immer noch die Gerätschaften justierte.

Ich verabschiede mich nur eben kurz und gehe dann zu Bett, dachte sie.

Der VR-Raum befand sich im vierten Obergeschoss. Direkt nebenan lag der Kapselraum von Rose, zu dem außer den Projektverantwortlichen, Emily und Ren Sprague, niemandem der Zutritt gestattet war.

Nachdem sie den VR-Raum geöffnet hatte, bot sich Emily ein gewohnter Anblick. Kinuta saß verschlafen am Tisch, der neben dem riesigen Tank aufgestellt war. „Oh, Chefin …" Er wollte aufstehen, als er Emily hereinkommen sah, wurde jedoch durch ihre Handbewegung davon abgehalten.

„Ich danke dir wirklich, dass du mir bei der Sache geholfen hast. Ohne dich wäre es nicht gegangen."

„Wie fühlst du dich …? Alles okay?"

„Es geht, aber ich würde gern auf mein Zimmer gehen und mich ein wenig hinlegen. Irgendwie ist mir doch recht übel." Emily setzte ein gezwungenes Lächeln auf und ließ sich, während sie den Blick zu Boden richtete und tief Luft holte, auf dem Stuhl nieder.

Kinutas Gesicht zeigte Anteilnahme. „Ist es also wirklich so schlimm? Ich kann ja nicht an deiner Stelle in den Tank. Ich passe nicht in diesen Anzug …"

Kinutas hohe Stimme hallte in ihrem Kopf nach. Emily hob eine Hand zur Stirn – ihr lief nur so der Schweiß über das Gesicht. „Na, wie sieht es aus. Kriegst du es in den Griff?"

„Die Grundlagen der Bedienung beherrsche ich jetzt alle,

glaube ich. Aber ich weiß nicht so recht …" Kinuta rieb sich die müden Augen. „Warum ist dieser Tank für das Projekt so unabdingbar, Chefin? Wenn ich den Grund nicht verstehe, wie soll ich dann sinnvoll weitermachen können?"

„Das ‚Projekt Rose' ist im Grunde eine Gemeinschaftsarbeit. Auf der einen Seite haben wir die Simulations- und VR-Hardware und auf der anderen die Immunologie. Wir sind für die eigentliche Simulation zuständig, Reena trägt ihren Teil als VR-Operatorin dazu bei, und dann sind da noch Robert Prasch und die anderen von der klinischen Abteilung. So analysiert eben jeder von uns Rose im Rahmen seines Fachgebietes."

„So weit verstehe ich das schon. Es geht um die Herstellung eines Impfstoffes zum Schutze des menschlichen Körpers vor dem T-Virus. Dafür die Arbeitsteilung. Aber genau das ist es ja. Wir, die Simulations-Gruppe, beschäftigen uns nur mit den Simulationen und den Beobachtungsergebnissen von Rose, die Gesamtheit begreifen wir nicht. Wofür brauchen wir nun den Tank?"

„Es ist nicht vorrangig die Software oder Peripherie, die diese gewaltige VR-Vorrichtung ausmacht – das Entscheidende ist die Hardware in Form von drei Supercomputern, die sich hinter der Wand dort befinden. Doch Hardware allein ist natürlich nutzlos."

„Dafür also der Tank."

„Ja – in diesen Supercomputern können Gesichts-, Geruchs-, Geschmacks-, Gehör- und Tastsinn, also die vom Menschen empfangbaren Reize, als Zahlenwerte verarbeitet werden. Und durch die Funktionalität des Tanks ist es möglich, die Testobjekte verschiedenen Umwelteinflüssen auszusetzen."

„Das heißt also, dass dieses VR-System auch an die Rose-Kapsel gekoppelt ist, nicht wahr?"

„Auf einigen Gebieten übertrifft die Fähigkeit, Input zu verarbeiten, die eines Menschen sogar bei weitem. Das Innenleben des Systems ist hochkompliziert und für fast jeden inzwischen zu einer Blackbox – einem Buch mit sieben Siegeln – geworden. Das Interface, über das es bedient wird, ist sozusagen dieser ganze Raum hier mitsamt dem menschlichen Operator."

Als Zeichen seiner Überraschung riss Kinuta beide Arme hoch und sein Körper wackelte dazu wie Pudding. „Hoho, fabelhaft … Das bedeutet gewissermaßen, dass dieser gigantische Tank samt dem Raum hier ein einziges Interface ist."

Emily nickte.

„Hast du es nun begriffen?"

„So einen überdimensionierten Computer habe ich noch nie benutzt. Ein richtiges Ungeheuer." Der erregte Kinuta tätschelte sich mit beiden Händen zwei-, dreimal das Gesicht. „Da wäre noch was – wenn noch eine Frage gestattet ist?" Kinuta hob lächelnd einen Finger, und auf seinen Wangen bildeten sich kleine Grübchen. „Was *genau* ist nun eigentlich diese Rose?"

„Das Forschungsmaterial zur Entwicklung des Impfstoffes. Warum fragst du das?"

„Ob dieses Gerücht wohl wahr ist …?"

„Welches Gerücht?"

„Rose sei in Wirklichkeit ein Mädchen, das die Ereignisse damals in Raccoon City überlebt hat – sagt man."

Emily runzelte die Stirn und blickte Kinuta ins Gesicht. „Von wem hast du so etwas gehört?"

„Von Reena Mittford."

Das war ein leichter Schock für Emily. Falls es so war, dass sich der Stress bei Reena auf Grund dieser Gerüchte angehäuft hatte …

Emily fasste sich an die Stirn. *Beruhige dich. Würde Sprague das jetzt hören, würde er es wahrscheinlich mit einem Lachen überspielen.*

„Ich weiß nichts Genaues. Für mich ist Rose ein auf Daten basierendes Objekt für unsere Forschung – eine Aneinanderreihung von Zahlen und Formeln“, sagte sie, als sie sich wieder einigermaßen gefasst hatte.

Kinuta lächelte. „Das ist doch eine Lüge. Du kannst oder willst es nur nicht sagen. Dass *du* als Projektleiterin darüber nicht Bescheid weißt, kann mir keiner erzählen.“

„Du kannst es deuten, wie du willst. Bei Reena bin ich mir nicht so sicher, aber du bist doch ein Wissenschaftler durch und durch, oder? Ganz gleich, welche tragische Vorgeschichte ein Forschungsobjekt haben mag, das hat keinen Einfluss auf die anstehenden Analysen. Lass die überflüssige Fragerei und konzentriere dich auf das Wesentliche. Das ist jetzt immerhin ein ganz entscheidender Moment.“

Kinuta zuckte mit den Achseln und stand auf. „Schon kapiert …“

Er torkelte, als sei ihm durch das plötzliche Aufstehen schwarz vor Augen geworden. In der Nähe der Tür blieb er stehen und drehte sich noch einmal um. „Es mag jetzt vielleicht so scheinen, als würde ich andere verpetzen, aber …“ Kinuta verstummte, gab sich dann aber einen Ruck und fuhr fort: „Ich glaube, Reena hat diese Maschine hin und wieder privat benutzt.“

Emily nickte. Sie mochte nichts von Reenas Liebhaber gewusst haben, doch diese Sache war ihr nicht entgangen. Carmen, die sämtliche Aktivitäten in der Forschungsanlage kontrollierte, erstattete Emily stets ausführlichen Bericht auf ihr persönliches Terminal.

So lange es das Projekt nicht gefährdete, hatte Emily nicht einschreiten wollen. Aber warum war Reena – und nun auch in gewisser Weise Kinuta – so sehr in den Tank vernarrt? Den Antrieb, der dahinter steckte, konnte Emily nicht nachvollziehen.

„Also, ich gehe dann mal. Wir haben wirklich gute Arbeit geleistet, du solltest jetzt aber auf dein Zimmer gehen und dich ausruhen", sagte Kinuta, verbeugte sich und verschwand im Korridor.

Emily saß immer noch auf dem Stuhl und stützte den Kopf auf beide Hände; sie wirkte verzweifelt. Die nicht enden wollenden Probleme hatten sie bis an den Rand der Erschöpfung getrieben. Reenas Unfall, die ins Becken geworfene Kuh, der bevorstehende Besuch dieses Umweltaktivisten namens Richard Fuchs …

Sie wollte schnell in ihr Quartier zurück, eine Tablette nehmen und schlafen. Langsam hob sie den Blick und sah sich um.

Es war ein trister, fensterloser Raum, und die Luft war stickig. Um etwaige Fremdeinflüsse auf die Trägerflüssigkeit zu vermeiden, gab es keine Belüftungsanlage. Es war drückend heiß, und Emilys Übelkeit wurde beständig stärker.

Eine verwunschene Maschine – ein dunkelgrauer Tank mit einem cremefarbenen Terminal davor. Emily starrte den leeren Monitor an. Gestern waren da die abgebildeten, rot lodernden Häuserfluchten gewesen. Das blinkende Alarmsignal …

Warte – das ist sonderbar. Emily schluckte den stark nach Säure schmeckenden Speichel herunter. Auf einmal kam ein Verdacht in ihr auf.

Um diese Maschine in Betrieb zu nehmen, waren mindestens zwei Personen erforderlich – die Testperson und jemand, der das Terminal bediente. Auch wenn es geheim bleiben sollte, war es doch schwierig, sich vorzustellen, dass Reena allein private Testläufe durchgeführt haben sollte. Wer hatte bei ihrem Unfall also das Terminal bedient? Und warum hatte dieser Jemand nicht sofort gehandelt?

Oder war zu jenem Zeitpunkt doch niemand außer ihr hier gewesen?

Die erste infrage kommende Person, die vor Emilys geistigem Auge erschien, war dieser hoch gewachsene Anführer des Wachpersonals …

3. Oktober, 14:10 Uhr, Konferenzraum

Emily blickte aus dem Fenster des Konferenzraumes nach draußen. Der morgendliche Regenschauer schien die Wolken vollständig aufgelöst zu haben, denn der Himmel sah an diesem Tag unglaublich blau und klar aus. Der vertraute, feuerrote Flammenbaumhain stach so noch stärker aus der Landschaft heraus.

Die Nachmittagssonne war für ihre von Schlafmangel gezeichneten Augen viel zu grell. Da sich der Konferenzraum im Erdgeschoss befand, war der Blick auf den Himmel dort auf einen großen rechteckigen Ausschnitt beschränkt.

Von außerhalb betrachtet, hatte das Forschungsinstitut kein einziges Fenster. Es sah wie eine riesige, von weißen Mauern umgebene Festung aus. Die Scheiben befanden sich alle innerhalb des Komplexes, zum Innenhof hin ausgerichtet.

Die offizielle Begründung für diese Bauart war der Schutz

von Interna – doch Emily glaubte eher, dass es an den paranoiden Wahnvorstellungen der Planer gelegen hatte; denn wenn man wollte, konnte man den rechteckigen Ausschnitt, sprich in den Innenhof, mittels eines Spionagesatelliten nach Belieben einsehen.

Während laufender Forschungsprojekte sahen die Angestellten nichts anderes von dem Gründstück – respektive der näheren Umgebung und der Welt –, als den quadratischen Hof. Ein krankhaft introvertierter Gebäudekomplex, der die Nerven der dort lebenden Menschen bis zum Äußersten anspannte und schließlich reißen ließ.

Reena Mittford …

Reena hatte die VR-Maschine heimlich benutzt, und ihr Partner dabei war wahrscheinlich ihr Liebhaber Ulysses Allam gewesen. Aber ergab es einen Sinn, dass Allam Reenas Risikobereitschaft so billigend in Kauf nahm und sie dann im Stich ließ?

Obwohl Emily ihn durchaus gerne dazu befragt hätte, konnte sie sich nicht dazu entschließen. Und außerdem war im Augenblick ohnehin keine Zeit für Fragen. Diese Gedanken waren momentan unnütz – sie schüttelte den Kopf und überflog den Raum mit einem raschen Blick.

Im Konferenzraum stand ein riesiger, ovaler Tisch aus einer Hartfaserplatte, deren Rundungen sanft geschwungen waren. Vor einer weißen Tafel am hinteren Ende saß ein junger Mann, dessen geschätztes Alter bei zirka Ende Zwanzig liegen mochte. Richard Fuchs war bekannt dafür, nie selbst vor die Medien zu treten. Dass er jedoch so jung war, hätte Emily nicht gedacht.

Mit seinem olivgrünen Jackett und dem orangefarbenen Schlips hatte er das Aussehen eines ehrgeizigen jungen Geschäftsmannes, der im Büro kultiviert und korrekt auftrat – im schicken Restaurant nebenan während der Mittagspause aber auch durchaus leger. Er saß souverän auf seinem Stuhl, seine Körperhaltung war fast schon statisch, und er ließ jede überflüssige Bewegung vermissen. Den Hang zur Impulsivität hielt er geschickt im Zaum.

Zu seiner Rechten saß der Institutsdirektor Ren Sprague, und ihm gegenüber hatte sich ein Kahlkopf im dunkelgrünen Polohemd niedergelassen, der Management-Beauftragte Christian Selfridge. Im Konferenzraum befanden sich einschließlich Emily nur vier Personen. Der große Konferenztisch wirkte dadurch etwas verlassen.

„Könnte man Kaffee bekommen?“ Es waren Fuchs’ erste Worte, nachdem er den Aufnahmeknopf des tragbaren Diktiergerätes gedrückt hatte. Er starrte Emily mit großen, schwarzen Augen an. Der Mann hatte spanische Vorfahren. Seine Gesichtszüge verrieten es.

Unwillkürlich musste Emily an Anns Vater denken. Das bittere Ende einer unbedarften Liebe – ferne Vergangenheit, heute war nichts mehr davon zu spüren.

Emily ging hinüber zu der an der Wand montierten Sprechanlage. „Carmen, einen Kaffee, bitte.“

„Verstanden“, erklang die maschinelle Stimme.

„Das ist ja praktisch. Ein Hightech-Kaffeeautomat, wie?“, flüsterte Fuchs und stütze sich auf seine Ellbogen.

Emily lächelte. „Carmen ist kein Kaffeeautomat. Sie ist eine KI und hat die Aufsicht über das Netzwerk des Instituts. Die hier befindlichen Arbeitsstationen und Server werden von ihr kontrolliert, verworrene Subnetze synchronisiert und die darin umherwandernden Programme und Daten-Pakete gebündelt – das ist Carmen.“

„Sie hat sie kreiert“, sagte unerwartet Ren Sprague, der bis dahin in Gedanken versunken gewesen war. Es klang stolz.

Fuchs kniff die Augen zusammen und beobachtete Emily mit wachsendem Interesse. „Ein Künstliche Intelligenz, basierend auf einem Programm?“

„Genau gesagt ist Carmen kein einfaches Programm, sondern ein Programm*verbund*. Das ganze Netzwerk ist ihr Körper. Und was ihre Intelligenz betrifft – unser Gesprächspartner ist in Wirklichkeit ein Strudel elektronischer Signale, der im Datenstrom hin- und herwirbelt.“

„Verstehe. Klingt ja interessant. Und der Benutzer, also wir Menschen, interpretiert das natürlich als Bewusstsein. Nun, man kann ja auch das globale Ökosystem als einen einzigen gigantischen Organismus betrachten – ein vergleichbares Gedankenspiel …“

„Philosophische Ansichten eines Umweltaktivisten?“

„Nein … bloße Verallgemeinerung“, erwiderte Fuchs lächelnd.

„Aha. Wie zum Beispiel die Personifikation der Erde durch den Begriff ‚Mutter Erde‘, um ihren Alterungsprozess und auch den Heimatgedanken aufzugreifen. Ich habe wenig Interesse an dem Konzept selbst. Ist mir zu sentimental. Das Simulieren des Ökosystems aber gehört natürlich zu meiner Forschung. Ich möchte mich damit noch viel gründlich als bisher auseinandersetzen. Bedingt durch die Beschränkungen der Hardware allerdings fällt die Simulation – oder Teile davon – sehr grob aus …“

„Wie die Simulation eines Bienenstocks?“

Emily staunte ein wenig. Ihr früherer Kollege – später dann Liebhaber und letztendlich Anns Vater – hatte damals die Simulation eines Bienenstocks zu Demonstrationszwecken entwickelt. Die Königin, die Drohnen, die Larven, die Waben … das gesamte Innenleben des Bienenstocks. Alles fand Berücksichtigung.

„Zum Beispiel, ja, genau."

Emily begab sich angespannt zur Ausgabeöffnung, um den Kaffee zu holen.

„Der Name Carmen ist für eine künstliche Intelligenz etwas eigenwillig. Warum diese Wahl?"

Ohne auf seine Frage einzugehen, wartete Emily auf den Kaffee.

„Sie hat sie so getauft", erklärte Ren Sprague. „War doch der Name Ihrer Tochter, nicht wahr?"

Emily drehte sich abrupt um und sah den Direktor ob seines vorlauten Mundwerks scharf an. Sprague senkte hastig den Blick und tat so, als schriebe er etwas in seine Unterlagen. Doch Fuchs' Blick lastete auf ihr, und sie sah sich zu einer Antwort genötigt.

„Meine Tochter heißt zwar Ann, aber sie wurde von meinen Eltern Carmen genannt. Ein Spitz- oder Kosename, wenn man so will."

„Ach so ist das. Steht das Programm in irgendeiner Beziehung zu Ihrer Tochter?"

„Vielleicht. Als ich der künstlichen Intelligenz einen Namen geben wollte, dachte ich mir irgendwie, dass nur dieser Name in Frage käme …"

Fuchs neigte den Kopf. Offensichtlich gab er sich nicht mit dieser Antwort zufrieden. Dennoch sagte er: „Na ja, wie auch immer. Wir sollten uns allmählich der Arbeit zuwenden. Als Erstes möchte ich mir Ihre Namen und Posten notieren", sagte Fuchs und sah sich im Konferenzraum um. Sein Blick fiel auf Selfridge, der zustimmend nickte.

„Christian Selfridge, Management-Beauftragter dieses Virus-Forschungsinstituts."

Sprague, der irgendetwas Sinnloses in seine Unterlagen schmierte, hob den Kopf. „Ren Sprague, Institutsdirektor."

Fuchs setzte ein demonstrativ gekünsteltes Lächeln auf. Dann wandte er sich an Emily. „Und Sie?"

Emily starrte Fuchs scharf an. „Emily Ran. Ich leite das gegenwärtige Projekt."

Fuchs fasste sich an die Stirn; offenbar versuchte er, sich an etwas zu erinnern. Zwei Sekunden später sagte er überrascht: „Moment. Emily Ran … Simulation … Sind Sie womöglich *die* Emily Ran? Die Legende vom Massachusetts Institute of Technology? Das geniale Mädchen, das im zarten Alter von fünfzehn Jahren eine Arbeit über Viren und Computerexperimente schrieb und dafür von der Universität öffentlich ausgezeichnet wurde? *Die* Emily Ran etwa? – Ich wollte schon immer wissen, wo Sie abgeblieben sind, und jetzt finde ich Sie hier, an so einem Ort …"

„Das ist Schnee von gestern. Ich bin heute eine gewöhnliche Forscherin, die sich bald ‚mittleren Alters' schimpfen kann", presste Emily verbittert hervor und schüttelte leicht den Kopf. „Aber finden Sie es nicht etwas unverschämt, wenn sich jemand, der hierher kommt, um Recherchen zu betreiben, eines solchen Tones bedient?"

„Entschuldigung, ich war nur etwas überrascht. Als ich noch ein Knirps war, hatte der Lehrer einen Zeitungsartikel ausgehängt, der über Sie berichtete. Er sagte, wir sollten auch fleißig sein und lernen, damit wir mal so weit kommen wie Sie."

Emily zuckte mit den Achseln. „Tut mir Leid, Sie und Ihre Klassenkameraden indirekt solch einem Druck ausgesetzt zu haben.“ Als sie wieder zur Ausgabeöffnung blickte, war der Kaffee fertig. Sie nahm den Pappbecher und reichte ihn Fuchs. „Hier, bitte.“

Sie musterte ihn erwartungsvoll, während Richard Fuchs einen Schluck nahm und die Augen verdrehte. Der Pappbecher landete ruckartig auf dem Tisch, wo er leicht überschwappte. Fuchs’ Gesicht spiegelte gemischte Gefühle wider. Er würgte die Flüssigkeit hinunter, die nicht seinen Geschmack zu treffen schien. „Carmens Alltagstalente“, spottete er. „Wirklich ausgezeichnet.“

„Unser Kaffeeautomat ist zweifellos nicht die Krone der Hightech“, erwiderte Emily und presste die Lippen zusammen, um nicht laut loslachen zu müssen. Sie ging hinüber zu Sprague und nahm dort Platz. „Wir mussten auch einiges ertragen, bis wir uns daran gewöhnt hatten.“

„Das ist wohl weniger eine Frage der Gewöhnung, denke ich“, sagte Sprague, ohne aufzuschauen. Er war ganz und gar in seine Kritzelei vertieft. Emily warf einen Blick darauf, doch es war unmöglich, auch nur eines der Zeichen zu entziffern.

Fuchs zeigte mit dem Finger auf die Wand gegenüber und fragte: „Das ist mir schon gleich zu Anfang aufgefallen, worum handelt es sich?“

An der Wand hing ein großes Holzschild mit einem Quadrat aus Kupferblech darauf, in das die Form einer Kuh gestanzt war. Unter den Hufen waren die Worte „Du sollst die Kuh nicht gering schätzen“ eingraviert und direkt darunter stand „In mir ist die Wahrheit“.

Sprague hob den Kopf und lächelte. „Ach, das. Das ist unser Symbol. Haben es von einem örtlichen Künstler anfertigen lassen. Ist doch hübsch, oder?“

„Sieht aus wie das Werbeschild eines Steakhauses." Fuchs war erneut im Begriff, am Kaffee zu nippen, verzog jedoch schon beim bloßen Geruch das Gesicht und verwarf den Gedanken wieder.

Sprague schmunzelte. Er umarmte sich, breitete danach beide Arme aus und machte ein Victory-Zeichen. Fuchs schaute verblüfft drein.

„Sie kennen die Entstehungsgeschichte des Impfstoffes? Im achtzehnten Jahrhundert grassierten weltweit die Pocken. Eine Furcht erregende Krankheit, die, wie Sie sicher wissen, Haut und Fleisch zerfrisst, hohes Fieber auslöst und zu einem qualvollen Tod führt. Edward Jenner, der sich jahrelang mit der Bekämpfung dieser Seuche auseinander gesetzt hatte, gelang schließlich eine epochale Entdeckung …"

„Jenner! Den Namen habe ich lange nicht mehr gehört. Ich wurde mal zum Lesen seiner Autobiographie verdonnert und musste meine Eindrücke zu Papier bringen. Er verwendete auch Kinder als Versuchspersonen, ein richtig durchgeknallter Typ."

„Zu jener Zeit sind viele Menschen, die im Molkereiwesen beschäftigt waren, von den Rinderpocken befallen worden. Diese Virusvariante benutzt den Körper der Kuh als Wirt; es war eine relativ harmlose Krankheit, bei der nur die Haut ein wenig rissig wurde. Jenner gelangte bei seinen Beobachtungen zu der Schlussfolgerung, dass Betroffene, die von Rinderpocken befallen wurden, nur selten von den normalen, tödlichen Pocken angegriffen werden. So kam er auf die Idee, durch eine Impfung mit dem Rinderpockenerreger den normalen Pocken vorzubeugen. Er hat also die erste Prävention in der Geschichte der Menschheit angewandt, die einen Impfstoff einsetzte."

„Eine Krankheit vertreibt die andere … Ist ja fast wie Gift mit einem Gegengift bekämpfen, nicht wahr?“

„Genau genommen vertreiben die Rinderpockenviren die Pockenviren nicht. Vielmehr erledigt der durch die Rinderpocken veränderte, angepasste menschliche Körper die Pocken. Die Strukturen der Rinderpocken- und der Pockenviren sind einander sehr ähnlich. Das menschliche Immunsystem ‚merkt‘ sich die Rinderpockenerreger, sobald diese einmal in den Körper eingedrungen sind, und versetzt sich dann im Moment des Eindringens von Pockenviren erfolgreich in Abwehrbereitschaft … Das wusste man jedoch zu Jenners Zeiten noch nicht. Es war nur das Ergebnis bekannt, dass aus irgendeinem Grund Menschen, die von Rinderpocken befallen waren, nicht von Pocken angegriffen wurden. Der Immunologie gelangen erst in den Sechziger Jahren des Zwanzigsten Jahrhunderts ihre kolossalen Durchbrüche.“

„Das ist noch nicht allzu lange her.“

Sprague blickte zur Tafel mit der Kuh hoch. „Richtig. Das soll aber nicht heißen, dass dieser Bereich der Wissenschaft noch in den Kinderschuhen steckt. Vielmehr ist die Immunologie ein wichtiger Zweig, der das Leben neu definiert. Sagen Sie mir, was bildet die Grenze zwischen dem Inneren und dem Äußeren eines Körpers?“

Fuchs und Selfridge sahen den plötzlich redselig gewordenen Sprague an und tauschten leicht erstaunt Blicke. Auf ihren Gesichtern konnte man fast so etwas wie Komplizentum ablesen, und Emily erschauderte.

Fuchs musterte Sprague schließlich schmunzelnd. „Nun, die Haut, oder?“

„Die Struktur des Immunsystems vertreibt die Krankheitserreger nicht nur. Es ist ein System, das den einen Menschen vom anderen unterscheidet. Die körpereigenen Antikörperzellen eliminieren die Fremdkörper, nachdem zuvor etliche Stadien von Versuch und Irrtum durchlaufen wurden, und sie sind individuell an die jeweilige Physis angepasst. Auf den Punkt gebracht bedeutet das: Das *Immunsystem* bildet die Grenze des menschlichen Körpers. Man kann auch sagen, dass das Immunsystem an sich, das auf Einflüsse von außen reagiert und alles Fremde zu vertreiben versucht, das Innere des Menschen darstellt. Selbstverständlich ist diese Grenze nicht nur bei Menschen, sondern bei allen Lebewesen vorhanden."

„Verstehe ich nicht ganz. Hat diese DNS, oder wie man das nennt, damit zu tun?"

Sprague schaute lächelnd zu Fuchs. „So ist es. Der DNS-Code ist wie eine Blaupause, die ein Individuum vom anderen unterscheidet. Das ist die Voraussetzung. Die Impfstoffbehandlung funktioniert quasi auf der Basis einer erfolgreichen Täuschung des Immunsystems. Es wird überlistet, und der Körper des Menschen durchläuft insgeheim eine Veränderung. Die Definition des eigenen Körpers wird also sowohl in Bezug auf innen als auch auf außen ein wenig abgewandelt. Der Betrug des Immunsystems wird so zur neuen Wirklichkeit." Selfridge klopfte mit dem Zeigefinger auf den Tisch.

„Hey, wie lange soll dieses Geschwätz noch gehen? Sind wir hier auf einem Kaffeekränzchen? Oder einer Vortragsveranstaltung? Sind Sie beim Forschen etwa auch so effektiv? Eine Abschweifung nach der anderen. ... Wie wäre es, wenn Sie Fuchs auch mal zu Wort kommen ließen?" Selfridge sprach in gereiztem Ton.

Sprague öffnete verdutzt den Mund und sackte dann auf seinem Stuhl zusammen. „Langweile ich Sie etwa?"

Fuchs lächelte gezwungen und winkte ab. „Nein, das war überaus interessant, Herr Direktor. Sprechen wir ein anderes Mal in Ruhe darüber."

„Ein anderes Mal, natürlich …" Selfridges Kommentar war pure Ironie.

„Nun denn", sagte Fuchs. „Geben Sie mir doch kurz einige Fakten über diese Einrichtung hier. Die Fläche des Grundstücks, die Menge des zu diesem Zweck abgeholzten Waldes, die Ziele des Unternehmens …"

Der betont hochmütige Selfridge erwiderte wie auswendig gelernt: „Die zur Errichtung des Gebäudekomplexes abgeholzte Waldfläche beträgt rund hundert Hektar. Das Unternehmen hat das Land vorschriftsmäßig erworben, alles ist vertraglich abgesichert. Wie Sie auf dem Weg hierher sicher festgestellt haben, haben wir es mit einer Art Insel mitten im Wald zu tun. Eher ist es also so, dass die Umwelt *uns* übel mitspielt – nicht umgekehrt. Über den genauen Inhalt unserer Arbeit werde ich nicht sprechen, Sie können aber davon ausgehen, dass es sich um gewöhnliche Genforschung und Impfstoffentwicklung handelt."

„Mr Fuchs", mischte sich Emily ein. „Ich verstehe nicht, warum Sie hergekommen sind. Das ist keine Fabrik, sondern ein Forschungsinstitut. Die Auswirkungen auf die Umwelt sind doch nur marginal …"

Fuchs zupfte an seiner Krawatte und betrachtete das Muster darauf. Ohne auf Emilys Worte einzugehen, stellte er weiter seine Fragen. „Hier werden Gen-Experimente durchgeführt. Besteht die Gefahr einer biologischen Verseuchung, eines so genannten ‚Biohazard'?"

„Keine Gefahr, absolut keine Gefahr", winkte Sprague in einer übertriebenen Geste mit beiden Händen ab.

Selfridge beachtete ihn nicht. „Wir haben selbstverständlich jedes potenzielle Bedrohungsszenario in Betracht gezogen. Das Kontrollsystem für die Belüftungsanlagen des gesamten Instituts ist auf das Auftreten unvorhergesehener Umstände vorbereitet und würde eine Ausbreitung verhindern. Das Risiko, dass etwas in die Natur gelangt, ist nahezu ausgeschlossen."

Selfridge sah Sprague von der Seite her an und unterdrückte ein Gähnen. „Das Institut ist der Inbegriff von Sicherheit. Wenn Sie wollen, können Sie gerne schriftliche Unterlagen zum Belüftungskontrollsystem und diversen Sicherheitsvorkehrungen bekommen. Das unterliegt nicht der Geheimhaltung."

„Sie hören es. Warum sind Sie also hier?", fragte Emily spitz. „Was wollen Sie mir eigentlich schon die ganze Zeit zu verstehen geben?"

„Ich will wissen, wie Sie auf unser Institut gestoßen sind, Mr Fuchs. Wer Sie sind, weiß ich bereits. Sie sind ein Spekulant. Sie suchen und verbreiten unangenehme Informationen über Unternehmen und manipulieren den Aktienmarkt."

Fuchs zog die Augenbrauen nach oben und blickte Emily erstaunt an. „Schau einer an, da ist ja jemand wirklich hervorragend informiert. Haben Sie die Nachforschungen alleine angestellt?"

„Obwohl ich fast die ganze Nacht gearbeitet habe, bin ich frühmorgens aufgestanden und habe ein wenig im Netz recherchiert. Es hat sich offensichtlich gelohnt."

„Ist es denn zu glauben, im Netz gibt's etwas über mich? Haben Sie mit einer Suchmaschine auf Anhieb etwas gefunden? Ja, ja, das Problem des Schutzes der Privatsphäre im Zeitalter des Internet … Wo soll das noch hinführen?"

Emily starrte auf sein verächtliches Lächeln. „Ich hatte Zugriff auf die Datenbank der Konzernzentrale und habe nach Informationen über Betriebszweige gesucht, die mit uns in Verbindung stehen. Ihre Aktivitäten, Richard Fuchs, habe ich allesamt überprüft. Die Rufmordkampagnen an achtundzwanzig Unternehmen, darunter fünf Pharma-Unternehmen, werden mit dem Namen Richard Fuchs in Verbindung gebracht. Diese Unternehmen sind Mischkonzerne und haben ausnahmslos Niederlassungen im Ausland. Vier Unternehmen davon konnten einen Monat, bevor Sie sie in Massenblättern anklagten, einen Höchstkurs verzeichnen. Der ideale Zeitpunkt also, Pharma-Aktien anderer Unternehmen zu kaufen. Sofort nach den Skandalberichten fielen die Kurse natürlich ins Bodenlose. – Selbstverständlich kann ein einziger Artikel keine solchen Auswirkungen auf den Verlauf der Dinge haben. Es bedarf schon weiterer, tiefgreifender Mechanismen … Und klar scheint, dass das den Aktivitätsrahmen eines Einzelnen sprengen würde. Ja sogar den einer Organisation. Das System hinter dieser Manipulation hat die verschleierte Gestalt mehrerer Organisationen, die aufeinander abgestimmt in einem internationalen Netzwerk operieren."

Fuchs stoppte das auf dem Tisch stehende Diktiergerät und atmete tief durch. „Und Ihr … Fazit ist?"

Emily hielt inne und sah sich um. Selfridge und Sprague hatten die Köpfe erhoben und musterten sie gespannt.

„Mafia", sagte Emily.

Selfridge und Fuchs blickten einander an. Sprague saß da wie vor den Kopf gestoßen und betrachtete Emilys Profil.

Fuchs' Schultern zuckten. Er lachte, und dieses Lachen wurde rasch zum schallenden Gelächter. Auch Selfridge wurde davon angesteckt. Selbst Sprague konnte sich kaum dagegen wehren. Er biss sich auf die Lippen, und seine Muskeln bebten leicht. In diesem Augenblick wollte Emily nichts anderes mehr, als nur diesen Raum hinter sich lassen.

Nach gut einer Minute wischte sich Fuchs die Tränen aus den Augen und sagte: „Verstehe, verstehe. Wenn es so wäre, was würden Sie dann tun? Die Polizei rufen? Der Handlanger eines Verbrechersyndikats ist hier – so etwas würden Sie denen sagen?"

„Sie verstehen es nicht. Sie werden beseitigt, sobald man Sie als Feind dieses Konzerns enttarnt hat."

„Ich weiß Bescheid. In Wirklichkeit ist Umbrella ein Unternehmen, das unheimliche Waffen entwickelt – und das hier ist eine Versuchsanstalt für biologische Waffen … Wenn hier jemand etwas nicht versteht, dann wohl Sie, Miss Ran. Man wird mich nicht aus dem Weg räumen. Ich bin im Augenblick ein Verbündeter dieses Konzerns. Ich wurde von einigen Großaktionären beauftragt, hierher zu gehen." Beide Ellbogen auf den Tisch gestützt, breitete er die Hände aus. „Ich wollte das Gespräch eigentlich langsamer angehen, doch nun sieht es so aus, als könnten wir gleich zur Sache kommen."

Das Gesicht von Fuchs verlor mit einem Mal jeden Ausdruck. Er trank den Kaffeebecher aus und stellte ihn dann ruhig auf den Tisch. Selfridge räusperte sich. Fuchs begann langsam zu sprechen. „In der letzten Zeit kursieren an der Wall Street beunruhigende Gerüchte. Die Zerstörung von Raccoon City sei auf eine biologische Verseuchung zurückzuführen, die von Umbrella verursacht wurde. Ein todbringendes Virus soll aus dem Labor entwichen sein und um sich gegriffen haben, heißt es. Sollte das wahr sein, wäre es ein beispielloser Skandal. Und was das bedeutet, können Sie sich selbst ausmalen. Kurz gesagt, Ihr ‚Regenschirm' ist in Wahrheit ein Sieb. Ein skrupelloser Konzern, der sich nicht einmal den Hintern abwischt, wenn er Scheiße baut – na ja, so einen Ruf haben Sie momentan hinter vorgehaltener Hand. Deshalb befindet sich der Kurs der Umbrella-Aktie aktuell auch im freien Fall, und die Aktienbesitzer sind allesamt infarktgefährdet. Das Herzstück Ihres Konzerns, der Rüstungsbereich, scheint sich ebenfalls von Ihnen abzuwenden. Diese Informationen haben meine lieben Mittelsmänner zu Tage gefördert."

Als wollte er sich davon überzeugen, dass seine Worte die gewünschte Wirkung erzielten, schaute Fuchs Emily tief in die Augen. „Allerdings muss ich sagen, dass ihre Ausführungen einigermaßen plausibel klingen. Seit Urzeiten verlangt das Militär nach den besten Waffen, möchte es seine Feinde auf die für sich selbst sicherste Art und Weise unterwerfen. Mit einer Bombe ohne Sicherheitsvorrichtung möchte nur ein Lebensmüder hantieren. Niemand trägt gern eine hochexplosive Granate spazieren, von der er nicht weiß, ob und wann sie womöglich in seinem Rucksack explodiert. Es gibt keinen Soldaten, der mit Freuden an einem solchen Himmelfahrtskommando teilnehmen würde."

Fuchs stand abrupt auf und fing an, ruhig im Raum auf und ab zu gehen.

„Bloß, die entscheidende Frage ist, ob es einen Impfstoff gibt. Biologische Waffen herrschen damit als stärkste Waffen über die Menschheit. Eine neue Weltordnung mit geänderten Rahmenbedingungen entsteht und löst in ihrer Schrecklichkeit das Zeitalter der Atomwaffen ab. Die Kerle, die euch das Geld in den Rachen werfen, die wollen eben Bescheid wissen. Sie wollen Erklärungen. Sobald diese ausbleiben – Konkurs. Der Geldhahn wird zugedreht. Der Konzern verliert sein Fundament und stürzt in sich zusammen …"

„Wir sind nicht befugt, so eine Erklärung abzugeben. Verhandeln Sie mit der Zentrale.“ Für einen Moment wirkte Selfridges Gesicht blass.

Fuchs ging weiterhin im Raum auf und ab. „Gerade weil *das* nicht geht, bin ich hierher gekommen. Das leuchtet doch wohl ein? Die Oberen von Umbrella sind seit dem Unfall merkwürdig sensibel geworden. Eine Vollversammlung oder wenigstens eine Aufsichtsratsversammlung – Fehlanzeige. Meine Auftraggeber können diese Situation nicht mehr billigen.“

„Ganz gleich, was Sie uns noch erzählen, über die Inhalte der hiesigen Forschung können wir nicht sprechen.“ Selfridge schüttelte hartnäckig den Kopf.

Eine reichlich überflüssige Geste, fand Emily.

Fuchs näherte sich der Kupferstichkuh, und als er unter der Tafel stand, hob er den Arm und klopfte mit der Faust gegen das Metall. „Das hier ist doch ein Institut zur Entwicklung von Impfstoffen ... Es gibt noch ein anderes glaubhaftes Gerücht, dem zufolge in einer Forschungsanlage Umbrellas in Mittelamerika die Entwicklung von Seren gegen biologische Waffen rasch voranschreitet. Sollte sich das bewahrheiten, wäre der löchrige Regenschirm mit einem Schlag wieder geflickt.“

„Vielleicht, ja. Das wäre wünschenswert“, sagte Sprague mit zittriger Stimme. Mit seinem Kugelschreiber in Raketenform kritzelte er ein Porträt aus verwackelten Strichen. Die Linien bildeten zuerst Nacken und Kinn, dann Wangen. Augen, Nase und Mund wirkten eher wie ein verwobenes Etwas, und den Kopf krönte ein Büschel wie aus Stahlwolle.

„Und noch ein Gerücht kam mir zu Ohren. Umbrella verwendete für seine Forschung das Exemplar eines einzigartigen menschlichen Körpers.“

Spragues schmale Schultern versteiften sich vor Anspannung und für einen Augenblick riss er die Augen weit auf. Auch Emily schluckte unbewusst und schaute hinüber zu Fuchs. Dieser Mann – wie viel wusste er? Selfridge nagte an seinen Lippen und verzog schließlich den Mund. „Mein lieber Mr Fuchs, ab hier tangieren wir Unternehmensgeheimnisse. Das Wohl der geschätzten Aktionäre, die Sie vertreten, und deren Gewinne stehen auf dem Spiel."

„Hmm, in Ordnung. Die Sache mit den Versuchen an Menschen sollte ich dann wohl nicht veröffentlichen."

„S-Sie! Also Menschenversuche, das ist starker Tobak …!", brüllte Sprague.

„Halten Sie den Mund!" Selfridge schnitt ihm barsch das Wort ab und machte keine Anstalten, seine Verachtung zu verbergen. Sprague schaute fassungslos zu ihm hin.

Fuchs setzte seine Ausführungen fort. „Um an menschliche Körper zu gelangen, soll Umbrella auch Kinder aus der näheren Umgebung gekauft haben, heißt es."

„Das ist eine böswillige Unterstellung – völlig haltlos!"

„Sprague …" Selfridge hielt Sprague, dessen Hakennase nervös zuckte, mit seinem ruhigen Ton vom Aufstehen ab.

„Was haben Sie sonst noch gehört, Mr Fuchs?"

„Ist Ihnen das so genannte ‚Projekt Rose' ein Begriff?" Fuchs' Worte schlugen wie ein Blitz im Konferenzraum ein. Sprague sank auf seinem Stuhl zusammen. Niemand sagte etwas. Jeder schwieg in der Erwartung, dass ein anderer das Schweigen brechen würde.

Faul. An dieser Besprechung ist irgendwas oberfaul. Was passiert hier? Selfridge und Fuchs müssen sich bereits im Vorfeld irgendwo getroffen und einen Pakt des Bösen geschlossen haben. Selfridge hat, um sich auf wirksamste Weise von seinem untergehenden Arbeitgeber zu trennen, einen neuen Spuk ins Leben gerufen.

Emily wurde bei diesem Gedanken schwarz vor Augen. Man konnte den Lauf der Dinge nicht mehr stoppen. Sie wusste zwar nicht, was die beiden vorhatten, ihre bisherige Interpretation jedoch – die Sache mit der Mafia – war ein großer Irrtum. Die erlittene Schmach blockierte ihr Denken.

„Sogar von ‚Projekt Rose' haben Sie gewusst?" Sprague stand mühsam auf und ging um den Tisch herum. Als er bei Fuchs angelangt war, blieb er vor ihm stehen.

„Das Mädchen namens Rose ist den Gerüchten zufolge eine Überlebende aus Raccoon City", sagte Fuchs.

Sprague sah aus, als wollte er gleich zu weinen anfangen. Er senkte den Blick.

„Überlebende", fuhr Fuchs fort. „Ein lustiger Ausdruck, nicht wahr? Sie schläft. Sie träumt."

„Träumt ..." Sprague ging an Fuchs vorbei in Richtung Ausgang. „Ich bitte um Entschuldigung, aber ich fühle mich nicht wohl. Ich darf mich verabschieden ..."

Beim Hinausgehen sah es für einen Moment beinahe so aus, als würde in seinen Mundwinkeln ein höhnisches Lächeln aufblitzen, und die an seinem verlassenen Platz zurückgelassenen Notizen wirkten auf Emily plötzlich wie ein tiefschwarzes, abgründiges Loch.

3. Oktober, 19:55 Uhr, Innenhof

Emily schlenderte durch den tiefroten Hain des Innenhofs. Sie trug Jeans, einen schwarzen Rollkragenpullover und darüber ihre Lieblings-Daunenjacke. Die Flammenbäume mit ihren roten Blättern waren dicht belaubt und wirkten unheimlich. Das Wasser, das aus dem Destilliersystem entwich, verdampfte zu einem Dunst, der über dem nächtlichen Wäldchen schwebte. Beim Auftreten auf den Boden, der durch den gestrigen Abendschauer aufgeweicht war, spritzte Schlamm auf ihre Hose. Trotzdem war es angenehm, den zuweilen kalten Wind im Gesicht zu spüren und dem Konzert der Insekten zu lauschen.

Der kleine quadratische Hain mit seiner Seitenlänge von jeweils fünfzig Metern war von Menschenhand angelegt worden. Emily zwängte die Hände in die Taschen ihrer Jeans und spazierte ziellos umher. Sie musste sich beruhigen, sonst würde sie innerlich explodieren!

Sie blieb vor einem besonders großen Baum stehen und schaute an seinem Stamm empor. Die herunterhängenden Äste schienen förmlich von Flammen umhüllt zu sein.

Emilys Blick versank im berauschenden Tanz der Flammen. Ein Seufzer der Bewunderung entwich leise ihrem Mund.

Umgeben von den weißen Mauern des Instituts, war der viereckige Nachthimmel über ihr das Einzige, was von der Außenwelt zu sehen war. Der Mond schien hell, die Sterne funkelten, und am Firmament war nicht eine einzige Wolke zu sehen. Durch die gitterförmig angeordneten Fensterreihen sickerte elektrisches Licht hindurch. Von diesem erhellt loderten die Bäume purpurrot auf. Im Wind flatternd durchliefen die roten Blätter, im Lichtschein fließend, das rote Farbspektrum. Rot, Purpurrot und Orange tanzten im einfallenden Licht, als würden sie miteinander konkurrieren.

Emily schloss die Augen und hing ihren Gedanken nach.

Wie in einer VR-Simulation, die streng nach Plan verläuft, gibt es keinerlei Zufälle. Der Mensch mit seinem interpretie-

renden Bewusstsein nimmt das Farbenspiel als Feuer wahr und assoziiert damit tanzende Flammen. Der persönliche Geschmack des Menschen entscheidet dabei, welche Gefühle er beim Betrachten empfindet. Das Chaos, das in diesem Institut herrscht, bekommt auch nur durch die jeweilige Sichtweise der Menschen eine Bedeutung, eine Kontur; der eine spinnt um des eigenen Vorteils Willen eine Intrige, der andere flieht einfach nur verwirrt und in Panik vor dem Tumult. Die Ereignisse entsprechen immer nur der Realität, die sich die Betroffenen selbst zurechtlegen, überlegte Emily. Sie unterdrückte mit aller Kraft die aufkeimende Erregung.

Nach den Geschehnissen im Konferenzraum zog es sie schnellstens auf ihr Zimmer zurück. Dort lag sie dann stundenlang auf dem Bett und exerzierte in ihrem Kopf die verschiedensten Szenarien durch. Sie rang und haderte mit sämtlichen Möglichkeiten, bis sie irgendwann einschlief. Nach dem Aufwachen nahm sie eine leichte Mahlzeit zu sich.

Die meisten ihrer Gedanken drehten sich um den Eindringling Richard Fuchs. Sie wusste nicht recht, ob sie ihm glauben sollte, dass er als Stellvertreter irgendwelcher Großaktionäre gekommen war. Emily hatte zwar selbstbewusst das Wort Mafia in den Mund genommen, diese Schlussfolgerung kam jedoch zweifelsohne eher einer Kurzschlussreaktion gleich. Allerdings wollten ihr keine alternativen Erklärungen einfallen. Stattdessen spukte ihr Fuchs' höhnisches Lachen unentwegt im Kopf herum. Und es gab zwar keine Beweise für eine Beziehung zwischen ihm und dem Management-Beauftragten Christian Selfridge, doch ihr schien das zu fadenscheinig.

Emily konnte jedoch nichts unternehmen. Zumal sie sich

um Sprague sorgte, denn ihr war nicht klar, was in ihm vorging.

Ein zweites, unheimliches System ist mit dem des Forschungsinstituts kollidiert – und als Ergebnis ist wohl irgendeine Veränderung im Gange, dachte Emily. Es war eine mehr als abenteuerliche Schlussfolgerung, aber das Einzige, was ihr dazu einfiel.

Ein System namens „Richard Fuchs" – der Gedanke gefiel Emily. Er war ein wesenloses, riesiges System. Sie konnte sich gut mit dieser Idee anfreunden und ein wenig Abstand von ihrem Gedankenchaos gewinnen.

Was sie so mitnahm, waren sein Äußeres und sein Auftreten. Beides erinnerte Emily an ihren früheren Liebhaber – Anns Vater – und an ihre Unfähigkeit, die menschlichen Systeme untereinander zu verlinken; beide glichen sich irgendwie.

Diese Erkenntnis machte sie ärgerlich. Selbstverständlich fällte sie kein Urteil darüber, ob ihr der Mann sympathisch war oder ihrem Typ entsprach. Sie konnte es sich nur einfach nicht verzeihen, dass sie solche Nebensächlichkeiten innerlich aufwühlten.

Die frei gesetzten Gefühle in ihrer Brust unterdrückte sie, eines nach dem anderen, und verstaute sie sorgfältig in kleinen Schubladen ihres Herzens. Jetzt war nicht die Zeit, um über Unwichtiges nachzugrübeln. Im Augenblick war das Projekt das Wichtigste. Egal, was passieren mochte, Emilys Job bestand nur darin – und verdiente auch ihre volle Aufmerksamkeit.

Emily glaubte, leise Musik zu hören. Außerdem hatte sie das unangenehme Gefühl, dass sich etwas in der Dunkelheit bewegte.

Und kurz darauf vernahm sie ein berstendes Geräusch.

Sie öffnete die Augen, doch die Welt ringsum bestand aus völliger Finsternis. Die Flammen auf den großen Bäumen waren verschwunden. Sie überblickte hastig die Umgebung, doch da war nichts außer Dunkelheit. Das Licht, das den Innenhof durch die Fenster erhellt hatte, war komplett erloschen.

Emily wurde von Unsicherheit erfasst; sie fühlte, wie der Boden unter ihren Füssen verschwand und schwankte. Ihr Herzschlag wurde schneller; sie konnte ihren Puls in den Ohren schlagen hören. Einen Augenblick lang wusste sie nicht, was passiert war. Hatte es einen Stromausfall gegeben?

Dieses Institut hatte einen eigenen Stromgenerator und war mehrfach gegen Ausfälle abgesichert. Was auch nötig war. Im Fall eines tatsächlichen Stromausfalls nämlich wären alle Zell- und Virenkolonien sowie die pausenlos von Computern gesteuerten Simulationen dem Untergang geweiht.

Und da nun alle Lichter erloschen waren, kam sie nicht umhin, sich den schlimmsten aller Fälle vorzustellen. Auf der anderen Seite der Finsternis neigte sich vielleicht gerade schon alles dem Ende entgegen …

Sollte das Projekt, in das sie das letzte halbe Jahr investiert hatte, wirklich einen so unerhörten Ausgang nehmen? Sollten alle Mühen von dieser totalen Finsternis, die aus dem Nichts gekommen schien, in genau jenes Nichts fortgerissen werden?

Die Gesichter ihrer Mitarbeiter, bei denen die kleinsten Veränderungen im Zahlendschungel mal für Freude, mal für Enttäuschung gesorgt hatten, tauchten vor ihrem geistigen Auge auf … und verschwanden wieder. Nein, das durfte nicht wahr sein!

Sie hatte Tränen in den Augen. Sie wollte schreien und konnte sich nur mit Mühe beherrschen. Beide Hände ausgestreckt tastete sie sich vorsichtig vorwärts. Sie wollte unbedingt zu Rose.

Ihr Fuß blieb an einer Wurzel hängen. Es fehlte nicht viel und sie wäre gestürzt. Bei ihrem Bemühen, schnell das Gleichgewicht wiederzuerlangen, war sie gegen einen Baumstamm geprallt. Der Innenhof mit seiner Grundfläche von gerade mal fünfzig mal fünfzig Metern war bei dieser Totalfinsternis zu einem tückischen Irrgarten geworden.

Nach und nach aber gewöhnten sich ihre Augen an die Verhältnisse, und die vom Mondschein erhellte, vage Silhouette des Waldes gewann langsam an Kontur.

Als Emily den Ast, der ihr gegen die Stirn geschlagen war, mit dem Handrücken von sich stieß, bemerkte sie zwischen den Bäumen eine Bewegung.

Das waren auf jeden Fall die Bewegungen und der hörbare Atem eines Lebewesens.

Erst einen merklichen Augenblick später, fast ein wenig zeitversetzt, erstarrte sie und dachte: *Es gibt doch keine wilden Tiere im Innenhof?*

Sie untersuchte verzweifelt die Taschen ihrer Daunenjacke, doch etwas, das sich als Waffe gebrauchen ließ, konnte sich nicht finden; genau genommen waren die Taschen leer. Vor lauter Angst kamen ihr die eigenen forschenden Fingerspitzen wie die eines Fremden vor.

Emily ging vorsichtig los, doch ihre Knie zitterten, und sie strauchelte mehrmals, als ihre Füße im Schlamm versanken. Ihre Beine machten sich selbständig, wurden immer schneller – und bald fing Emily an zu rennen.

Ein Schrei brach aus ihrer Kehle, und Emily lief um ihr Leben … oder besser gesagt, ihre eigenmächtig handelnden Beine trugen sie weg von hier.

Der Bestie fiel Emilys hastige Bewegung auf, worauf sie zur stürmischen Verfolgung ansetzte.

Ins Institut, rein ins Institut! Vor lauter Angst fiel Emily das Denken schwer. Ihren außer Kontrolle geratenen Beinen gab sie den Befehl, mit aller Kraft zu flüchten. Der Schlamm spritzte, und die Äste der Bäume schlugen wie Peitschen in ihr Gesicht. Stress, Kummer, Angst und Ärger … alles war verflogen. Emily bestand nur noch aus Instinkten, hastete aus dem Wald.

Die Institutsfassade kam näher. Nur noch ein paar Schritte …

Doch da blieb Emily wieder an einer Wurzel hängen und strauchelte, stürzte bäuchlings in den Schlamm.

Die weißen Außenwände des Instituts spiegelten das Mondlicht wider und leuchteten schwach. Emily kauerte voller Schmutz am Boden. Der Dreck hing ihr in den Haaren und war selbst bis in die Schuhe vorgedrungen.

In Emilys unmittelbarer Nähe rannte aufgeregt ein Hund umher. Sein hechelnder Atem traf sie hin und wieder am Hals, und manchmal tropfte lauwarmer Sabber auf ihr Gesicht.

Der Mann mit der Strickmütze, den Emily schon einmal gesehen hatte, lächelte verkrampft. Im Schimmer der weißen Wand erschien sein Gesicht ausdruckslos und hatte beinahe das Aussehen eines Models.

„Ist alles in Ordnung? Haben Sie Schmerzen?“

„Können Sie mir den vielleicht vom Leib halten?“, fauchte Emily.

Beim Anblick des riesigen Dobermanns, der schnüffelnd umherlief, konnte sich Emily nicht beruhigen. In der Finsternis hatte der Hund einem kleinen Drachen geglichen.

„Sie brauchen sich keine Sorgen zu machen, er ist ein kluger Junge. Der beißt Sie nicht."

Auf Emily allerdings wirkte das Gebaren des Dobermanns sehr wohl so, als würde er kurz davor stehen, sie anzufallen; als der Wächter jedoch lässig „Tobi, lass das – Tobi!" sagte, beruhigte sich der Hund.

Emily erhob sich, bedachte Tobi aber weiterhin mit ängstlichen Blicken. Sie lehnte sich an die Wand des Instituts und seufzte.

„Verzeihen Sie bitte. Ich hatte nicht damit gerechnet, dass sich jemand auf dem Hof befindet", entschuldigte sich der Wächter und legte dem Hund eine Leine an.

Emily tastete nach dem Schlamm, der sich in ihrem Haar verfangen hatte, und schleuderte ihn von sich.

„Name?"

„Hä? … Na, Tobi", sagte der Wachmann etwas verdutzt.

„Nein, *Ihr* Name."

„Ah …" Er lächelte. „Ich heiße Simon. Simon Beach."

„Ich bin Emily Ran. Freut mich." Emily streckte ihm ihre dreckige Hand entgegen, und Simon ergriff sie mit beiden Händen, wobei ihm das Ende der Hundeleine in den Schlamm fiel. Der nun wieder freie Tobi fing abermals an, lebhaft um die beiden herumzutollen.

„Es ist mir eine Ehre, Emily."

Emily beobachtete Tobi und sagte: „Halten Sie die Leine ja gut fest, Simon."

Simon errötete und bekam die Leine zu fassen, doch der Hund zog mit aller Kraft daran, sodass der Wachmann das

Gleichgewicht verlor und stürzte. Taumelnd richtete er sich wieder auf und lächelte gezwungen.

„Er ist ein kluger Junge, glauben Sie mir. Nur ein bisschen ausgelassen."

Emily nickte und deutete mit dem Daumen in Richtung Institut. „Eine Ahnung, was passiert ist?"

„Wohl ein Stromausfall", sagte Simon. Auf seinem Gesicht lag ein Ausdruck von Überraschung.

„Welchem Ausmaßes?"

„Nun ja … Weiß ich auch nicht. Ein Teil des Telecom scheint jedenfalls zu funktionieren."

Das bedeutete, dass der Strom nicht komplett ausgefallen war!

Emily atmete ein wenig erleichtert auf und überblickte den Innenhof. Die Vision eines Geisterwaldes verflüchtigte sich allmählich, und der gewohnte kleine Hain kehrte zurück.

Die Lampen im Institut waren noch nicht wieder eingeschaltet, und die einzige Lichtquelle war der Mond, der die Flammenbäume erhellte. Die Blätter rauschten.

„Die Kommunikation ging wild durcheinander. Es muss wohl zu irgendeinem Unfall gekommen sein. Von einem ‚Biohazard' war die Rede …"

Emily traute ihren Ohren nicht. Genauer gesagt, sie *wollte* ihnen nicht trauen.

„Ein Biohazard …", flüsterte sie.

Simon nickte. „So ist es. Aber was war das noch mal genau? Es steht doch, glaube ich, in den Richtlinien, die ich bekam, als ich hierher kam …"

„Woher kam die Verseuchung? Wie weit hat sie sich ausgebreitet?"

„Die Kuh … die ins Becken geworfene Kuh. Es hieß, sie

sei infiziert gewesen … Über die gegenwärtige Lage bin ich nicht informiert, doch es herrscht auf jeden Fall Chaos. Der Bericht war widersprüchlich, und letztendlich wurde ich auf Patrouille in den Innenhof geschickt."

Bei dem Gedanken an die gehäutete Kuh bekam Emily eine Gänsehaut. War darin etwa das Virus verborgen gewesen? Ihr Brechreiz meldete sich zurück.

„Der Gruppenführer geriet total in Panik. Aber wenn die Kuh echt infiziert war, muss das doch das Werk von jemandem gewesen sein! Ungeheuerlich … Ich verderbe mir noch den Magen!" Simon griff sich verunsichert an den Bauch.

Emily fing an zu zittern. „Vielleicht das Virus … Wenn das der Fall wäre, würden die Menschen, die hier leben …"

Sie hielt inne und starrte in Simons Gesicht, der den Kopf zur Seite geneigt hatte. … *allesamt sterben*, führte sie den Satz in Gedanken fort. Ein Sturm aus Gefühlen und Gedanken drohte sie zu übermannen. Sie unterdrückte ihn mit aller Willenskraft und dachte nach.

Beruhige dich. Es ist vielleicht gar nicht das T-Virus. Biohazard ist nicht gleich Biohazard. Es könnte auch ein weit harmloseres Virus ausgebrochen sein. Auf jeden Fall hat das Projekt Vorrang vor allem anderen.

„Ich schau mich mal im Gang um." Sie ging zur Wand, machte eine Tür auf und schaute dahinter. Totale Finsternis empfing sie. Selbst die Notbeleuchtung war ausgefallen.

Die tiefe Dunkelheit, die den Durchgang vollständig ausfüllte, konnte man beinahe mit den Händen greifen. Aus den Lautsprechern im Gang war ein Rauschen zu vernehmen. Carmens Puls. Emily rief in den Korridor hinein, doch es erfolgte keine Reaktion.

Es konnte aber nicht sein, dass die Stromzufuhr überall lahm lag. Es war ausgeschlossen, dass das gesamte Stromnetz ausgefallen war. Einige der Server mussten intakt geblieben sein. Die Stromzufuhr, die Rose versorgte, war vielleicht gar nicht unterbrochen …

Emily starrte in den finsteren Gang. Wie erwartet konnte sie nichts sehen. Es war unheimlich, weil nichts außer Carmens Geräuschen zu vernehmen war.

Muss ich mir denn wirklich den Weg ertasten?

Sie drehte sich um und blickte zu Simon, der im Hof stehen geblieben war.

„Sie müssen sich nicht sorgen. Sehen Sie mal, was ich hier habe.“ Der Wachmann wedelte lachend mit einer Taschenlampe, als hätte er Emilys Unsicherheit bemerkt.

„Ich will zum Kapselraum, wo sich Rose befindet“, erwiderte sie. „Funktioniert der Aufzug?“

„Hm …“ Simon zögerte. „Eher nicht. Wo war das gleich noch mal, vierter Stock?“

Emily nickte.

Simon schien etwas eingefallen zu sein; er beleuchtete den hinteren Teil des Innenhofs. „Hier ist doch irgendwo eine Außenfeuertreppe, würde ich meinen …“

„Gut, Simon, suchen wir danach.“ Emily schloss die Tür und kehrte in den Innenhof zurück.

Sie nahmen den Hund mit und schritten wortlos unter den Flammenbäumen dahin. Simon hielt in der einen Hand die Taschenlampe, in der anderen die Leine, an der Tobi befestigt war.

Emily klammerte sich an seine Weste und folgte ihm vorsichtig. Sie kam sich vor wie ein verängstigtes Kind, das sich hinter seinem Vater versteckte. Doch in diesem Fall war das durchaus legitim.

„Da fällt mir was ein – ich glaube, ich hab vorhin Musik gehört." Kaum hatte Emily die Worte ausgesprochen, blieb Simon abrupt stehen. Emilys Nase bohrte sich fast in seinen Rücken.

Simon drehte sich um. „Was sagten Sie gerade?"

„Haben Sie keine Musik gehört? Vorhin, kurz vor dem Stromausfall …"

„Ist mir nicht aufgefallen." Simon kratzte sich mit der Taschenlampe am Kopf. „Im Innenhof gibt es Lautsprecher. Aus denen drang die Musik dann wohl. Ich habe davon allerdings nichts mitbekommen …"

Emily sah sich auf dem dunklen Hof um. Es stimmte, auch hier war ein leises Rauschen zu vernehmen.

3. Oktober, 19:55 Uhr, Roses Kapselraum

Der quadratische Raum sah dem VR-Raum zum Verwechseln ähnlich. Die Länge aller Seiten betrug zehn Meter. Die Hälfte des Raumes wurde von einem riesigen Tank beansprucht. Am Boden schlängelten sich Kabel. Anstelle eines Computer-Terminals standen hier allerdings diverse Messgeräte. Auf dem dazugehörigen Monitor war das verschwommene Bild eines bleichen Ungeborenen zu sehen.

Im Schein der Leuchtstoffröhren sahen die Betonwände glänzend weiß aus. Das Geräusch des Bassinmotors ertönte zwar nur zuweilen, durchdrang dann aber die Enge des ganzen Raumes.

Es war unglaublich stickig. Wie im VR-Trakt gab es hier keinerlei Belüftung.

In dem Raum befand sich Richard Fuchs. Er war allein und

lehnte mit verschränkten Armen an der Wand. Er sprach in das dort angebrachte Mikrophon.

„War das gut so?“

„Ja, absolut perfekt“, antwortete es ihm aus dem Lautsprecher.

Das Lob war zwar schön und gut, doch großartig freuen konnte er sich nicht darüber. Kein Muskel seines Gesichts regte sich. Der erste Akt war gemeistert, mehr aber auch nicht. Im Vergleich zu dem, was noch bevorstand, war das Bisherige kaum mehr als ein Klacks.

Er schluckte den Speichel runter, der sich durch die Anspannung in seinem Mund gesammelt hatte, ließ die Arme sinken und legte eine Hand an das Holster, um die harte, kalte Beretta zu fühlen.

„Jetzt, nachdem es über die Bühne gegangen ist, frage ich mich, ob es wirklich notwendig war, sie zu täuschen? Wenn du willst, kannst du doch hier alles übernehmen.“

„Ja“, ertönte es aus dem Lautsprecher. „Es ist jedoch besser, wenn dieses Missverständnis eine Weile andauert. Das erleichtert uns unser Handeln.“

„Also ein Ablenkungsmanöver“, sagte Fuchs. „Ist diese Verbindung überhaupt sicher? Wird das Gespräch nicht von Carmen, oder wie dieses Programm heißt, aufgezeichnet?“

„Keine Sorge. Es gibt einige Hintertürchen. Bis hierher verlief alles gut. Fast schon zu gut. Diese Sache mit der VR-Technikerin war zwar etwas lästig, aber ansonsten …“

Fuchs dachte an die ganzen Tage, die er investiert hatte, um bis hierher zu gelangen. In seinen Alpträumen sah er immer wieder die gleichen Momente.

Seit jenem Tag konnte er nicht mehr durchschlafen. Eine Woge rot schwärender Menschen drängte sich Nacht für Nacht um sein Bett. Sie nagten an ihm, bissen ihm ganze Körperteile ab. Er erwachte stets schweißgebadet, hochgeschreckt von unsäglichen Schmerzen.

Die täglichen Spritzen gegen das T-Virus hatten sein Nervensystem aus dem Gleichgewicht gebracht. Fuchs war diese Folter auferlegt worden, um zu sühnen – er akzeptierte das. Sollten diese qualvollen Tage jedoch noch lange andauern, würde er wahrscheinlich verrückt werden.

Der viele Schweiß auf seiner Stirn war nicht nur auf die stickige Hitze zurückzuführen. Die Nebenwirkungen des provisorischen Impfstoffes befielen nicht selten seinen Körper. Dann wurden seine Knie wackelig, und er verspürte das übermächtige Verlangen, sich hinzusetzen …

Er zog die Handfeuerwaffe aus dem Holster und stützte seine Stirn darauf. Die Kälte der Waffe war angenehm.

„Bei mir ist auch alles okay. *Fuchs* scheint mir jedenfalls zu vertrauen."

„Das fällt unter die Kategorie Interessensgleichheit. Wir sind für diese Kerle doch nur Goldesel. Ob man sich vertraut oder nicht – da heißt es nur Augen zu und durch. Es geht darum, ‚T' zum weltweiten Verkaufsschlager zu machen."

„Ich habe die ganze Zeit darüber nachgedacht. Könntest du mir nicht etwas über das T-Virus verraten?", fragte Fuchs mit zittriger Stimme.

„Du weißt doch genug … Du hast es doch selbst mitangesehen."

„Ja. Und das werde ich wohl auch nie vergessen … Aber letztlich habe ich doch keine Ahnung, was es genau ist. Das Einzige, was ich weiß, ist, dass es sich um eine biologische Waffe eures Konzerns handelt."

Fuchs zog das an seiner Stirn klebende Eisen weg, hob den

Kopf und atmete tief aus. Der Anfall klang ab, und sein Körperzustand normalisierte sich langsam wieder.

„Das T-Virus ist eher zufällig von einem Wissenschaftler erschaffen worden. Sobald es ins Innere eines Körpers gelangt, ergreift es Besitz vom Immunsystem und verändert es. Das Ergebnis dieser Invasion ist, dass das ‚System Mensch' nun eifrig versucht, sich selbst umzugestalten. Die menschliche Existenz als solche wird in Frage gestellt. Die Grenzlinien verwischen, die Wahrnehmung des Todes verblasst. Und ein unwirklicher Appetit – eine Begierde – wird geweckt, sich alles, das sich in der Umgebung befindet, einzuverleiben."

Fuchs biss sich auf die Unterlippe. Die Bilder der jeden Abend herandrängenden Leichen liefen ohne Unterlass in seinem Kopf ab, wie eine in einer Endlosschleife abgespulte Filmrolle. Er umklammerte die Waffe so fest, dass seine Fingerknöchel weiß anliefen.

„Das Immunsystem wird vollständig zerstört. Der Sinn der vorbeugenden Impfstoffbehandlung ist, das Immunsystem zu stärken. Es ist also faktisch unmöglich, einen Impfstoff zu entwickeln, der konstant auf ‚T' einwirken würde, heißt es."

„Aber …", setzte Fuchs an und sah sich erneut im Raum um. Sein Blick verharrte auf dem überdimensionierten Tank – dem Einzigen, was es an diesem trostlosen Ort gab.

„Ja, richtig – dank Rose hat sich die Lage geändert."

Die Luft war stickig und schwer. Schon vom bloßen Stehen kam man bereits ins Schwitzen.

„Hier also befindet sich Rose…" Er schob die Waffe ins Holster und wischte sich den Schweiß mit der Faust ab.

„Genau. Du willst sie sicher treffen, nicht wahr?", ertönte es aus dem Lautsprecher.

„In diesem Tank?“, fragte Fuchs und deutete auf das Wasserbassin.

„Ja … sie ist da drin.“

Fuchs sah zu dem riesigen Kubus empor, der eine Seitenlänge von fünf Metern hatte. Im Licht der Neonröhren schien er mattgrau zu sein.

„Für die Entwicklung eines Impfstoffs sperrt man die ganze Zeit über einen Menschen hier drin ein? Das ist nicht das Werk von Menschen, sondern von … Barbaren!“

„Menschen sind Barbaren. Ohne mit der Wimper zu zucken, werden andere gelyncht oder eiskalt erschossen. Man stellt sogar Massenvernichtungswaffen her, um gleich ganze Völker auszurotten.“

Fuchs schnalzte mit der Zunge. Er wankte bis in die Nähe des Tanks, und sein Blick verweilte auf dem Monitor, der über den Messgeräten platziert war. Der blasse Fötus auf dem Bildschirm zappelte schwach.

„Was ist das hier? Das ungeborene Kind von Rose?“

„Das ist kein Ungeborenes, Richard Fuchs. Das ist nur eine Computergraphik, ein in der Simulation entstandener Fötus, ein Exemplar für Vergleichsexperimente. Wenn sie nicht alles simuliert, kann sie nicht ruhig schlafen.“

„Emily Ran?“

„Für die Experimente sind Proben, die man jederzeit zu Vergleichszwecken heranziehen kann, unerlässlich. Sie hat das erschaffen.“

Fuchs erinnerte sich an die Frau, die er im Konferenzraum getroffen hatte. Ihre kurzgeschnittenen, dunkelblonden Haare unterstrichen nicht unbedingt ihre Weiblichkeit. In dem Gespräch war erwähnt worden, dass sie eine Tochter hatte.

Fuchs war prinzipiell der Auffassung, die Menschen, die

bei Umbrella arbeiteten, seien alle wie Ren Sprague – ihre Leben auf irgendeine Art und Weise zerstört, was sie von der Normalbevölkerung, dem Alltags- und Arbeitsleben abgrenzte … Doch sie, sie war auf der einen Seite Mutter einer Tochter und auf der anderen Seite an der Entwicklung von Massenvernichtungswaffen beteiligt. Wenn die Herstellung des Impfstoffes gelang, würde sich „T" als Ware in der ganzen Welt verbreiten. Oder glaubte sie etwa das Ammenmärchen, dass man solch schreckliche Waffen zu reinen Abschreckungszwecken entwickelte?

Wie fühlte sie sich wohl dabei? Oder machte sie einfach nur ihren Job, ohne großartig über das Resultat nachzudenken?

Das Leben dieser Frau war sehr wahrscheinlich genauso aus den Fugen geraten wie das aller anderen. Sie hatte dabei versagt, eine Mutter zu sein, und mit den vergehenden Jahren gingen auch ihre Ideale flöten. Bis sie sich eines Tages dann hier wiedergefunden hatte, beteiligt an der Entwicklung verheerender Waffen.

Dem von ihr geschriebenen KI-Programm hatte sie den Namen der eigenen Tochter verpasst – als traurige Zuspitzung dieser Realsatire. Selbst Wunderkinder wurden älter.

„Ist diese Frau nicht gefährlich? Sie ist klug und hat sich über mich schlau gemacht. Es könnte sein, dass sie dahinter kommt. Von diesem Narren haben wir aber wohl nichts zu befürchten", flüsterte Fuchs, gegen den Tank gelehnt.

Die Stimme aus dem Lautsprecher antwortete: „Mach dir keine Sorgen, Richard Fuchs. Ich habe vor, heute Nacht allem ein Ende zu bereiten. Selbst wenn sie dahinter kommen sollte, spielt es keine Rolle. Es wird schon bald … schon sehr bald zu Ende sein. Nun, was sagst du dazu, jetzt Rose zu begegnen?"

Fuchs legte wortlos beide Hände an die Leiter, die am Tank befestigt war. Er erinnerte sich an Spragues Worte: „Sie schläft. Sie träumt."

Ein Mädchen, das in einem stählernen Sarg schläft. Und wie bei der Prinzessin aus einem Märchen dauert ihr Schlaf an. Die ganze, lange Zeit über. Und sie träumt. – Ob es jetzt wohl Nacht in ihren Träumen ist?

„Was hast du die ganze Zeit seit damals gedacht?", fragte die Stimme aus dem Lautsprecher.

„Nichts. Abrechnen, mich rächen, sie zur Rechenschaft ziehen – es ist gleich, welchen Ausdruck ich verwende. Meine Gedanken drehen sich einzig um Vergeltung."

Er kletterte hinauf. Die Metallleiter quietschte wie ein gequältes Tier unter seinen Händen und wackelte bedenklich bei jedem Schritt nach oben.

Fuchs dachte an Raccoon City, das an jenem Tag lichterloh gebrannt hatte und an die ganzen Menschen, die einander auffraßen; damals konnte er ihnen nicht helfen. Während er die Leiter Stufe um Stufe erklomm, schossen ihm all die schrecklichen Bilder durch den Kopf. So auch das Bild des zusammengebrochenen Mädchens in dem Gewächshaus.

Ich bin zurück, Rose. Das ist auch deine Rache.

Er richtete sich langsam auf dem Tank auf und überblickte den Raum. Die Höhe war imponierender, als er angenommen hatte. Wäre man leichtfertig hinuntergesprungen, hätte man höchstwahrscheinlich einen Knochenbruch oder Schlimmeres davongetragen.

„Wie spät ist es jetzt?", rief Fuchs nach unten.

„Es ist genau acht Uhr", drang es nach einer Weile aus dem Lautsprecher.

Fuchs nickte und sah sich oben auf dem Tank um. Hier war

etwas angebracht, das an einen Kanaldeckel erinnerte. Er streckte die Arme aus.

„Ich mache es jetzt auf …!“ Seine Worte blieben unbeantwortet.

Kaum war der „Sargdeckel“ geöffnet, kam ihm intensiver Gestank entgegen. Er schloss die Augen und bereitete sich auf den Augenblick vor, da er Rose erblicken würde. Er öffnete die Augen und versteinerte. In dem „Sarg“ befand sich niemand.

Von Rose war nichts zu sehen; stattdessen war der Tank mit schwach durchsichtigem, rotem Schlammwasser gefüllt. Er warf einen Blick hinein und spähte bis auf den Grund, so gut es ihm bei dem Neonröhrenlicht überhaupt möglich war. Doch da war nur diese trübe Flüssigkeit, deren Oberfläche leicht hin und her schwappte.

„Sie ist nicht da!“

Fuchs kauerte am Rand des Tanks und rief in Richtung Lautsprecher: „Hey, was geht hier vor? Hier ist niemand! Wo ist Rose?“

Fuchs schloss die Luke mit einem Knall und blieb auf dem Tank stehen. Er erhielt keine Antwort.

Hat mich dieser Kerl etwa reingelegt …?!

„Was ist hier los? Was hast du für einen Mist vor?“ Seine Nackenhaare sträubten sich vor Wut. Er polterte die Leiter hinab; das letzte Stück überwand er mit einem Sprung. Die Türlampe blinkte rot; das Zimmer war verschlossen.

Verdammt!

Fuchs nahm Anlauf und trat die Tür mit Wucht ein. Aus dem Lautsprecher an der Wand kam ein Rauschen. In den Tiefen des Rauschens, das so klang, als würde man unermüdlich etwas gegeneinander reiben, war eine synthetische Stimme zu vernehmen, die merkwürdige Störgeräusche produzierte; sie erinnerten an Gelächter.

Nach einer Weile ertönten aus dem Lautsprecher Musikfetzen. Fuchs hielt sich die Ohren zu. Das Getöse war jedoch so laut, dass er fürchtete, ihm könnten die Trommelfelle platzen.

Was ist denn das? Ich hab das schon mal gehört! Etwa das Requiem?

Ein Geräusch, als würde etwas durch die Luft fliegen, erklang, und das Zimmer wurde in Dunkelheit getaucht. Im gleichen Augenblick verstummte auch der Lautsprecher, und mit einem Mal war es still.

Fuchs sah sich verdutzt im Dunkeln um. Der Monitor, auf dem bis vor kurzem noch der Fötus abgebildet gewesen war, flackerte verschwommen; die Computergrafik des Ungeborenen war verschwunden und ihren Platz hatten unheimliche Bilder eingenommen .

Fuchs prallte beim Rückwärtsgehen gegen die Betonwand. Ein kalter Schauer lief ihm über den Rücken. Raccoon City stand in Flammen – die Szenerie, vor der er damals davongelaufen war, schwebte drohend vor ihm.

Auf seiner Stirn bildeten sich Schweißperlen. Die Kraft in seinen Beinen schwand – er verlor die Balance und fiel zu Boden. Beim Versuch, sich wieder aufzurappeln, verlor er neuerlich das Gleichgewicht und sackte zusammen. Auf der Seite liegend begann er sich am Boden zu krümmen.

„Verdammt“, stieß er hervor. Der triefende Speichel hinterließ eine Spur in seinem Mundwinkel. „Verdammt, ausgerechnet jetzt …!“

Ohne den Monitor aus den Augen zu lassen, griff er nach der Waffe in seinem Gürtel.

Kapitel 3

Ich habe erst kürzlich bemerkt, dass meine Periode ausbleibt. Wie gedankenlos von mir. Zurückgerechnet hätte ich sie am 1. Mai bekommen sollen. Mein Kopf dreht sich. Ich habe keine Lust, mit jemandem zu sprechen. Mit Frank natürlich auch nicht.

Ich verkrieche mich immer öfter auf meinem Zimmer, ohne eine Vorstellung zu haben, was ich jetzt tun soll. Von meinem Fenster aus schaue ich verstohlen nach draußen.

An der Kreuzung drängen sich Männer, die über verpasste Geschäftsgelegenheiten lamentieren … der Obdachlose „Porter" – eine lokale Berühmtheit – schleppt sein überdimensioniertes Gepäck durch die Straße auf der Suche nach einer Bleibe für die Nacht … Alex fliegt durch die Luft, und sein Skateboard, das sich von seinen Füßen getrennt hat, prallt mit einem dumpfen Geräusch auf den Boden … Robin zockt wie üblich auf seiner portablen Spielkonsole und beweist dabei unglaubliches Geschick …

Auge und Ohr bieten sich unendlich viele Eindrücke. Das Datum, das nur in eine Richtung weiterzählt, zeigt unmissverständlich, wie unwiderruflich die Tage vergehen.

Vater liegt im Bett. Sein Körper ist rosa angeschwollen, fast so rosig wie ein Neugeborenes, und an den Stellen, wo die Haut abgeschürft ist, kommt das scharlachrote Fleisch zum Vorschein. Gibt es nicht eine Geschichte, in der die Leute sterben, nachdem ihr ganzer Körper tiefrot wurde? Bestimmt von Edgar Allan Poe. Im Titel kommt auch „Maske" oder so etwas Ähnliches vor, glaube ich.

Vater öffnet alle fünfzehn Minuten seine Augen und fragt nach der genauen Uhrzeit. Er beklagt sich über die quälenden Symptome, und ich schreibe alles genau auf.

Nachdem ich gestorben bin, sagt er, nimmst du das mit und gehst zur Firma. Wenn du das tust, bekommst du vielleicht Geld – du wirst überleben.

Selbst in dieser Verfassung schenkt Dad der Firma noch Vertrauen.

Überleben?

In meinem Zimmer gibt es so gut wie keinen Radioempfang, daher höre ich immer wieder CDs von Mozart und Bruckner. Ich fülle die leeren Tage mit Musik …

Die Geräusche, die Vaters dahinsiechender Körper erzeugt, werden ausgeblendet. Schließe ich die Augen, gibt es auf dieser Welt nur noch Mozart und Bruckner.

Ein kleines Steinchen knallt gegen den Holzfensterrahmen.

„Hey, Alma, komm runter!"

„Alma, Alma, ist jemand gekommen?"

Das blutige rosa Gelee wackelt auf dem Bett im Nebenzimmer.

„Es ist nichts", antworte ich.

Ich darf nicht raus – da draußen wütet eine Seuche.

Der großzügige Prinz Prospero hatte, um der Seuche zu entgehen, die im ganzen Land ausgebrochen war, sein eigenes Schlösschen in eine Festung verwandelt; er scharte alle Gesunden um sich und veranstaltete einen prachtvollen Maskenball.

Es war am Vorabend des Untergangs. Prachtgewänder in voller Blüte … Und dann schlich sich ein Eindringling, der eine absonderliche Maske trug, unter die pompöse Gesellschaft. Und vollführte einen Totentanz.

Der Fürst stürzte sich auf den Störenfried und entriss ihm die Maske.

Und da war er …

Der Titel der Geschichte fällt mir wieder ein: *Die Maske des Roten Todes.*

„Alma, komm runter! Komm doch mal eben her!"

Als ich vom Fenster aus auf die Straße blicke, sehe ich dort jemanden, der, in eine Gardine gehüllt, in der tiefschwarzen Nacht nach mir ruft.

„Wer ist da?", antworte ich leise.

„Ich bin's, Alex", sagt die absonderlich gekleidete Gestalt.

Alex. Warum aber trägt er einen Vorhang? Trotz meines Unbehagens werfe ich mir meinen Mantel über und trete seit langer Zeit zum ersten Mal wieder in die Nacht hinaus.

Alex steht in einer dunklen Gasse, nur der Schein des Neonlichts fällt auf ihn. Er ist in einen Vorhang eingewickelt und starrt mich an. Nur seine weißen Augen sind zu sehen, der Rest seines Gesichts bleibt im Dunkeln.

Die Gardine ist mit einem sehr schönen Margeriten-Muster bestickt. Da sie jedoch an einigen Stellen zerrissen, ausgefranst oder verschmutzt ist, erkennt man auf den ersten Blick, dass sie irgendwo auf dem Müll aufgelesen wurde.

Alex wirkt völlig verängstigt und macht sich klein wie ein Hund, der Schläge erwartet, weil er eine Wurst gestohlen hat.

„Ich werde verfolgt … Sie sagen, ich sei krank!"

Alex ist sehr aufgebracht. Ich führe ihn in einen Bereich

der Straße, wo uns niemand sehen kann. Der Gestank verfaulten Fleisches drängt unter dem Vorhang hervor.

Mir ist dieser Geruch nur allzu vertraut, denn auch mein Vater verbreitet ihn. Ich streichele ihm zur Beruhigung über den Vorhang, der seinen den Kopf bedeckt, und sein Körper erzittert leicht.

„Alma, es tut mir Leid. Mir fiel nur sonst niemand ein, zu dem ich hätte gehen können."

„Du wirst verfolgt? Aber von wem denn?"

Alex' Augen glitzern in der Dunkelheit voller Hass. „Diese Kerle … Arthur House … diese ‚Bürgerwehr STARS'-Typen. Sie sagen, ich sei krank und würde die Krankheitskeime verbreiten. Ich sei die Wurzel des Übels, und sie würden mich aus diesem Viertel prügeln."

In seiner Aufregung gestikuliert Alex, während er spricht, und ein Arm schlüpft aus dem Vorhang heraus. Die Haut ist stellenweise abgerissen, das rote Fleisch entblößt. Wie erwartet zeigt er die gleichen Symptome wie Vater.

„Aber, Alma. Ich bin wirklich richtig krank! Für normale Hitzewallungen ist es zu schlimm, es juckt echt unerträglich. Und wenn ich mich kratze, löst sich gleich die Haut ab. Trotzdem tut es nicht weh, und mir geht es auch ansonsten nicht irgendwie schlecht. Was ist das bloß? Dein Vater ist doch bestimmt schon zurück? Frag ihn bitte mal für mich."

„Tut mir Leid, Alex, tut mir wirklich Leid. Ich kann nichts tun. Vater ist auch krank. Er hat das Gleiche wie du."

Alex lehnt sich an eine Mülltonne und blickt zum Himmel. „Ach, so ist das. Ja, du hast es mal erwähnt. Glaube ich zumindest … Mein Gedächtnis wird immer unzuverlässiger. Ich weiß langsam nicht mehr, wer ich bin."

Vater hat das Gleiche gesagt.

„Es ist unheilbar“, hat er gemeint. „Eine von uns geschaffene, unbesiegbare Teufelskrankheit. Bald wird jemand von der Firma kommen und mich mitnehmen … aber … davor wollte ich dich noch mal sehen.“

Irgendwann wird jemand kommen und Dad mitnehmen. Darauf war ich die ganze Zeit gefasst, doch bis heute kam keiner, und Vaters Körper verfällt von Tag zu Tag mehr. Auch sein Charakter verbleicht. Und nun Alex – Alex hat dieselbe Krankheit.

Unheilbar – das kann ich ihm einfach nicht sagen. Alex kratzt sich wortlos am Arm, und das Kratzen verursacht fleischige Geräusche, die leise durch die Gasse hallen. Er rückt die Gardine wieder zurecht und fängt leise an zu weinen.

„Warum ist mir … das bloß passiert …?“

Ich umarme ihn. Sein Körper unter dem Vorhang ist glühend heiß. Der Geruch von verrottetem Fleisch steigt mir in die Nase, doch er tut mir so Leid. Allerdings muss ich auch gegen den Brechreiz ankämpfen. Alex' Gesicht wird plötzlich von einem Lichtstrahl erhellt und glüht tiefrot. Ich folge seinen braunen Augen, hebe schützend eine Hand vor mein Gesicht und wende mich von dem grellen Licht ab. Zwischen meinen Fingern dringen Lichtstrahlen durch, wie ein Zebrastreifen, und brennen mir in den Augen. Mehrere Männer in braunen Jacken halten Taschenlampen in den Händen, ihre Gesichter aber kann ich im Gegenlicht nicht erkennen.

„Jungs! Hier ist er. Kommt alle her!“

Alex stößt mich von sich und will losrennen, doch er stolpert über seine eigenen Beine und stürzt. Es tauchen immer mehr Gestalten aus der Dunkelheit auf. Sie bilden einen Kreis und umzingeln uns. Die Metallrohre und Hölzer, die sie in Händen halten, verheißen nichts Gutes.

Arthur House tritt aus dem Kreis; sein nach hinten gekämmtes blondes Haar, die blauen Augen, sein eingefallenes, unsympathisches Gesicht sind unverkennbar.

„Du bist doch … Alma Hartline? Alles in Ordnung? Hat er dir was getan?"

„Hat er nicht! Warum sollte er auch? Lasst uns in Ruhe!"

Mein Schreien verhallt weitgehend unbeachtet. Die jungen Männer sehen einander an, und jemand muss wohl einen Scherz gemacht haben, denn plötzlich lachen los sie. House ist der Einzige, der ernst bleibt und keine Miene verzieht.

„Ist er dein Geliebter?"

Franks Gesicht kommt mir in den Sinn. Der ein Stück entfernt liegende, zu Boden gezwungene Alex brüllt aus Leibeskräften. „Nein! Sie ist nur eine gute Freundin …!"

House kommt auf mich zu und schaut mich mit seinen blauen Augen an. „Tut mir Leid, aber … er ist krank. Wir müssen ihn mitnehmen. Du könntest dich sonst noch anstecken."

Ich will schreien. Ich will toben.

Du Idiot! Mir ist vollkommen egal, ob ich mich anstecke – ich will bei ihm bleiben!

House geht zu Alex, legt ihm die Hand auf die Schulter und nickt. „Du kommst doch freiwillig mit, oder? Du musst diesen Ort verlassen. Wenn du hier bleibst, besteht die Gefahr, dass du alle anderen ansteckst. Du willst doch deine Freundin nicht krank machen, oder?"

Alex packt die auf seiner Schulter ruhende Hand von House und beisst so fest zu, wie er nur kann. House kreischt auf und schlägt nach ihm.

„Du Wahnsinniger! Du Virenschleuder! Wegen dir werden noch alle krank …! Mitnehmen!"

Alex fängt an, tierische Kampflaute auszustoßen, wird jedoch trotz aller Gegenwehr von den Jugendlichen fortgeschleppt.

„Hört auf! Er will nicht mitkommen!"

„Hilf mir, Alma!"

Alex' Schreie verhallen im Kreis der Jugendlichen. Ich kann ihm nur hilflos hinterher rufen.

Alex dreht förmlich durch. Einer der Jugendlichen holt mit seinem Metallrohr aus und schlägt brutal auf ihn ein. Ein dumpfer Ton breitet sich in der Gasse aus, das Geräusch von Metall und Knochen, die aufeinander treffen. Alex heult auf und kriecht unkoordiniert auf dem Boden umher.

„Sie sollen aufhören, bitte!"

Ich klammere mich an Houses Bein und flehe ihn an, kann aber sein mit der Dunkelheit verschmolzenes Gesicht nicht sehen.

„Mörder!", schreie ich der Gruppe der braun gekleideten Jugendlichen entgegen.

„Halt's Maul! Ist das etwa noch ein Mensch?!"

Jemand erhebt beide Arme und stößt einen Schrei aus. Die Zahl der Schatten, die beide Arme hochreißen, nimmt zu.

Von meiner Ohnmacht übermannt, setze ich mich auf die Straße.

Die tanzenden Schatten mit ihren tödlichen Waffen bewegen sich schwankend und schemenhaft. Ich beobachte die Szene geistesabwesend. Zornige Stimmen und Schmerzensschreie, Gebrüll, das Getöse von reißenden Muskeln, splitternden Knochen, prügelnden Metallrohren und Hölzern …

Die Gewalttäter gebärden sich wie im Rausch, und die Stimmung schlägt zusehends in Hysterie um. Alex' Stimme ist aus dem wütenden Gebrüll nicht mehr herauszuhören.

Einer der Jugendlichen scheint plötzlich etwas zu bemerken. „Er ist tot …“

Erschrocken beginnen sie, von Alex zurückzuweichen. Mit einem Mal, fast so, als würde Alex’ Körper mitten unter ihnen explodieren, spritzen die Jugendlichen von der Bürgerwehr plötzlich auseinander. Alex ist nun nicht mehr von ihnen eingeschlossen und wird für mich sichtbar; ich greife nach meiner Kehle und stoße einen Schrei aus. Alex liegt da wie ein zerfledderter Putzlappen, und seine Beine, mit denen er noch vor kurzem hoch springen konnte wie ein Akrobat der Lüfte, sind völlig verdreht. Der Vorhang, der ihn vor Minuten noch umhüllt hat, ist mit seinem Fleisch und seinem Blut verschmolzen; er sieht nicht mehr wie ein Mensch aus. Eher ähnelt er einem durch den Wolf gedrehten Batzen Hackfleisch, den man auf den Asphalt geklatscht hat.

„Was habt ihr getan?“, stößt House aus und schaut flehend zu mir herüber. „Das … ich wollte das nicht.“

Mein Blick wandert zwischen Houses aufgerissenen Augen und Alex’ massakriertem Leichnam hin und her. Die erblassten Jugendlichen schauen abwechselnd auf ihre eigenen Hände und in die nervösen Gesichter ihrer Kameraden.

„Du hast es doch gesehen, Alma. Wir wollten das nicht.“

„Was wolltet ihr nicht? Ihn töten?“ Ich gehe langsam rückwärts.

„Wir wollten dir nur helfen“, sagt House, und seine schrille Stimme klingt aufgeregt.

Ich renne los und schlüpfe ins Innere unseres Ladens. Ich schließe die Tür hinter mir ab, lege ein Ohr an das Holz und lausche.

Es ist still, sehr still. Nur der Wind singt sein Lied.

3. Oktober, 20:15 Uhr, Roses Kapselraum

Emily schritt über den weiten Korridor. Vor der angepeilten Tür angekommen, atmete sie erleichtert durch, verfluchte sich aber dafür, nicht wenigstens hin und wieder ein bisschen Sport zu treiben und sich auf diese Weise fit zu halten. Auch wenn eine steile Treppe hinter ihnen lag, die sie vier Stockwerke höher gebracht hatte, hätte sie jetzt nicht so außer Atem sein sollen.

Simon hingegen trieb mit Sicherheit jeden Tag Sport. Ohne das geringste Anzeichen von Erschöpfung machte er Faxen mit Tobi.

Emily beobachtete das Treiben der beiden. Und noch während sie sich bemühte, ihre Atmung wieder unter Kontrolle zu bringen, ertönte ein Alarm.

„Einleitung der Gegenmaßnahmen Stufe fünf im Fall einer biologischen Verseuchung. Alle Angestellten werden aufgefordert, den Anweisungen Folge zu leisten und Ruhe zu bewahren“, erklang Carmens blecherne Stimme.

Emily und Simon sahen einander an. Tobi heulte auf. Plötzlich schlug irgendetwas – oder irgendjemand – mit Brachialgewalt von der anderen Seite gegen die Tür, vor der sie gerade standen … und Emilys Herzfrequenz schnellte abrupt nach oben.

„Da drin ist wohl jemand“, meinte Simon.

Emily nahm ihm die Taschenlampe ab und inspizierte die Tür. Das elektronische Schloss schien außer Betrieb zu sein. Ein Drücken der Tasten bewirkte jedenfalls nichts. „Hier können nur der Direktor und ich hinein. Mittels Spracherkennung.“

„Dann wird der Direktor da drinnen eingeschlossen sein …“

„Keine Ahnung … Aber es klingt plausibel."

Emily rief in Richtung Tür, doch niemand meldete sich von der gegenüberliegenden Seite. Sie leuchtete abwechselnd mit der Taschenlampe nach rechts und links in den Gang, ohne ihn jedoch mit dem Lichtstrahl bis ans jeweilige Ende erhellen zu können. Tief in der Dunkelheit glaubte sie ein leises Schnaufen zu vernehmen.

„Was sollen wir tun?", fragte sie. „So lange das System nicht wieder läuft, bekommen wir die Tür nicht auf."

„Das sollte uns keine Sorgen bereiten." Simon holte aus dem kleinen Beutel, der hinten an seinem Gürtel hing, eine schwarze Box hervor. „Das ist eine tragbare Batterie. Bei den ganzen Elektroschlössern hier ein notwendiges Utensil", sagte er, als er Emilys fragenden Blick bemerkte.

Simon nahm die zwei Kabel, die aus der Schachtel traten, rollte sie ein Stück aus und steckte ihre Enden in die Steckervorrichtungen neben der Schalttafel. Er drehte kurz an dem Regler, und kurz darauf flackerten an der eben noch toten Instrumententafel diverse Lichter auf.

„Na bitte!" Die tragbare Batterie in der Hand, trat Simon zur Seite und forderte Emily auf, die Schalttafel zu bedienen. Sie tippte vier-, fünfmal mit dem Zeigefinger auf die Tafel, die daraufhin aufleuchtete.

„Sprechen Sie bitte ins Mikrophon." Im Vergleich zu Carmen klang die Stimme steif und noch unmodulierter.

„Emily Ran…", sagte Emily in das kleine Mikrophon.

„Stimme identifiziert. Die Tür wird geöffnet."

Das Türschloss war glücklicherweise nicht mit dem Netzwerk verbunden. Wäre das der Fall und die Anfrage zur Stimmüberprüfung an den Server gegangen, wäre dort Endstation gewesen.

Mit einem leisen Zischen der ausströmenden Kompressorluft löste sich die Verriegelung. Emily betätigte mit dem Zeigefinger den Knopf zum Öffnen der Tür. Die schwere Schiebetür glitt zur Seite, und Emily richtete die Taschenlampe ins Innere des Raumes.

Der unerwartete Anblick ließ sie zusammenzucken.

Ein großer Mann mit einer Beretta im Anschlag stand schussbereit direkt vor ihr. Er kniff die Augen zusammen, um sich vor dem grellen Lichtkegel zu schützen.

Richard Fuchs! Was macht der denn hier?!

Emily erstarrte.

„Hey, Sie sind's. Schwein muss man haben. Ich war eingeschlossen."

Emily hielt die Taschenlampe auf Fuchs gerichtet und wich langsam einige Schritte zurück.

„Wie sind Sie da hineingekommen?"

„Das ist jetzt unwichtig. Fakt ist, dass ich offensichtlich reingelegt wurde. Ich werde eben auch älter." Fuchs trat in schussbereiter Haltung aus dem Raum und überblickte den Gang. „Keinem der Typen hier kann man trauen … Absolut zum Kotzen."

Emily stieß im Zurückweichen mit dem Rücken an die Wand. Sie versuchte zu lächeln, doch ihre Gesichtsmuskeln waren erstarrt und gehorchten ihr nicht. Kalter Schweiß rann ihre Schläfen hinunter, und ihre Beine fingen an zu zittern. Aus den Augenwinkeln beobachtete sie Simons Reaktion.

„Fuchs … Ganz ruhig. Lassen Sie die Waffe fallen. Wir sollten in Ruhe reden."

„Wie meinen?" Fuchs schüttelte den Kopf. „Ich traue *niemandem* mehr, keine Chance!"

„Auf der Stelle die Waffe fallen lassen!“, schnarrte in diesem Moment Simon.

Fuchs starrte die Pistole – eine Glock, die ihm Simon plötzlich wie aus dem Nichts an die Schläfe gedrückt hielt – aus den Augenwinkeln an und schnalzte fast anerkennend mit der Zunge. „Verdammt …“ Er riss die Beretta blitzschnell mit einer Hand zur Seite und war im Begriff, sie auf Simon abzufeuern.

Aus Emilys Kehle entwich ein kurzer, explosionsartiger Schrei. Im selben Augenblick kam ein schwarzer Schatten aus der Dunkelheit angeschossen und rammte Fuchs’ Hüfte, der wütend aufschrie und zurück in den Raum purzelte. Die Beretta glitt ihm aus der Hand und rutschte über den Boden.

Als Fuchs begriff, dass es sich bei dem Schatten um einen großen Hund handelte, der jetzt aufgebracht knurrte und über ihm kauerte, rief er wutentbrannt: „Haltet die Bestie von mir fern!“

Simon richtete seine Waffe auf Fuchs. „Die Hände hinter den Kopf!“ Und dem umherlaufenden Hund rief er zu: „Tobi! Platz!“

„Na los, schieß doch! Verdammt!“ Fuchs ballte die Hände zu Fäusten und sprang Simon wütend an. Dieser stieß Fuchs mit einem Tritt um und setzte sich rittlings auf ihn. Pfeilschnell holte er Handschellen hervor und legte sie seinem chancenlosen Gegner gewaltsam an.

Fuchs rang nach Luft und stammelte Unverständliches. Simon hob Fuchs’ Waffe auf, ohne ihn dabei aus den Augen zu lassen.

Emily ging an Fuchs vorbei zum Tank, kletterte die Leiter hinauf und öffnete die Luke. Sie blickte ins Innere, um sich ein Bild von der Lage zu machen; die Stromzufuhr der Kapsel schien nicht abgeschnitten zu sein, was sie erleichtert aufatmen ließ.

„Fuchs, Sie sind hoffentlich nicht mit diesem schlammigen Wasser hier in direkten Kontakt gekommen?“ Sie richtete die Taschenlampe auf den am Boden liegenden Fuchs.

„Damit ihr Bescheid wisst, ich hab Rose nicht weggebracht. In dem Tank war von Anfang an niemand drin.“

Emily kletterte wortlos die Leiter hinunter. „Richard Fuchs – was haben Sie hier getrieben?“

Fuchs spuckte aus und brüllte: „Scheiße noch mal, mach mir die Handschellen ab!“

Simon grinste ihn an und wedelte mit dem passenden Schlüssel vor Fuchs' Nase. Nach einer Weile verstaute er ihn mit einer demonstrativen Geste in seiner Tasche.

„Verdammt, jetzt macht mir schon diese Dinger ab!“

„Ich will wissen, was Sie hier getrieben haben.“

Fuchs wand sich und schrie. „Wohin ist Rose gegangen!? Ist sie abgehauen? Ist sie vielleicht noch hier irgendwo?“

„Fuchs …“ Emily schaute ihm in die Augen. „Ich frage Sie zum letzten Mal …“

„Es war Selfridge“, sagte Fuchs und knirschte mit den Zähnen. „Er hat mich hergebracht. Aber dieser Penner hatte von Anfang vor, mich zu verraten. Er hat mich verarscht!“

„In diesen Raum können, so weit mir bekannt ist, nur ich und der Direktor. Wie ist es Ihnen gelungen, sich Zutritt zu verschaffen?“

„Ich habe die Aufnahme von vorhin benutzt“, antwortete Fuchs zögernd und heiser. Für Emily klang seine Stimme merkwürdig erregt, doch in der Dunkelheit konnte sie seinen Gesichtsausdruck nicht sehen.

In Fuchs' Tasche fand sich das Diktiergerät, das er während

der Besprechung verwendet hatte. Emily drückte den Abspielknopf.

„Christian Selfridge, Management-Beauftragter dieses Virus-Forschungsinstituts … Ren Sprague, Institutsdirektor … Emily Ran. Ich leite das gegenwärtige Projekt …"

Die Stimmen waren gut verständlich. Emily drückte auf Stopp. „Verstehe … Ein abgekartetes Spiel also." Das Gerät verschwand in ihrer Tasche. „Ein böser Jungenstreich? Das ist nicht besonders lustig!"

Zu einem Zeitpunkt, an dem der Erfolg des ganzen Projekts auf der Kippe stand, konnte man nichts weniger gebrauchen als irgendwelche Intriganten, die sich der Forschungsergebnisse zu bemächtigen versuchten.

Emily ging zur Wand und überprüfte das Telecom. „Tot, wie erwartet", seufzte sie und schüttelte den Kopf. „Das Telecom lässt sich nicht von hier aus steuern. Carmen reagiert auch kaum, es scheint sich um ein institutsweites Problem zu handeln."

Fuchs lag auf dem Boden und ächzte. Er mochte zwar aufgebracht sein, aber es schien auch darüber hinaus etwas nicht mit ihm zu stimmen.

„Geht's Ihnen gut?" Emily schaute hinunter auf Fuchs, der schwach nickte und mit dem Kinn zum Monitor deutete.

„Was sind das für Bilder? Warum erscheinen sie auf dem Bildschirm, obwohl es sonst keinen Strom gibt?"

Er hatte Recht. Abgesehen von der Taschenlampe war der Monitor die einzige Lichtquelle im Raum. Auf dem Schirm war nicht die brennende Stadt von vorhin zu sehen, sondern eine Allee mit einer grotesken Prozession. Männer in braunen Uniformen, auf denen STARS geschrieben stand, trugen auf einem dicken Holzbrett eine gehäutete Kuh durch die

Baum gesäumte Straße. Ein blonder Mann mit Sonnenbrille schritt in der Mitte und schien die Prozession anzuführen.

Als Emily sein Gesicht erkannte, erstarrte sie vor Schreck, und der Mund blieb ihr offen stehen.

Sein Gesicht war nur einen Augenblick lang zu sehen gewesen, doch das reichte, um den Mann als Ren Sprague, den Institutsdirektor, zu identifizieren.

Kurz darauf wechselte die Szene, und ein voller Bus wurde sichtbar. Emily starrte eine Weile angespannt auf den Bildschirm, doch die vorherige Sequenz erschien kein zweites Mal mehr.

Die Bilder, die jetzt auf dem Monitor abliefen, schienen aus dem Blickwinkel einer einzigen Person gedreht worden zu sein. Die Lautsprecher waren offenbar defekt, denn es war kein Ton dazu, und die Bildauflösung war sehr grob, etwa so wie die der VR-Maschine.

Die Bewegungen der Menschen waren abgehackt, und das Ganze erinnerte irgendwie an morbides Marionettentheater. Gegenwärtig war aus dieser Ego-Perspektive das Waggoninnere einer rasenden U-Bahn zu sehen. Da jedoch wiederholt Zufallsbilder eingespielt wurden, verkam das Ganze zu einem heillosen Durcheinander, dem man kaum folgen konnte. Es entstand der Eindruck, das Bewusstsein der Person, durch deren Augen man blickte, sei auf Film gebannt worden.

„Es muss jemanden geben, der diese Bilder abspielt. Der Stromausfall, der Ausbruch des Virus, dazu noch diese Aufnahmen. Das Timing ist zu perfekt. Es gibt praktisch nirgends Strom, aber dieser Monitor hier funktioniert? Daraus folgt, dass derjenige, der diese Aufnahmen abspielt und derjenige, der den Stromausfall verursacht hat, ein und dieselbe Person sein müssen“, sagte Emily nach einer Weile.

„Oder der Stromausfall war eine Notwendigkeit, damit das System genug Kapazitäten hat, um diese Bilder überhaupt erscheinen zu lassen. Vielleicht ist er aber auch nur ein Ablenkungsmanöver, um Rose zu entführen?“

Auf Fuchs’ Worte hin zuckte Emily nur mit den Schultern. „Um diese Bilder abzuspielen, braucht man lediglich eine sehr geringe Menge an Strom. Wahrscheinlich wollte der Drahtzieher des Ganzen ein Durcheinander verursachen, um Rose entführen oder vernichten zu können. Was wiederum Sie zum Hauptverdächtigen macht, Richard Fuchs.“

Fuchs schrie aufgebracht: „So ein Unsinn! Und was ist mit Selfridge?! Er dachte ernsthaft daran, sich an ein anderes Unternehmen zu verkaufen!“

„In der Tat, ihm wäre einiges zuzutrauen. Und Rose wäre ein passendes Mitbringsel gewesen, das seinen Marktwert unerhört gesteigert hätte. Da es aber keinerlei Beweise dafür gibt, kann ich Ihnen, nachdem wir Sie hier auf frischer Tat ertappten, unmöglich vertrauen.“

„Ich jedenfalls habe mir bis jetzt noch nichts zu Schulden kommen lassen.“

„*Noch*?“

„Ich bin mit einem bestimmten Ziel hierher gekommen, das gebe ich ja zu. Doch meine Pläne lege ich vorläufig auf Eis, denn wir haben es hier mit einer Ausnahmesituation zu tun. Wenn sich die biologische Verseuchung über diese Anlage hinaus ausbreitet, kriegen wir vielleicht noch ein zweites Raccoon City.“ Fuchs erschauderte bei seinen eigenen Worten.

Emily nickte. In der Tat, die oberste Priorität musste jetzt sein, sich einen Überblick über das Ausmaß der Katastrophe zu verschaffen. Alles andere wäre lebensgefährlich und unverantwortlich.

„Sie könnten mir auch mal eine Frage beantworten. Sie sehen mir nicht überrascht genug dafür aus, dass Rose plötzlich verschwunden ist. Wissen Sie vielleicht etwas? Selfridge ist nicht der einzige Verdächtige. Sie und alle anderen hier, Sie sind doch genauso suspekt!"

„Psst, Ruhe. Haben Sie das auch gehört?" Eine verrauschte Stimme erklang ein gutes Stück entfernt aus der Dunkelheit.

Emily blickte zu Simons schattiger Silhouette, der den wohl hungrig gewordenen Hund streichelte, und richtete die Taschenlampe auf ihn. Sie konnte einen Anflug von Furcht in seinem Gesicht aufkommen sehen.

„Was ist los?"

„Ich habe aus Ihrer Richtung komische Geräusche gehört. Ist dort irgendetwas?"

„Ah!", rief Simon auf einmal und fasste sich an die Hüfte. „Mein Funkgerät. Das ist mein Funkgerät! Jemand spricht!"

Emily lief hastig zu Simon hinüber. Im Prasseln der Störgeräusche konnte man schwach eine männliche Stimme vernehmen.

„… ist da jemand … mir … spricht Robert Prasch … CQ, CQ … da jemand?"

„Augenblick", sagte Emily, reichte Simon die Taschenlampe und griff nach dem Funkgerät. „Robert Prasch? Ich bin's, Emily Ran. Hören Sie mich?"

„Frau Projektleiterin? Wo sind … jetzt?"

Robert Prasch – Emily rief sich das eingefallene, ausdruckslose Gesicht des hageren Forschungsassistenten ins Gedächtnis. Er war kein Mann, mit dem man sich leicht anfreundete, doch jetzt, in einer solch verzweifelten Lage, sehnte sie sich irgendwie nach diesem impertinenten Burschen. „Sind Sie unversehrt? Ihnen ist hoffentlich nichts zugestoßen?"

„... habe den Direktor getroffe ... rektor ist nun im Kontrollraum ... ystem reparieren ...“

Die Störgeräusche wurden immer stärker, und die Worte verkamen mehr und mehr zu einem Flüstern. Emily presste das Funkgerät an ihr Ohr.

„Der Direktor, ist er auch unversehrt?“

„Ja ... jetzt nach nichtinfizierten Personen suchen ...“

„Was ist mit Christian Selfridge? Haben Sie ihn gesehen?“

Emily beobachtete Fuchs aus einiger Entfernung, während sie dem Funkgerät lauschte. Er schien den Hund anzustarren, doch seinen Gesichtsausdruck konnte sie nicht sehen.

„... st ...“

„Prasch? Robert Prasch? Was ist los? Ich höre Sie nicht mehr! Antworten Sie!“

„Entschuldigung. Lassen Sie mich mal sehen.“ Simon befestigte die Taschenlampe an seinem Gürtel und nahm das Funkgerät an sich.

„Ist es kaputt gegangen?“

„Nein, es funktioniert hier drin nur nicht richtig. Die Wachmannschaft benutzt die Funkgeräte eigentlich nur im Freien. Um illegales Abhören von draußen zu vermeiden, ist das Institut so gebaut, dass Funkwellen so gut wie nicht durchkommen. Daher verwenden Sie im Gebäude ja auch das auf Kabel basierende Telecom, nicht wahr?“

„Verstehe ... Das heißt also, so lange das System nicht wieder funktioniert, erfahren wir nichts über die Gesamtlage“, murmelte Fuchs in der Dunkelheit und rasselte demonstrativ mit den Handschellen. „Und, was tun wir nun?“

„Wenn wir keine Verbindung bekommen, sind wir auf uns allein gestellt. Prasch sagte, Sprague sei im Kontrollraum. Wir gehen also dorthin.“

Emily öffnete die Tür und spähte hinaus in den Gang. Die Dunkelheit schien endlos.

„Bevor wir weitergehen, hätte ich eine bescheidene Bitte: Nehmen Sie mir diese Handschellen ab“, flüsterte Fuchs in Emilys Ohr.

„Das geht nicht.“

„Haben Sie denn eine Ahnung, was uns in der Dunkelheit erwartet? Können Sie beide mich davor beschützen? Ich weiß nicht, ob Sie das verstehen, aber ich würde gern selber auf meinen Hintern aufpassen! Und keine Bange, ich werde auch keinen Ärger machen.“

„Wer sagt, dass uns irgendeine unmittelbare Gefahr droht? Als Projektleiterin kann ich jedenfalls eine verdächtige Person wie Sie nicht frei herumlaufen lassen.“

Fuchs griff sich mit den gefesselten Händen theatralisch an den Kopf. „Hartnäckiges Frauenzimmer. Nehmen Sie mich dann wenigstens an der Hand und führen mich?“

Einen Augenblick später bemerkte Fuchs Simon, der aufgestanden war und auf ihn zukam, und wich instinktiv zurück. „Hey! Ich habe gesagt, der Typ soll mir nicht zu nahe kommen!“

Simon beachtete seine Worte nicht, wedelte mit der Lampe und lachte. „Ich werde Sie führen.“

Emily drehte sich um und blickte ein letztes Mal auf Roses Tank.

Auf dem Monitor waren jetzt endlose Reihen von Gräbern zu sehen.

Kapitel 4

Unter den alten Zeitschriften ist auch eine, deren Titelbild eine Ansammlung von Soldaten und die amerikanische Flagge zeigt. Einer der Uniformierten hält die Fahnenstange, während sich seine Kameraden um ihn scharen und die Arme nach oben recken, um nach der Stange zu greifen.

Ich habe diese berühmte Aufnahme aus dem Zweiten Weltkrieg schon früher einmal gesehen. Großvater zeigte sie mir damals und meinte lachend dazu: „Das amerikanische Volk dachte zuerst, man würde auf dem Foto Soldaten sehen, die soeben die Siegesfahne in den Boden rammten und nun aufrichteten, und applaudierte begeistert. Viel später stellte sich jedoch heraus, dass es sich eigentlich um eine umfallende Fahne gehandelt hatte und alle aufgesprungen waren, um sie festzuhalten. Die Menschen waren desillusioniert und enttäuscht. In Wirklichkeit aber stimmte beides nicht. Verstehst du?"

Als ich verneinend den Kopf schüttelte, fuhr Großvater fort: „Es war zweitrangig, ob die Fahne nun umfiel oder aufgerichtet wurde. Das war nur ein Foto und damit ein festgehaltener Augenblick, eingefroren in der Zeit, der sich bis in die Ewigkeit nicht mehr verändert. Die Art der Bewegung – wenn man es so ausdrücken will –, die man hier sehen kann, ist *totaler Stillstand.* Und dahinter herrscht *totale Leere.* Verstehst du, Alma, das ist eine wichtige Sache. Das Entscheidende ist nicht der Inhalt der Geschichte, sondern das Erzählen selbst, das Weitergeben. Nicht die historischen Fakten sind von Belang, sondern die Umstände, wie eine Geschichte überliefert wird und was sie in den Köpfen der Menschen bewirkt."

Die Prozession, die auf der anderen Seite des Fensters vorbeizieht, erscheint mir so surreal, als wäre das Fenster nur ein Bildschirm, der ein fiktives Geschehen wiedergibt. Ich fühle mich wie in einem Spiegelhaus, durch das ich planlos irre.

In der Dämmerung marschieren die Jugendlichen in ihren braunen Jacken die Straße entlang. Vier von ihnen tragen an der Spitze der Prozession ein großes rechteckiges Brett auf ihren Schultern, auf dem etwas schwarzrotes – eine gehäutete Kuh …? – liegt. Direkt daneben geht jemand, der eine große weiße Fahne hochhält, auf der zu lesen ist: IN DIESEM VIERTEL VERBREITET SICH EINE SCHRECKLICHE KRANKHEIT!

Die Prozession hält auf der Hauptstraße an. Abends, wenn sie in orangefarbenes Licht gehüllt ist, wirkt die Straße magisch schön, und heute besonders.

Kleinere Menschengruppen beobachten das Treiben aus einiger Entfernung. Die zur Straße zeigenden Fenster öffnen sich. Leute schauen verschüchtert heraus, um zu erfahren, was sich draußen eigentlich abspielt.

Ich verstecke mich hinter dem Vorhang, um nicht gesehen zu werden, und beobachte das Treiben durch einen Spalt.

Arthur House tritt aus der Gruppe und hält sich ein Megaphon vor den Mund. „In diesem Viertel verbreitet sich eine schreckliche Krankheit. Es ist eine wirklich sehr schlimme

Krankheit. Es kommt zu unbeschreiblich grausigen Symptomen. Die Haut pellt sich, und man sieht bald genauso aus wie diese Kuh hier … Ich muss Ihnen leider die furchtbare Wahrheit sagen: Die Krankheit ist übertragbar. Sogar hochgradig ansteckend … Denken Sie an die anderen Bewohner dieses Viertels! Gehen Sie zum Gesundheitsamt und begeben sich unverzüglich in ein Krankenhaus, sobald Sie etwas an sich feststellen. Glauben Sie mir, das ist die einzige Möglichkeit, um eine weitere Ausbreitung zu vermeiden … Allerdings gibt es auch Leute, die den Kranken Unterschlupf gewähren. Das kann ich sehr gut nachempfinden. Sich von Menschen zu trennen, die bis gestern Familienangehörige, Geliebte oder Freunde waren, ist eine schreckliche Qual. Aber, meine lieben Mitbürger, wir müssen diesen Schmerz gemeinschaftlich teilen und verwinden. Wir sind alle gleichermaßen der Ansteckungsgefahr ausgesetzt. Die Tragödie kann jeden von uns treffen. Gemeinsam müssen wir dem entschlossen entgegentreten. Wir dürfen uns nicht der Trauer ergeben … Es mag auch Leute geben, die kein Geld haben und sich deshalb eine Behandlung nicht leisten können. Melden Sie sich ohne Zögern bei uns. Wir übernehmen alles Weitere …“

… und töten die Infizierten! Letzteres bleibt unausgesprochen. Ich klammere mich an den Vorhang und fluche leise vor mich hin. *Ihr tötet sie, wie ihr Alex getötet habt! Ihr werdet alle töten! Meinen Vater, mich, alle!*

Draußen wird Geschrei laut. Eine Mutter hat ihr Kind, das sich nach Kräften sträubt, an der Hand gepackt und zerrt es auf die Gruppe zu; beide weinen. Und niemand könnte der Mutter einen Vorwurf machen.

Alex' fauliger Geruch kommt mir wieder in den Sinn, und mir wird übel … Ein Freund wurde vor meinen Augen ermordet, und ich war zu nichts anderem im Stande, als zu flüchten!

Ich denke an Vater und muss mir eingestehen, dass ich mich irgendwo tief in meinem Herzen danach sehne, dass bald jemand kommt und ihn mitnimmt. Sorge und Hoffnung sind die zwei Seiten ein und derselben Medaille, denn beide bergen Ungewissheit in sich.

Auf den Wangen des verheulten Kindes sind einige rote Flecke zu sehen. Der Beginn des roten Todes. Das Kind wird demonstrativ auf das Brett gehoben, direkt hinter die Kuh. Seine Mutter schlägt beide Hände über dem Kopf zusammen und beobachtet laut weinend das weitere Geschehen aus einiger Entfernung.

„Meine lieben Mitbürger, handeln Sie mutig. Uns bleibt nicht viel Zeit. Bitte seien Sie vernünftig …“

Nach und nach öffnen sich die Haustüren entlang der Straße, und die bis jetzt versteckt gehaltenen Geheimnisse dieses Viertels kommen ans Licht.

Dem Beispiel der Mutter folgend bringen Eltern ihre kranken Kinder nach draußen; manche Kranke werden auf Bahren herausgetragen, manche kommen aus eigenem Antrieb und eigener Kraft, und sie alle versammeln sich in der Nähe der gehäuteten Kuh.

Die Leute stimmen einen Kanon der Trauer an, lautes Schluchzen und Weinen hallt durch die Straße. Die Stimme von Arthur House wird immer zittriger. Er scheint übermannt zu sein von der ganzen Szene und muss sich auf einen Stuhl setzen, den ein Jugendlicher aus der Bürgerwehr geistesgegenwärtig hingestellt hat. Die durch das Megaphon verstärkte Stimme hat inzwischen an Kraft verloren und klingt nur noch wie ein leises Flüstern.

Gefühle verbreiten sich schneller als jede ansteckende Krankheit. In diesem Augenblick wirkt die Straße wie ein Ort des Wunders; die hier Versammelten sind durch ihr gemeinsames Schuldgefühl geeint, und das daraus entstandene Gemeinschaftsgefühl erteilt ihnen allen die Absolution. Sie stehen heulend und schluchzend da, Schulter an Schulter, und die untergehende Abendsonne malt ihre Schatten auf den Asphalt.

Ein orangefarbenes Gemälde. Die weiße Fahne flattert im Wind. Ob sie nun aufgerichtet wird oder umfällt, weiß niemand so genau.

Ich sehne mich nach Frank. Wo er nur stecken mag? Wie in Trance beobachtete ich die Straße, und mein Blick erspäht jene gesichtslose Frau. Sie steht da und scheint jemanden zu suchen. Niemand nimmt Notiz von ihr. Ich reiße die Augen weit auf, um sie besser zu erkennen, doch mit einem Mal ist sie fort.

Der Abend wird zur Nacht, die Dunkelheit kommt. Und mit ihr die Stille. Die Straße scheint eingeschlafen zu sein, doch natürlich schläft heute niemand.

Ich schließe die Augen. Die Menschen harren regungslos in ihren Häusern aus, liegen wach in ihren Betten, und in ihren Köpfen laufen die tragischen Bilder ihrer Zukunft ab.

Ich höre ein Geräusch im Flur und öffne die Augen. Noch immer klammere ich mich an den Vorhang.

Durch den Laut aufgeschreckt, greife ich nach dem Peacemaker, der auf der Kommode liegt, und öffne leise die Tür.

Der Flur ist dunkel. In einer Ecke, direkt neben der Treppe, kauert ein roter Klumpen, der den Kopf hebt und mich gequält anlächelt, als ich näher komme.

„… Alma … Dein Vater muss jetzt auch gehen.“

„Wohin …?“

Der rote Klumpen schüttelt den Kopf.

„Ist schon gut … Alma … Sich in diesem Zustand … so an das Leben zu klammern … wäre töricht … So lange noch ein Funke Vernunft in mir steckt … muss ich tun, was notwendig ist … Ich habe Angst, weißt du? Ich verstehe mich manchmal nicht mehr … Manchmal … will ich dich … auffressen … So furchtbar gerne verschlingen …“

Der Fuß der Treppe sieht wie ein dunkler Höhleneingang aus. Ich stehe wie angewurzelt da und beobachte stumm, wie Vater bäuchlings, mit den Beinen voran, rückwärts die Treppen hinabkriecht.

Als ich wieder zu mir komme, eile ich zu Vater und packe ihn an beiden Schultern.

„Tu das nicht! Die Krankheit ist doch unheilbar! Sie werden dich töten!“

Vater fasst mich seinerseits am Arm und macht Anstalten, nach mir zu beißen.

„Hör auf!“

Ich reiße mich los und schreie; meine eigene Stimme kommt mir vor, als würde ich sie aus weiter Ferne hören. Meine kleine Welt ist in viel zu kurzer Zeit vollständig aus den Fugen geraten, sodass ich mir vorkomme wie in einem schlechten Traum, der nicht enden will. Vaters hautloses Gesicht grinst mich an.

„Siehst du?“

Meine Hand umklammert den Peacemaker immer fester. In meinem Kopf herrscht vollkommene Leere, und ich kann keinen klaren Gedanken fassen; außer dass Vaters Körper im dunklen Flur rot leuchtet – rot, rot …

Ich stoße den Berg von Gerümpel zur Seite, reiße die Tür

auf und stürme hinaus auf die Straße, hin zu den dort versammelten Menschen.

3. Oktober, 20:45 Uhr, Gang des Forschungsinstituts

Nachdem Emily Roses Kapselraum verlassen hatte und ungefähr zehn Meter weit gegangen war, blieb sie stehen und hielt auch die beiden anderen zurück.

„Moment. Da vorne … ist jemand."

Vor ihnen, in einer Entfernung von vier, vielleicht auch fünf Metern, schien sich ein Mensch zu befinden. Simon richtete den Lichtkegel der Taschenlampe auf die fragliche Stelle und eine menschliche Silhouette tauchte in der Dunkelheit auf.

Merkwürdig. Aus dieser Entfernung wirkte sie zu klein, fast wie die Umrisse eines Kindes; doch es war die Stimme eines erwachsenen Mannes, der ächzende Laute von sich gab.

„Alles in Ordnung? Sind Sie verletzt?"

Simon näherte sich dem Mann ein paar Schritte, doch Tobi, der Dobermann, jaulte auf und wollte ihn offenbar daran hindern.

Der Mann trug einen weißen Kittel. Er war über und über verschmutzt mit etwas, das Blut sein mochte, und die schwärzlichen Flecken erinnerten an eine Art Tarnmuster. Ein übler Geruch stieg Emily in die Nase. Sie trat instinktiv einige Schritte zurück. Ihr Herz begann, schneller zu schlagen.

„Haben Sie sich an den Beinen verletzt?", erkundigte sich Simon weiter.

Die Beine des Mannes waren wohl angewinkelt, denn er stand auf seinen Knien, was ihn so klein aussehen ließ. Er antwortete nicht und sagte auch von sich aus nichts. Nur sein Atem ging sehr heftig.

Simon machte noch ein paar Schritte auf ihn zu. Tobi stemmte sich in die Kette und versuchte Simon am Weitergehen zu hindern. Simon aber zog mit einem kräftigen Ruck an der Kette, was ein lautes Rasseln verursachte, und wies den Hund scharf zurecht.

Ein Geräusch, als würde man Fleisch über den Boden schleifen, war zu hören – dumpf und feucht. Der Mann hatte sich in Bewegung gesetzt und näherte sich nun Schritt für Schritt.

Emily schaute angestrengt in die Dunkelheit. Ihr ungutes Gefühl bewahrheitete sich schon bald – und die Schattengestalt zeigte ihr wahres Gesicht.

Emily bekam Gänsehaut am ganzen Körper. Dem Mann fehlten die Unterschenkel, und er zog die Sehnen und Fleischfasern, die aus seinen Knien quollen, hinter sich her. Konnte ein Mensch denn in diesem Zustand noch gehen – auf seinen Beinstümpfen?

Ihr wurde schwarz vor Augen. Sie verlor das Gleichgewicht und stützte sich mit einer Hand an der Wand ab, schaffte es mit Mühe, nicht hinzufallen.

„Nein! Simon, bleiben Sie weg! Dieser Kerl ist …“

In diesem Augenblick sprang der Mann Simon an, fast wie eine Heuschrecke.

Die Taschenlampe fiel Simon aus der Hand und rollte kreiselnd über den Gangboden. Die Wände reflektierten das sich drehende Licht – wie unter einem monochromen Stroboskop.

Simon wurde von der Wucht des Angriffs umgerissen. Er fiel auf sein Gesäß, schrie und wehrte sich, doch der gekrümmte schwarze Klumpen auf ihm ließ nicht von ihm ab.

Tobi kam angesprungen und verbiss sich in den Arm des

Mannes. Die Zähne des Dobermanns und seine starke Kiefermuskulatur rissen den Arm beinahe vom Körper. Doch der Attackierte wirkte gänzlich unbeeindruckt davon und hing weiter wie eine Klette an Simon.

Schmerzensschreie hallten durch den Gang. Das müde Lichtspiel der Taschenlampe, die sich noch immer leicht am Boden bewegte, beleuchtete den inzwischen regungslosen Simon, dessen Gesicht voller Blut war. Der schwarze Klumpen kauerte weiterhin über ihm und machte zuckende Bewegungen.

Tobi hechelte laut, und seine über den Boden wischenden Klauen spielten ein klackerndes Stakkato der Panik. Bestialischer Gestank lag in der Luft, und wenig später erfüllte Tobis schrilles Jaulen den Gang. Von Emilys Position aus war nicht zu sehen, was genau gerade passierte.

„Helfen Sie doch, tun Sie was!", schrie Emily in Fuchs' Richtung, der unweit von ihr an der Wand lehnte.

„Tut mir Leid." Sein Gesicht konnte sie nur schemenhaft in der Dunkelheit ausmachen.

„Wie bitte …?!" Emily packte ihn am Kragen.

„Schon vergessen? Ich habe Handschellen an. Und der da drüben hat den Schlüssel! Was könnte ich also groß tun?"

Aus der Nähe erkannte sie, dass sein Gesicht aschfahl war.

„Es wiederholt sich … Raccoon City wiederholt sich!", keuchte Fuchs mit zitternder Stimme.

Emily ließ Fuchs' Kragen los und stieß den Mann von sich. Dann näherte sie sich Simon mit wankenden Schritten. Tobi lag neben seinem Herrchen am Boden und schien ebenfalls schwer verletzt zu sein; aus beiden Körpern quoll schwarzes Blut hervor.

Der Mann klammerte sich nach wie vor an Simon fest, der

gerade wieder das Bewusstsein erlangt hatte und erneut zu schreien anfing.

Was soll ich tun? Was kann ich tun?! Emily blickte panisch hinunter auf den Mann. *Das ist ein schlechter Scherz! Warum passiert das ausgerechnet mir?*

Sie schlich sich langsam an den Rücken des Mannes heran und packte einen Zipfel seines blutverschmierten, ursprünglich weißen Kittels. Halbherzig und ängstlich zog sie daran.

Keine Reaktion.

Was nun?

Sie zog erneut an dem Kittel, diesmal mit mehr Kraftaufwand. Im selben Augenblick drehte sich der Mann blitzartig um – als hätte er eine Sprungfeder in sich – und stürzte sich auf Emily.

Von der Wucht mitgerissen, krachte sie mit dem Hinterkopf gegen die Wand und ging zu Boden. Die Stimme, die aus ihrer Kehle kam, konnte unmöglich ihre eigene sein, dachte sie. Sie griff mit beiden Händen nach dem Gesicht des Mannes und versuchte verzweifelt, ihn sich fern zu halten.

Seine Augen waren vollkommen verdreht und blitzten ihr weiß wie Schnee entgegen. Hinter seinen teilweise abgerissenen Lippen sah sie seine blutigen, gefletschten Zähne, mit denen er unaufhörlich versuchte, nach ihr zu beißen.

Emilys Handflächen waren gegen die Wangen des Mannes gepresst, und sein Gesicht fühlte sich unheimlich an. Seine Haut verschob sich unter ihren Fingern und pellte sich leicht vom Fleisch ab, wie bei einer überreifen Frucht.

Risse entstanden in seinem Gesicht. Der Mann beugte sich immer tiefer über Emily, und sein Kopf kam ihrem Gesicht bedrohlich nahe.

Da ballte sie wie besessen die Hände zu Fäusten, das Fleisch

seiner Wangen fest darin umschlossen, und riss kräftig daran – worauf er plötzlich innehielt.

Seine Wangen hingen nur noch an einigen Fasern und auch sonst war die Haut bis zu den Ohren abgerissen. Die freigelegten Muskeln zuckten, seine Zähne klapperten.

Emily starrte sein Gesicht an. Sein rechtes Auge hatte sich zurückgedreht, und sie sah nun eine winzig kleine Pupille in einer durchscheinend blauen Iris. Das Auge war tränennass. Aus seinem Mund sprudelten unverständliche Laute hervor.

Er schrie – doch war es das Gebaren eines Stummen. Vielleicht schrie er all seine im Unterbewusstsein gefangenen Gedanken heraus, ein letztes Aufbäumen seines Willens gegen sein ausgelöschtes Bewusstsein. Aus seinem rechten Auge rann plötzlich eine trübe schwarze Flüssigkeit und tropfte auf Emilys Gesicht.

Unvermittelt flog der Körper zur Seite.

„Du Monster!“, brüllte Fuchs. Er holte wie ein Fußballspieler aus und trat erneut nach dem am Boden liegenden, sich krümmenden Körper.

„Verrecke, Monster!“

Der Körper schlitterte Meter weit wie eine eingerollte Raupe bis zur nächsten Wand. Fuchs bückte sich, um die Taschenlampe aufzuheben und hielt sie mit seinen gefesselten Händen auf Hüfthöhe ausgestreckt von sich. Er richtete den Lichtkegel auf den Mann.

„Na, was ist mit deinen Beinen passiert? Deine Freunde haben sie dir abgeknabbert, wie? Und als Nächstes willst du wohl meine fressen?“

Der Lichtstrahl, der auf den Mann gerichtet war, tanzte leicht auf und ab. Und nicht nur Fuchs’ Hände, auch seine Stimme zitterte und klang ängstlich, was nicht so recht zu seinen sarkastischen Worten passte. „Komm nur und lass es dir schmecken!“

Der Mann versuchte, sich erneut auf seine unterschenkellosen Beine zu stellen, fiel jedoch hin und überlegte es sich anders. Dann fing er an, in Emilys und Fuchs’ Richtung zu kriechen.

Ein Schuss zerriss die Luft, und aus dem Brustkorb des Mannes schoss Blut hervor. Er fiel auf den Rücken, versuchte jedoch ebenso unbeirrt wie unbeholfen wieder aufzustehen.

„Ich erinnere mich wieder …“

Emily drehte sich um. Simon war aufgestanden und hielt seine Glock vor sich. Das viele Blut, das aus seinem Kopf, seinem Hals und seiner Schulter geronnen war, hatte seine komplette linke Körperhälfte rot gefärbt. Er machte ein paar langsame Schritte in Richtung des Mannes.

„Ich kann mich an ihn erinnern. Er hat mich mal zum Essen eingeladen. Er war ein netter Kerl.“

„Schieß ihm in den Kopf, das bringt sie um!“, rief ihnen Fuchs zu.

Simon drehte sich um und schaute Emily an. Sein Gesichtsausdruck war im Halbdunkel schwer zu deuten, aber er schien gleichzeitig zu lachen und zu weinen.

„Das ist kein Mensch mehr. Man kann nichts mehr für ihn tun. Nur noch eins …“

Mit dem letzten Satz zielte er auf den Mann und jagte alle noch im Magazin verbliebenen Kugeln in seinen Kopf.

Der Mann regte sich nicht mehr, und es wurde still.

Fuchs lachte – ein krächzendes, heiseres Gelächter.

„Das ist ja mal eine Tragikomödie, richtig großartig. Wirklich! Ha, hier soll es also ‚nette Kerle‘ geben? Alle hier sind doch nichts weiter als dämliche, kleine Halunken.“

Er ging zu dem regungslosen Mann hinüber, stieß ihn mit der Stiefelspitze an und keuchte verächtlich: „Und das geht aufs Konto eures Konzerns!"

Emily saß auf dem Boden, den Rücken gegen die Wand gelehnt und außerstande, aufzustehen. Als sie ihre Fäuste öffnete, fand sie darin die abgerissenen Wangen des Mannes – zusammengeknüllt wie nasses Papier.

3. Oktober, 21:35 Uhr, Medizinische Abteilung

Emily und Fuchs brachten Simon in die medizinische Abteilung im dritten Stock, um seine Wunden zu verarzten. Von alltäglichen Verletzungen wie einem Messerschnitt im Finger bis hin zu schweren Krankheiten, die eine Operation erforderten, konnte man hier die meisten medizinischen Erfordernisse abdecken. Zu diesem Zweck war alles geräumig gebaut und umfassend eingerichtet worden. Man war für komplizierte Eingriffe und damit verbundene lange Aufenthalte vorbereitet.

Die medizinische Abteilung nahm ein Drittel des gesamten Stockwerks in Anspruch. Eine etwa fünf auf fünfundvierzig Meter messende Fläche war in drei fast gleich große Bereiche aufgeteilt.

Der OP-Raum – hier fand sich alles für eine Operation Notwendige – lag im hintersten Teil des Trakts. Um seine Sterilität zu gewährleisten, war er von einer dicken Wand von den anderen beiden Räumen abgetrennt. In diese Wand war eine massive Sicherheitstür eingelassen.

In der mittleren Sektion befand sich das Krankenzimmer, in dem es Schränke mit Medikamenten und fünf Betten für etwaige Patienten gab. Die Aufteilung des Raumes konnte durch schwenkbare Trennwände variiert werden. So entstanden schnell und leicht ein paar Einzelzimmer, ein Großzimmer oder Gänge. Im Augenblick aber kam keine der Trennwände zum Einsatz, und der Raum wirkte wie eine Halle.

Ganz vorne lag der Behandlungsraum.

Emily saß vor dem Terminal und dem Telecom, die in einer Ecke dieses Bereichs aufgebaut waren. Der Platz war umhüllt von der Dunkelheit, und von hier aus konnte sie nicht die gesamte Station überblicken. Die Stille war unheimlich; zudem hing ein stechender Medikamentengeruch in der Luft.

Simon ruhte auf einem der Betten im „Patientenzimmer“ und atmete schwer. Tobi, der unter dem Bett lag, hatte seinen Kopf zwischen den Vorderbeinen vergraben. Es war offensichtlich, dass dem Hund nicht mehr geholfen werden konnte. Seine Atmung wurde zusehends schwächer und sein Körper zuweilen von starken Krämpfen geschüttelt. An einer Seite klaffte eine große Wunde. Das flackernde blauweiße Monitorlicht beleuchtete die aufgerissene Seite und die entblößten rosafarbenen Innereien des Hundes, die herauszuquellen drohten.

Seit dem Angriff war erst eine halbe Stunde vergangen, und es war Glück im Unglück, dass sie danach keinem weiteren Infizierten mehr gegenüber gestanden hatten. Wäre es dazu nämlich gekommen, hätte Emily wohl kaum eine Chance gehabt, zusammen mit dem schwer verletzten Simon die medizinische Abteilung zu erreichen.

Selbst Fuchs hatte, trotz gefesselter Hände, den Hund Tobi brav auf den Armen getragen und sich nicht darüber beklagt, dass er über und über mit dessen Blut besudelt worden war.

Niemand sagte auch nur ein Wort. Obwohl das Funkgerät

fast nur Störgeräusche von sich gab, gelang es Emily irgendwie, Robert Prasch zu erreichen und ihn anzuweisen, hierher zu kommen. Danach sank Emily entkräftet auf ihren Stuhl, und jeder der drei gab sich seinen eigenen Gedanken hin.

Die Schlussfolgerung, dass die Epidemie das gesamte Institutsgelände erfasst hatte, lag nahe. Das Virus, das sich ausgebreitet hatte, war also doch das T-Virus.

Alles erschien aussichtslos – Panik und Verzweiflung beherrschten Emilys Gedanken. Mit ausdruckslosen Augen verfolgte sie das Geschehen auf dem Monitor. Aus den Lautsprechern, die bisher nichts als Rauschen wiedergegeben hatten, erklangen Stimmen und Geräusche, die zu den gezeigten Bildern passten. Es schien so, als würde ein Eindringling immer weiter im System voranschreiten; es war irgendwie unheimlich.

Größtenteils zeigte der Monitor brutale Massaker. Vor dem Hintergrund einer brennenden Stadt fielen Menschen einander an und labten sich anschließend an den Leichen. Diese wiederum standen nach einiger Zeit wieder auf und verbissen sich in denen, die sich gerade an ihnen vergingen. Es waren unbeschreibliche, bestialische Szenen.

„Das sind vielleicht alles tatsächliche Ereignisse“, murmelte Emily mehr zu sich selbst.

„Was denn?“ Fuchs, der sich bislang um Simon gekümmert hatte, drehte sich um.

„Diese Bilder … Anfangs war ich davon überzeugt, es handele sich um Fälschungen. Aber sie zeigen vielleicht doch das echte Raccoon City. Es gibt Überlebende, die sich nun an uns rächen wollen. Mit dieser Hypothese macht doch plötzlich alles Sinn, nicht wahr? Sie warfen die Kuh in unser Wasserbecken und verbreiteten so das Virus. Gleichzeitig zeigen sie uns diese Bilder. Auf diese Weise wollen sie uns einen Denkzettel verpassen."

„Raccoon City war doch nicht Ihr Werk, oder?"

Emily schüttelte den Kopf. „Das bleibt sich gleich. Ich bin auch eine Angestellte von Umbrella."

„Eine Angestellte von Umbrella …" In Fuchs' Stimme schwang ein unerklärlicher Anflug von Nachdenklichkeit mit.

Emily schwieg und wandte sich wieder dem Monitor zu. Eine Horde tobender Zombies war darauf zu sehen, die sich auf einen kleinen Jungen stürzte und ihn zerfleischte. Es war ein Segen, dass die Bildqualität nur sehr schlecht war, dennoch sah Emily schnell wieder weg, bevor ihr schlecht wurde.

„Ich ließ mich nur von der Arbeit und den Umständen treiben. Ich verstand und wusste nichts, und wollte auch nichts wissen. Ich flüchtete in die Welt der Simulation. Das ist alles."

„Grämen Sie sich nicht, Sie sind nicht anders als die anderen. Eine Vogelscheuche hat keinen eigenen Willen, sie soll nur die Raben fern halten. Ich bin auch nicht viel besser."

Fuchs ging ein paar Schritte auf Emily und den Monitor zu und fuhr mit seinen gefesselten Händen über Gehäuse und Bildschirm. Ausgerechnet dort, wo sein Zeigefinger zur Ruhe kam, biss ein Mann nach etwas; es sah fast so aus, als wolle der Zombie auf dem Monitor Fuchs' Finger abbeißen.

Simon richtete sich auf.

„Ruhe. Das Funkgerät reagiert … glaube ich. Es ist jemand in der Nähe."

Fuchs starrte auf die Tür des Behandlungsraums. Emily griff hastig nach der Taschenlampe und leuchtete auf die Tür.

Beide zogen sich instinktiv und langsam ins Patientenzimmer zu Simon zurück.

Bei den Rauschgeräuschen des Funkgerätes stellten sich allen die Nackenhaare auf. Irgendjemand war in der Nähe – vielleicht Prasch? Oder doch jemand – oder etwas – anderes?

„Also dass es so ein Ende nehmen soll …“

Ein sonderbarer Monolog drang leise aus den Lautsprechern. Es war Carmens künstliche Stimme, die sich jedoch in der Tonlage ein wenig von ihrem vertrauten Klang unterschied; es schien irgendwie eine Art von Willen mitzuschwingen.

Emily lief ein kalter Schauer über den Rücken.

„Hey, wer ist da? Wenn Sie kein Infizierter sind, antworten Sie sofort!“, rief Simon heiser und zielte mit der Waffe auf die Tür.

Die Eingangstür wurde energisch aufgerissen, und eine große menschliche Gestalt füllte den Türrahmen aus. Es war eine ausgesprochen massige, die eine Hand hochhob, um ihre Augen vor dem Lichtstrahl zu schützen, der auf ihr Gesicht gerichtet wurde.

„Stopp! Noch ein Schritt, und ich schieße!“

„Nein! Nicht schießen! Ich bin nicht infiziert!“

„Kinuta!?“, rief Emily und sprang unbewusst auf.

„Chefin?!“ Das vertraute Gesicht strahlte bei Emilys Anblick.

Simon ließ erleichtert die Waffe sinken und fiel wieder auf das Bett zurück. Er atmete tief durch.

Als Kinuta realisierte, dass er es wirklich mit Emily zu tun hatte, kam er eilig in den Raum gehumpelt.

„Hast du dich am Bein verletzt?“

„Ja, ich bin gestolpert, als ich vor ihm flüchtete. Ich schäme mich vor mir selbst.“

„Vor ‚ihm‘?“

„Nun ja …“ Kinuta blickte zur Tür.

Die Silhouette eines hoch gewachsenen, breitschultrigen Mannes tauchte auf. Das leuchtende Ziffernblatt seiner Armbanduhr schwebte wie ein Glühwürmchen in der Dunkelheit. Sein schwach erkennbarer Bürstenschnitt und die charakteristische Körpersprache verrieten sofort, dass es sich um den Gruppenführer der Wachleute, Ulysses Allam, handelte.

Er hielt die Maschinenpistole, die an einem Schultergurt hing, sicher im Anschlag und sah sich aufmerksam im Raum um.

In Kinutas Gesicht stand das blanke Entsetzen.

„Kinuta, sagte ich nicht, dass Sie nicht allein herumlaufen sollen, wenn Sie überleben wollen?“ Allam betrat langsam den Behandlungsraum. Im selben Augenblick breitete sich ein starker Blutgeruch aus.

„Bleib draußen, du Mörder!“, schrie Kinuta, während er eilig ins Patientenzimmer wechselte.

Emily richtete die Taschenlampe auf Allams Gesicht. Allam kniff die Augen zusammen und lächelte höhnisch. Er ging in die Ecke des Raumes, wo der Stuhl stand, auf dem bis vor kurzem Emily gesessen hatte, und nahm darauf Platz. Seine Bewegungen wirkten etwas unkoordiniert und plump, als würde er an von der Decke herabhängenden Fäden geführt.

„Eine Taschenlampe – genau was ich gesucht habe“, sagte Allam und streckte die Finger aus. Seine Hand schwang im Licht der Taschenlampe nach, als müsste sie den Ruck des Hochhebens ausgleichen.

„Was?“ Emily war perplex.

„Geben Sie sie mir. Es ist zu unser aller Sicherheit.“

„Chefin, nein! Er ist ein Teufel, der wahllos Menschen tötet!“

„Ich habe nur nach Licht gesucht.“ Allam hob die Waffe an, und die Mündung blitzte im Lichtstrahl auf. Emily schluckte. „Sehen Sie das hier?“

„Wollen Sie mich wegen einer verdammten Taschenlampe erschießen?!“, schrie sie ihm ins Gesicht.

„Ein Insekt arbeitet zum Wohl aller – es nimmt absolut keine Rücksicht auf seine Individualität oder Individuen.“ Allam beugte sich nach vorne und klopfte mit dem Zeigefinger auf den Boden.

Roll sie zu mir rüber!, so sein lautloser Befehl.

Emily bekam eine Gänsehaut. *Was faszinierte Reena Mittford an diesem Mann? Ich könnte keine Sekunde mit ihm zusammen sein,* dachte sie.

„Was bilden Sie sich eigentlich ein?“, sagte sie und gab sich Mühe, mit fester Stimme zu sprechen. Sie legte die Lampe auf den Boden und ließ sie schwungvoll in Allams Richtung rollen, von einem Abschnitt des Raumes in den anderen. Dort angekommen, prallte sie gegen seinen Fuß. Allam hob sie auf und betrachtete sie ausgiebig und sichtlich erfreut.

„Was macht er da?“, wandte sich Emily an Kinuta, der nur wortlos den Kopf schüttelte.

„Gruppenführer …“, erhob Simon seine Stimme.

Allam wandte den Lichtkegel in Richtung des Bettes im Nebenraum.

Simon richtete seinen Oberkörper auf. Er schien durch die Wunde am Hals eine erhebliche Menge Blut verloren zu haben – selbst im Lampenlicht konnte man deutlich die Blässe seines Gesichts erkennen.

„Du bist Simon Beach, nicht wahr?“

Allam stand ruckartig auf und ging auf Simon zu. Bei dessen Bett angekommen, trat er versehentlich gegen Tobis Körper und richtete die Taschenlampe auf ihn. Für Emily sah Tobi nur noch nach einem schwarzen Fleischberg aus.

Emilys Füße setzten eigenmächtig zu einer Rückwärtsbewegung an, und sie stieß mit der Hüfte gegen eines der weiter hinten stehenden Betten.

Emily schaute sich schnell im Zimmer um. Von Allam abgesehen, der die Taschenlampe hielt, wusste sie eigentlich nicht, wo sich die anderen gerade befanden.

„Das ist Tobi. Er wurde so zugerichtet, als er mich beschützen wollte …“, erklang irgendwo aus der Dunkelheit Simons zittrige Stimme.

„Von ihnen? Wurde er von ihnen so zugerichtet?“

„Ihnen?“

„Jawohl. Von ihnen. Wurdet ihr von *ihnen* angegriffen?“

„Ah … ja, einer vom Forschungspersonal war infiziert, und ich habe mich ihm genähert, ohne dies zu bemerken. Plötzlich fiel er mich an. Tobi kam mir zu Hilfe.“

„Wurdest du gebissen?“

Vom Lampenlicht angestrahlt tauchte Simons Gesicht plötzlich in der Dunkelheit auf. Allam stand unmittelbar neben ihm.

„Ja …“ Simon kniff geblendet die Augen zusammen, sodass seine Brauen einen Wulst bildeten.

„Zeig mal her“, sagte Allam, beugte sich vornüber und betrachtete Simons Hals.

Plötzlich sah man, wie er nach dem Verband griff und diesen ruckartig wegriss – zeitgleich ertönten Simons Schmerzensschreie.

„Ach du meine Güte …“

Allam schüttelte den Kopf und stieß einen Seufzer aus. „Ach du meine Güte!“, wiederholte er mehrmals, richtete den Lichtkegel auf Simons Gesicht und zielte mit der Maschinenpistole darauf.

Simon hatte die Augen weit aufgerissen, sein Blick war von Panik erfüllt.

„Keine Sorge, gleich ist es vorbei.“

Kaum gesagt, drückte Allam den Abzug.

Simons Kopf wurde in Stücke gesprengt, die in alle Richtungen davonstoben, und sein Körper sackte leblos auf dem Bett zusammen.

Emily schrie auf.

Allam drehte sich um, als er ihre Stimme hörte. Da er die Taschenlampe in der Hand hielt, war sein Gesicht nur undeutlich auszumachen; doch beide Augen schienen vollständig verdreht, denn nur das Weiße war zu sehen.

Sein Schädel war seltsam verformt, lang und schmal – dann fiel die Taschenlampe zu Boden. Nur noch seine Stimme war zu hören. „… Erntezeit … Licht …“

Emily konnte vor Angst keinen Finger rühren und schüttelte ihren Kopf so heftig von links nach rechts, dass man hätte meinen können, er müsse ihr gleich abfallen. Die Stimme blieb ihr im Hals stecken und kratzte nur irgendwo hinten in der Luftröhre. Plötzlich stürzte ein Gegenstand auf Emily und riss sie um.

Eine der schwenkbaren Trennwände war ihr gegen den Kopf gekracht, und Emily wurde von Schmerzschüben übermannt. Maschinenpistolensalven ertönten, und die Glastüren der Schränke zersplitterten.

Um sich in Sicherheit zu bringen, kroch Emily auf allen Vieren über den Boden, als sie plötzlich kraftvoll an der Schulter gepackt und in die Deckung der schwenkbaren Trennwand zurückgezerrt wurde. Sie wollte schreien, doch jemand hielt ihr den Mund zu und flüsterte ihr ins Ohr: „Bleiben Sie ruhig, ich bin's."

Es war Fuchs' gedämpfte Stimme.

Sie konnte ihr Herz rasen hören und fasste sich instinktiv mit der rechten Hand an die Brust, als würde sie glauben, das Pochen wäre im ganzen Zimmer zu hören und hoffen, es unterdrücken zu können. Sie bekam fast keine Luft mehr. Am liebsten wollte sie schreien und so das Ende erzwingen.

Im Zimmer wurde es plötzlich still. Das Licht einer Taschenlampe bewegte sich in der Dunkelheit, ganz langsam. Es kam Emily vor, als läge sie auf dem Grund eines dunklen Meeres. Die Lichtquelle glitt in Richtung Tür und verharrte dort.

„Frau Projektleiterin … Sind Sie hier?"

An der Tür erklang die Stimme eines anderen Mannes. Es war die tiefe Stimme von Robert Prasch. „Sie haben mich herbestellt? Was ist das für ein Lärm hier?" Das Licht von Praschs Taschenlampe fiel in das Zimmer.

„Schnell, Prasch, verstecken Sie sich!", schrie Emily. Fuchs sprang kurz hinter der Trennwand hervor … aber nur um sofort wieder in Deckung zu gehen.

Allams nächste Schusssalve erfolgte unmittelbar nach Emilys Ausruf, und das Geräusch eines weggeschleuderten Gegenstands, der irgendwo wieder zu Boden krachte, war zu hören.

In der Dunkelheit bewegte sich etwas – sich windend.

„Scheiße, was ist das!", rief Prasch plötzlich panisch.

„Prasch?" Emily klammerte sich an das Ende der Trennwand. Sie wusste, dass ihre Stimme schrill klang und hatte große Mühe, die ganze Situation überhaupt zu verarbeiten.

Der Behandlungsraum sah von dort, wo sie war, leicht bläulich aus. Schuld daran war der flackernde Monitor.

Wir werden alle getötet!

Emily schloss die Augen.

Nichts davon ist real, es ist alles nur ein Traum. So was kann es nicht geben. Alles nur Unsinn …

Ihre Gedanken kreisten um die Bilder aus Raccoon City. Brennende Straßen und Leichen, die umherstreiften. Leichen, die andere Leichen angriffen und sie auffraßen.

Als sie es nicht mehr ertragen konnte, öffnete sie ihre von Tränen feuchten Augen. In der Nähe der Tür erklang indes ein lauter Hilferuf. Robert Prasch, dieser sonst so unterkühlte und beherrschte Mann, schrie wie ein Kind.

Unglaublich. Es ist also doch nur ein böser Traum, meine aufgestauten Schuldgefühle spielen mir diesen perfiden Streich!

„Verdammt, töte mich nicht! Wer bist du überhaupt? Ich wollte euch doch nur helfen! Aufhören, verdammt, ich kann mich nicht mehr bewegen! Aua, was ist das! Lass das! Nein! Was machst du? Hör auf …“

Erneut krachten Schüsse in der Dunkelheit. Dann war Allams gurgelnde Stimme vom Türbereich her zu hören.

„Doktor, verflucht … Ich bin auch voller Blut … Du Schmutzfink … Du geplatzte Tomate … Schau dich an … Doc … Hackfleisch bist du … Was ist das denn …? Hast du dir in die Hose gepisst …? Bettnässer … Doc …“

Geräusche ertönten; es klang, als würde man Metall an Metall reiben.

„Schon gewusst …? Wenn man so wird wie die, muss man ihnen in den Kopf schießen … Am besten den Schädel ganz wegballern … Der verdammte Kopf muss weg …“

Er gurrte, wahrscheinlich lachte er. Emily schaute in Richtung der Tür und konzentrierte sich auf den menschlichen Schatten, der dort stand.

Sein verdrehter, gekrümmter Körper wirkte wie eine Figur, die ein ungeschicktes Kind aus Knetmasse geformt hatte.

„Was passiert dort! Die Hälfte seines Leibes verflüssigt sich?!“, keuchte Fuchs, der sich direkt neben Emily befand.

„Keine Ahnung …“ Emilys Stimme zitterte. „Ist das das T-Virus …? Was ist das? Das ist doch das Ergebnis eurer Forschung?“, flüsterte Fuchs ihr zu.

Emily wollte verneinen, doch es lag auf der Hand, dass alles andere undenkbar war.

Fuchs legte seine Hand auf ihre Schulter. „Holen Sie mir die Handschellenschlüssel, die Simon bei sich trägt.“

„Wie kommen Sie darauf, ausgerechnet jetzt?“, protestierte Emily erbost.

„Wenn das so weitergeht, werden wir alle sterben. Lassen Sie mich nur machen, ich bin ein Profi. Ich mache ihn kalt.“

Emily blieb im Schutz der Trennwand sitzen und rief sich Simons Leiche ins Gedächtnis, die auf dem Bett lag. In Gedanken plante sie bereits die Route. So weit entfernt war es gar nicht, höchstens drei Meter; die jedoch erschienen unglaublich weit.

Das Licht von Allams Taschenlampe glitt über den schwarzen Klumpen, der zusammengerollt unter dem Bett lag und tot zu sein schien, denn er zuckte nicht mehr.

„Keine Chance. Wenn ich rübergehe und der Lichtstrahl auf mich fällt, bin ich in Nullkommanichts tot. Wir haben jetzt keine Zeit, nach dem Schlüssel zu suchen.“

„Der Schlüssel steckt in seiner Gesäßtasche, ich habe gesehen, wie er ihn hineingesteckt hat. Holen Sie ihn, *bitte!*“

„Nein!“

„Machen Sie schon!“ Emily schaute in die unergründliche Finsternis.

Tobi war tot. Simon war tot. Dabei hatten sie sich erst vor zwei Stunden im Innenhof getroffen, und da waren beide noch quicklebendig gewesen.

Jetzt lacht er nicht mehr. Schimpft nicht mehr mit Tobi. Spürt nichts mehr, hat jeden Appetit verloren.

Was bis vor kurzem noch so selbstverständlich erschien, war wie eine Seifenblase zerplatzt und ließ die Erinnerungen daran unwirklich erscheinen.

Raccoon Citys Einwohner werden wohl auch alle auf diese Art gestorben sein, von Furcht erfüllt und gelähmt.

Das Gesicht ihrer Tochter erschien vor Emilys geistigem Auge, und sie sprach leise und gebetsartig ihren Namen aus.

Sie wartete auf den Augenblick, in dem das Licht an der Leiche vorüberglitt.

Einmal untersucht, kehrt das Licht wahrscheinlich nicht mehr so schnell an die gleiche Stelle wieder zurück. Es ist ja eigentlich wie beim Immunitätsgesetz, dachte sie. *Glauben wir es, vertrauen wir unser Leben dem Immunitätsgesetz an.*

Mit einem Satz tauchte sie in die Finsternis. Auf ihrer Stirn hatten sich kalte Schweißperlen gebildet.

In diesem Moment verharrte das Licht der Taschenlampe an einer Wand, und alles andere war dunkel. Weit mehr als die Hälfte des Zimmers war in völlige Finsternis gehüllt und die Wahrscheinlichkeit, nicht entdeckt zu werden, sehr hoch. Irgendwo in der Dunkelheit atmete jemand schwer.

Mit den Händen ertastete Emily das vor ihr liegende Terrain und bemühte sich, jedwedes Geräusch zu vermeiden. Sie schlich Schritt für Schritt auf Zehenspitzen voran. Es war ein

Gefühl, als schwebte man in völliger Leere; wohin man auch ging, nichts als Dunkelheit, Dunkelheit, Dunkelheit. Undurchlässige Schwärze, als schwämme man in einem Teerfass.

Die Taschenlampe und ihre Lichtemission waren wie ein lumineszierender Tiefseefisch in Gefilden, wohin kein Sonnenlicht mehr vorzudringen vermag.

Noch ein Stück, gleich bin ich da.

Wenn die kleine Karte in ihrem Kopf stimmte, musste der Leichnam gleich vor ihr sein.

Das Licht huschte ganz nah an Emily vorbei und fiel auf die Trennwand hinter ihr. Emily musste schlucken, und das dabei entstandene leise Geräusch kam ihr verräterisch laut vor.

Ich will zurück, ich will umkehren, dachte sie verzweifelt.

Ihr Fuß trat auf etwas Weiches; es war jene eigentümliche, schwammige Konsistenz, die Lebewesen eigen war. Sie ertastete den Körper vorsichtig mit ihrem Fuß und machte einen Bogen darum. Blut klebte an ihrem Schuh; sie drohte auszurutschen.

Sie taumelte zwei-, dreimal und wäre fast hingefallen, fand jedoch endlich das Bettgestell und griff danach. Emily tastete aufgeregt über das Bett, und endlich fand ihre Hand Simons Körper.

Sie ging in die Hocke und tauchte hinter die Leiche, um nicht gesehen zu werden. Sollte das Licht hierher gelangen, würde Allam hoffentlich keinen Verdacht schöpfen.

Von Simons totem Körper ging beißender Blut- und Pulvergeruch aus. Emily schloss die Augen und sah den enthaupteten Simon vor ihrem geistigen Auge; wiederholt sackte er im Bett zusammen, und Emily hatte alle Mühe, sich nicht sofort übergeben zu müssen.

Allam klopfte mit der Maschinenpistole gegen die Tür.

„Das Verstecken bringt doch nichts ... Miss Ran ... Kommen Sie raus ... Ulysses Allam bittet Sie darum ... Es ist zur Sicherheit aller ...“

Es war nicht einfach, Simon, der auf dem Rücken lag, die Hand in die Gesäßtasche zu schieben. Bei ihrem hastigen Gefummel kam Emily auch noch mit dem Gürtel in Konflikt und berührte einen kalten Metallgegenstand; instinktiv zog sie ihre Hand zurück. Es war die Handfeuerwaffe, die Fuchs bei sich getragen hatte.

Sie holte tief Luft und griff diesmal entschlossen unter Simons Hintern, wo sie die Hosentasche sorgfältig durchsuchte – und schließlich wie vom Blitz getroffen innehielt.

Nicht da! Dieser dämliche Fuchs! Da ist kein Schlüssel weit und breit?!

Emily stand kurz davor, in Panik zu verfallen. Sie versuchte angestrengt, einen kühlen Kopf zu bewahren. Dicke Schweißtropfen rannen in ihre Augen, die sie reflexartig schloss.

Denk nach. Was war passiert, als Fuchs die Handschellen angelegt bekam? Simon fuchtelte mit dem Schlüssel ... Ach so ... Mit der rechten Hand hielt er Tobis Kette fest, also kann er nur mit der linken mit dem Schlüssel herumgefuchtelt haben! Das hieße, dass der Schlüssel ...

Der Schein der Taschenlampe fiel in Emilys Richtung, und sie erstarrte zur Salzsäule. Sie unterdrückte die panische Furcht, die sich explosionsartig in ihr ausbreiten wollte, mit aller Willenskraft und ballte die Hände zu Fäusten.

Doch schon im nächsten Augenblick war der Lichtkegel weitergezogen. Er fiel auf Kinuta, der an der Wand kauerte und beide Hände schützend vor seinen Kopf hielt.

„Du Abschaum … Warst du auch die ganze Zeit infiziert? … Dann … musst du also auch sterben?“

Emily griff blitzschnell in die linke Gesäßtasche und umklammerte einen metallischen Gegenstand, den sie mit einem Ruck herauszog.

Da ist er!

Sie umschloss den Schlüssel fest mit der linken Hand, während sie mit der rechten die Waffe nahm, die viel schwerer war, als sie es sich vorgestellt hatte.

Sie überlegte es sich anders, klemmte den Schlüssel zwischen die Zähne und umfasste die Pistole mit beiden Händen. So zielte sie in Richtung der Taschenlampe.

Der Lichtkegel verharrte weiterhin auf Kinuta, sodass Emily unbemerkt blieb. Wenn sie nichts unternahm, war Kinuta zweifellos dem Tode geweiht.

Sie drückte den Abzug.

Der Schuss ging weit daneben und traf irgendeinen Gegenstand, der krachend zerbarst. Allam schwenkte Taschenlampe und Maschinenpistole schnell in Richtung des Geräusches herum und fing an, wild zu feuern.

Emily nutzte die Gunst der Stunde und flüchtete zurück zu Fuchs, der sich weiterhin hinter der Trennwand versteckt hielt. Die Beretta drückte sie Fuchs fast gewaltsam in die Hand, nahm den Schlüssel aus dem Mund und fing an, hastig an den Handschellen herumzufingern. Es war nicht einfach, das kleine Schlüsselloch zu treffen; ständig rutschte sie an dem Metall ab, zumal ihre Hände schweißnass waren. Das Rattern der Schüsse verstummte.

„Verdammt … Wo sind Sie …? Mrs Ran …“

„Beruhigen Sie sich. Der Gegner ist ein Dummkopf. Versuchen Sie, den Schlüssel in Ruhe einzuführen“, drang Fuchs’ flüsternde Stimme an Emilys Ohr. Sie nickte und bemühte sich, den Schlüssel ganz langsam in das Loch zu stecken …

Es gelang. Ein leises Klicken und die offenen Handschellen flogen aufs Bett. Fuchs lugte halb hinter der Trennwand hervor, zielte in Richtung der Taschenlampe und gab mehrere Schüsse ab. Die Taschenlampe wurde weggeschleudert.

Allams Maschinenpistole ratterte, und die Geschosse schlugen direkt neben den beiden ein; einige bohrten sich sogar in die schützende Trennwand.

Sie hechteten sich in die Deckung des nahe gelegenen Bettes.

„Was soll das? Du müsstest doch getroffen worden sein!“, stieß Fuchs aus. Seine Stimme klang unüberhörbar verunsichert.

„Und nun, Sie Profi? Die Lage verschlimmert sich doch zusehends!“

„Mist, vielleicht – nein, ganz sicher … Ich hab ihn bestimmt dreimal am Kopf getroffen! Warum lebt er noch?“

„Reena, Reena … Siehst du es …? Unser Raccoon …“ Allam stammelte unverständliche Worte und schien sich tobend im Kreis zu drehen. Er schoss wild um sich; überall zersplitterte Glas, und Metallgegenstände wirbelten durch das Zimmer.

Von der Schießerei und dem Chaos in Angst und Schrecken versetzt, begann Kinuta irgendwo in der Dunkelheit hysterisch zu schreien.

„Verdammt! Er wird noch erschossen!“, zischte Fuchs.

Und dann – mit einem Mal wurde es plötzlich wieder hell, und weißes Licht flutete die medizinische Abteilung. In der Tür stand, von der plötzlichen Lichtflucht völlig überrascht, die gekrümmte, zur Hälfte zerronnene Karikatur eines Menschen; aus ihr spritzte tiefrote Blutschlacke hervor.

Allam taumelte ein paar Schritte zurück in den Behandlungsraum. Über den Boden hetzte ein schwarzes Etwas und machte Anstalten, ihn anzuspringen. Allam riss die Hand mit der Maschinenpistole hoch und eröffnete das Feuer.

Das schwarze Ding schnellte an die Decke und sprang in der Folge von einer Wand zur anderen. Schließlich stürzte es sich auf Allam.

Fuchs stieg schnell auf das Bett, gab mehrere Salven ab und rannte los.

Emily kniff die Augen vor dem grellen Licht zusammen. Schreie klangen auf.

Kapitel 5

Ich stürme auf die Straße und renne los. Niemand scheint mich zu bemerken. Es ist bereits tiefe Nacht, der Asphalt schimmert bläulich im Neonlicht.

Regungslos verharren die Menschen, wie eine Armee gequälter Statuen. Es ist totenstill. Sie starren ins Leere und nehmen keinerlei Notiz von mir. In ihrem Innern tobt die Schlacht gegen die eigene Dunkelheit.

Als ich über die menschliche Barriere spähe, sehe ich die gehäutete Kuh – die Menschen haben sich um das Tier herum versammelt. Ihre Symptome sind unterschiedlich stark ausgeprägt, doch bei den meisten hat sich die Haut ebenfalls abgeschält. Einige sind in der Hocke zusammengesunken, andere liegen wie tot auf der Seite. Manche umarmen das tote Rind wie im Wahn – sein Verwesungsgeruch scheint magische Anziehungskraft auf sie auszuüben. Männer, Frauen, Alte und Kinder verleben ihre letzten Augenblicke.

Derjenige, den ich suche, sitzt auf einem einfachen Stuhl, der aus Rohren und Stofffetzen zusammengeschustert worden ist. Arthur House, Führer der „Bürgerwehr STARS“. Mörder. Scharfrichter.

Er ist auf dem Stuhl zur Seite gekippt und verharrt nun regungslos in dieser Position, ohne jede Emotion. Das sonst ordentlich zurückgekämmte Haar ist zerwühlt. Zwischen den Fingern seiner Hand, mit der er seinen Kopf abstützt, hängen die glatten blonden Strähnen herab.

„Arthur House! Was denkt ihr euch bloß dabei?!"

Ich halte den Griff des Peacemaker fest umschlossen und spanne den Hahn. Das Geräusch lässt House den Kopf heben. Mit ungläubigem Blick mustert er mein Gesicht. Offensichtlich weiß er nicht sofort, wer ihm gegenübersteht. Er denkt angestrengt nach und öffnet dann endlich den Mund. „Ach, du bist's ..."

„Warum tun Sie das?! Wollen Sie alle umbringen? Jetzt reden Sie doch endlich!"

Die Worte dringen ungewollt laut aus meinem Mund, während ich die Waffe auf ihn gerichtet halte. Die versammelte Menge mustert House und mich mit verwirrtem Gesichtsausdruck.

„Hört alle her! Lasst euch nicht hinters Licht führen! Ich habe es mit eigenen Augen gesehen! Diese Leute haben gestern Abend meinen Freund getötet, als wäre er ein lästiges Insekt! Sie haben Alex ... meinen guten Freund Alex umgebracht!"

Der Lauf des Peacemaker zittert. Die Jugendlichen der Bürgerwehr tauschen Blicke untereinander aus.

„Ach, das meinst du ... Was soll's. Bring mich um, wenn du willst. Spielt doch sowieso keine Rolle mehr." House sieht die um die tote Kuh versammelten Menschen an. Sie wirken nicht mehr wie einzelne Individuen, sondern sind zu einer gesichtslosen Masse verschmolzen, wie ein riesiger Fleischklumpen. Die roten Körper zeigen keinerlei Interesse an dem, was sich vor ihren Augen abspielt. Unbeteiligt und furchtlos beobachten sie die Vorgänge lediglich.

„Ich bin bereits einer von ihnen geworden.“ Arthur House streicht die in seine Stirn fallende blonde Strähne mit einer erschöpften Geste zur Seite.

Bestürzt weiche ich zurück. Auf seiner Stirn haben die roten Male begonnen, sich auszubreiten.

„Töte mich ruhig, wenn du willst. Ich habe keine Angst vor dem Tod. Viel mehr fürchte ich mich davor, meine Persönlichkeit, mein Ich zu verlieren, während ich noch lebe.“

Alle Kraft weicht aus meinem Körper, und ich lasse den Peacemaker sinken. Für mich gibt es jetzt nichts mehr zu tun.

Plötzlich fängt einer der jungen Männer der Bürgerwehr lauthals zu schreien an – einige der um die Kuh versammelten Gestalten haben sich auf ihn gestürzt. Er wird von der Welle roter Leiber überrollt und schreit weiter und immer schriller, als sie ihn packen, an ihm zerren, ihn in Stücke reißen und verschlingen.

Die Hölle bricht über uns herein, ohne dass wir etwas dagegen tun könnten.

Wie auf Befehl beginnen die roten Rächer, die versteinerten Menschen am Straßenrand zu attackieren. Die Gruppe ist wohl durch ihr kollektives Schuldbewusstsein gelähmt und kann deshalb keinen Widerstand leisten – erst brachten die gemeinsamen Schuldgefühle die Absolution, jetzt bringen sie den Tod.

Der Massenmord geht ohne Gegenwehr vonstatten. Die Menschen werden in Stücke gerissen. Überall liegen Arme und Beine, Köpfe, Finger und kleine Fleischfetzen, deren Ursprung nicht mehr zu bestimmen ist, verstreut. Knochensplitter säumen die Straße – die Hölle ist jetzt ein Ort hier auf Erden.

Die nächtliche Dunkelheit ist vom Brodeln roter Farbe erfüllt. Rote, von der Krankheit gezeichnete Fleischklumpen, dazwischen weiße Leichenstücke derjenigen, die von dem Virus verschont geblieben sind. Es ist ein abscheulicher Kontrast. Immer wieder glaube ich, bekannte Gesichter zu entdecken. Ich habe sogar mehrmals das Gefühl, meinen Vater im Gewühl auszumachen. Doch es ist schwer zu sagen, ob er es wirklich ist, den ich sah.

Irgendjemand muss aus Panik Feuer gelegt haben. Die züngelnden Flammen breiten sich über die ganze Stadt aus, und schrille Schreie hallen durch die Straßen.

Plötzlich werde ich am Arm gepackt und in eine Seitengasse gezerrt.

Das ist das Ende. Tränen schießen mir in die Augen und lassen meinen Blick verschwimmen. Ich weiß, ich werde nicht mehr aufstehen können. Mein Leben zieht an mir vorbei wie ein Film – ich sehe meinen Vater vor mir, wie er war, bevor er zu dem blutigen roten Gelee wurde. Ich blicke auf die Gestalt, die mich am Arm festhält. Es ist Frank. Ich werfe mich ihm an die Brust und weine hemmungslos. Er drückt mich fester an sich. „Keine Angst, Alma. Ich beschütze dich." Seine Stimme zittert.

Die Mutanten-Welle schwappt bereits in unsere Gasse. Sie haben die Verfolgung aufgenommen. Vor meinen Augen flimmert ein rotes Antlitz … das blutüberströmte Gesicht von Arthur House.

Die Gasse füllt sich mit Gestöhne, Geheul und Geschrei blanker Raserei. Ein plötzlicher Windstoß lässt Staub, Papierfetzen und Blätter aufwirbeln, und ich kneife die Augen zusammen.

„Was ist das?" Ein donnerndes Grollen nähert sich. Frank hebt den Finger und stößt einen Schrei aus. Als ich den schwarzen Schatten in der Luft entdecke, denke ich einen Moment lang, ein Rabe sei aus der Hölle emporgestiegen, um uns zu holen.

Es ist ein Helikopter. Er tanzt in der Luft und scheint jeden Moment an den Häusern zu zerschellen, so tief fliegt er.

„Hey, ihr da! Geht in Deckung!“, hallt es uns aus der Maschine entgegen und durch die Straßen. Frank packt mich plötzlich und zieht mich nach unten, als auch schon Schusssalven über unsere Köpfe hinwegprasseln und alles schonungslos niedermähen. Die wandelnden Leichen werden in Stücke gerissen; ihr Blut spritzt in alle Richtungen und sammelt sich in riesigen Lachen auf der Straße. Sie stieben in die Gassen, doch die Maschinenpistolensalven kennen keine Gnade und färben bald alles tiefrot.

Wir ducken uns hinter einem Schutthaufen und klammern uns zitternd aneinander. Plötzlich herrscht Totenstille. Der Helikopter ist verschwunden.

„Gehen wir“, sagt Frank bestimmt. Wir rennen auf die Straße und kneifen die Augen zusammen, um nicht die Leichenberge sehen zu müssen.

Ich halte mich an deinem Arm fest und lasse mich einfach führen. Die Stadt brennt. Alles ist hellrot erleuchtet von den Flammen.

Wir verlaufen uns in den Straßen, die wir eigentlich kennen wie unsere Westentasche, und irren umher, von Sackgasse zu Sackgasse. Schließlich bleiben wir stehen. Wo sind wir? Um uns herum fallen sich die Stadtbewohner gegenseitig an und zerfetzen einander voller Gier.

Das Virus hat sich lautlos und ohne jede Vorwarnung ausgebreitet, und sein plötzlicher Ausbruch fegt wie ein Orkan durch die Stadt – Eltern fressen ihre weinenden Kinder; Kinder schlitzen ihre um Gnade winselnden Eltern mit bloßen Fingern auf; Geschwister haben die Zähne ineinander vergraben. Menschen, die sich bis gestern noch freundlich auf der Straße grüßten, stürzen sich nun mitleidslos aufeinander und tun sich gütlich aneinander.

Einige Kreuzungen sind versperrt, die Infrastruktur der Stadt ist völlig lahm gelegt. Endlich kommen wir zu einem menschenleeren Basketball-Platz. Wir beschließen, hier kurz Rast zu machen, und ich setze mich unter den Korb. Frank lehnt sich seufzend gegen die Stange und steht breitbeinig da.

„Wohin sollen wir fliehen?“ Deine Stimme … Als ich in dein Gesicht blicke, kann ich einen Entsetzensschrei nicht unterdrücken. Die Zeichen der Krankheit, die roten Flecke, haben sich von deiner Stirn bis zum Kinn ausgebreitet.

„Hab ich dich erschreckt?“

Dein Lachen klingt kraftlos. Wie kann das alles nur sein? Ich fasse an meine Wange. Plötzlich dreht sich alles … Meine Haut fühlt sich von unterhalb der Augen bis zu meinem Kinn schwammig an. Als ich auf meinen Arm blicke, erkenne ich rote Risse, die die Haut übersäen. Mein Fleisch hat begonnen, sich zu entblößen.

„Keine Angst, es tut überhaupt nicht weh.“ Du sprichst sanft wie ein Zahnarzt. So sanft, dass mich deine Stimme fast zum Weinen bringt. Vor lauter Angst verliere ich jeglichen Realitätssinn. Ich lege mich auf das Spielfeld, strecke Arme und Beine weit von mir. Wirre Gedanken gehen mir durch den Kopf.

Unter Freudengeheul strömen die Mahre der brennenden Stadt auf mich zu. So viele Menschen … so viele … Wesen …

Wie die Soldaten auf dem Foto bleiben sie stehen und erstarren. Ein Bild für die Ewigkeit.

Großvater lacht. Vater lacht. Alex lacht. Arthur House, Mr Kirkwood, du … und … sie …?

„Endlich hab ich dich." Die gesichtslose Frau steht plötzlich neben mir. „Steckst du hinter dem Ganzen?", fragt sie mich mit vorwurfsvollem Blick.

Eigenartig. *Ich* soll hinter dem Ganzen stecken? Wie kommt sie nur darauf? Ich habe doch nichts getan, außer mein normales Leben zu führen.

„Wer bist du?"

„Ich hab dir doch schon gesagt, ich bin Alma Hartline. Wie oft denn noch."

Wer bin ich? Wann ist ein Mensch ein Mensch? Ich bin ein Mensch. Oder nicht?

„Dein Name interessiert mich nicht. Ich will wissen, *wer* du bist. *Was* bist du!"

Ich berühre mit meinen Fingerspitzen die Stickerei auf meinem Samtmantel; die Rose, deren Relief sich ein wenig vom Rest des Stoffes abhebt und die daher leicht zu ertasten ist.

„Eine Rose … offen für alles, alles aufnehmend, alles sich zu eigen machend."

„Rose … Es ist doch richtig, wenn ich annehme, dass du Rose bist?", sagt sie energisch.

Ich umschließe die auf den Mantel gestickte Rose mit meinen Fingern, und der Stoff zieht sich in meiner Hand zusammen.

Rose … ein schöner Name.

„Wo ist Sprague?"

Die Frau ist ganz schön neugierig dafür, dass sie nicht mal ein Gesicht hat.

„Sprague …? Ich kenne keinen Sprague."

Am Himmel kreist ein Helikopter. Jener Höllenvogel, der die Menschen vorhin auf der Straße niedergemäht hat.

„Dein Freund ist sicher an Bord."

Ich fühle es. Wenn ausnahmslos alle von der roten Seuche befallen und dahingerafft wurden, wird jemand in die Stadt kommen und von unserem Leben erfahren. Dieser Jemand wird all die Menschen nehmen, die bis dahin wie selbstverständlich hier gelebt haben, und sie zu Protagonisten und Statisten seiner eigenen Inszenierung machen.

„Mein Tagebuch … ich muss es holen. Da stehen eine Menge peinlicher Dinge drin …", murmele ich vor mich hin, als mich die Erinnerung daran durchfährt.

Aber was kann jetzt eigentlich noch peinlich sein?

„Sag mal, stinke ich eigentlich?"

Die Frau antwortet nicht.

Als ich die Augen öffne, ist der Himmel tiefgrau. Raccoon City liegt in Schutt und Asche. Du lehnst immer noch an der Stange des Basketball-Korbs, hast aber inzwischen die Augen geschlossen, als würdest du schlafen.

Ich stehe auf. Ich muss los.

Der aufsteigende Verwesungsgeruch … kommt er von dir, oder ist es der Gestank meiner eigenen verfaulenden Haut?

So haben wir es doch noch geschafft, eins zu werden.

Ich flüstere dir leise zu, während du schläfst: „Ich bin schwanger. Es ist unser beider Kind."

Außer uns gibt es niemanden mehr. Die Welt gehört uns ganz allein.

Grollend fängt die Erde an zu beben …

3. Oktober, 22:05 Uhr, Medizinische Abteilung

Als sie die Augen schloss, war alles um sie herum weiß. Aus der Ferne drang Lärm an ihr Ohr – Gebrüll, Stöhnen, Geräusche, als würde etwas zusammenstoßen, Schüsse.

Diese Welt aus Licht verwirrte sie. Sie hatte keine Ahnung, was eigentlich los war, doch aus irgendeinem Grund war der Strom offensichtlich wieder angestellt. Und aus irgendeinem Grund war sie noch am Leben …

Als ihr jemand auf die Schulter tippte, öffnete sie die Augen. Gegen das Licht erkannte sie Fuchs' Gesicht. „Es ist vorbei."

Emily blickte auf die Beretta, die er in seiner Rechten hielt. Er folgte ihrem Blick und lachte. „Keine Sorge, ich erschieße Sie nicht."

Sie ergriff seine Linke, die er ihr entgegenstreckt hatte und stand endlich auf. Ihre Beine fühlten sich an, als würde sie schweben.

Nachdem Fuchs die Pistole ins Holster zurückgesteckt hatte, zog er eine zweite hervor; Simons Glock, die er sich hinten in die Hose unter den Gürtel geklemmt hatte. „Das ist seine. Sie sollten sie zur Selbstverteidigung bei sich tragen."

Sie sah zu Simons Leiche auf dem Bett und senkte den Blick. *Ein enthaupteter Mensch ähnelt frappant einer kaputten Puppe,* dachte sie.

Emily nahm die Waffe wortlos an sich und steckte sie in ihre Tasche, in der die kleine Pistole vollständig verschwand. Fuchs deutete auf die Leiche bei der Tür. Dort lagen Tobis Überreste, der Rumpf vollkommen zerfetzt, der Kopf und die Gliedmaßen abgerissen. Und inmitten der dickflüssigen Blutlache, um die sich die Reste des Hundes verteilten, ruhte Allams Unterarm. Die Taschenlampe war noch von der Hand umklammert. Als sie den Blick angewidert abwandte und einatmete, nahm sie den furchtbaren Gestank wahr. Er brannte sich zusammen mit dem, was sie gesehen hatte, als quälende Erinnerung in ihr Gehirn ein. Irgendwo dahinter lagen wohl die Überreste von Robert Prasch und zumindest diesen Anblick hätte sie sich lieber erspart.

„Haben Sie den Hund gesehen? Er war auch befallen. Das Virus überträgt sich also auch auf Tiere?"

„Keine Ahnung … Ich verstehe nichts davon, absolut gar nichts. Ich kenne mich nur mit den Simulationen aus."

„Ich glaube fast, er wollte sein Herrchen rächen. Auch in dem Zustand hatte er noch einen Plan davon, was er tat – ganz im Gegensatz zu uns." Fuchs verzog das Gesicht und strich sich langsam über das stoppelige Kinn. Dann sah er zum Licht hinauf. „Das System scheint plötzlich wieder zu laufen, weiß der Teufel, warum. Wenn wir hier raus wollen, sollten wir lieber gleich gehen."

„Und Allam?", fragte Emily.

„Keine Ahnung. Ist rausgerannt und verschwunden. Entweder wegen des Lichts oder weil ihm Tobi den Arm abgebissen hat. Und ich hab ihm auch nicht gerade wenige Kugeln verpasst."

„Chefin …", murmelte Kinuta, der an der Wand zu Boden gesunken war und den das Gemetzel offenkundig stark mitgenommen hatte.

„Alles in Ordnung? Was für ein Glück."

„Wohl eher ein Wunder", erwiderte Hiromu Kinuta apathisch. Er versuchte aufzustehen, schaffte es aber nicht. Er schwankte, stützte sich mit der Hand am Boden ab und setzte sich wieder.

„Wie steht es um das Institut?“, fragte Emily.

Kinuta hatte es aufgegeben, sich erheben zu wollen. Er antwortete ihr im Sitzen. „Ich weiß es nicht. Die Ansteckung breitet sich zu schnell aus. Nicht nur über den Wasserspeicher, auch über das Belüftungssystem … All die Einrichtungen, die einen Biohazard eigentlich verhindern sollten, bewirken jetzt genau das Gegenteil. Wer auch immer dahinter steckt, muss Carmen unter seine Kontrolle gebracht haben.“

Fuchs hatte sich in der Nähe der Tür umgesehen und kam jetzt ins Zimmer zurück. „Emily, wenn der Strom wieder da ist, müsste doch auch das Telecom funktionieren, oder?“

Emily blickte auf den Monitor des Telecom. „Sagte Prasch nicht, Sprague befände sich im Kontrollraum? Ich versuch’s mal.“ Sie nahm die ID-Karte, die sie an einem Band um den Hals trug, und führte sie in das Lesegerät des Telecom ein. Der Browser sprang an, und die weibliche Computerstimme fragte nach der gewünschten Verbindungsadresse. Emily tippte rasch die Nummer des Kontrollraums ein. Im Prinzip war das Telecom bei dieser Art der Anwendung nichts anderes als ein Haustelefon.

Es läutete mehrere Male durch. Emily wurde nervös. Sie betete beinahe, dass sie jemanden erreichen würde.

Plötzlich tauchte Reena Mittfords Gesicht auf dem Bildschirm auf. Emily erschrak. „Reena …?“

„Nein, ich bin’s, Sprague.“

„Auf dem Monitor wird Reena Mittfords Gesicht angezeigt …“

„Das liegt sicher daran, dass der Server infolge des Stromausfalls abgestürzt ist. Dabei müssen die IDs durcheinander gekommen sein. Ich konnte die Stromzufuhr zwar wieder öffnen, aber das System kann ich momentan nicht reparieren.

Ich bin schon froh, es überhaupt wieder benutzen zu können. Aber Sie werden korrekt angezeigt, Emily."

Es war ein seltsames Gefühl, Reenas Bild zu sehen und eine Männerstimme sprechen zu hören.

„Sind Sie in Ordnung?"

„Ja, so weit schon."

„Ist jemand bei Ihnen? Wachleute vielleicht oder sonst jemand?"

„Nein, ich bin allein. Die Belegschaft wurde wohl komplett entweder vom Virus befallen oder von den Infizierten umgebracht. Wahrscheinlich sind die meisten tot."

Emily wurde schwarz vor Augen.

„Ich stand bis vorhin mit Prasch in Funkkontakt", fuhr Sprague fort. „Er meinte, Sie hätten Kontakt mit ihm aufgenommen. Stimmt das?"

„Prasch … verdammt!" Emily stieß den Stuhl um und fluchte. Tränen liefen ihr über die Wangen. „Dieser Mistkerl hat ihn umgebracht! Der Gruppenführer der Wachleute …"

„Ulysses Allam?"

„Ja. Auch Simon Beach vom Wachtrupp wurde von ihm getötet. Ich weiß nicht, wie viele Leute er noch auf dem Gewissen hat. Er wurde vom Virus befallen und ist vollkommen übergeschnappt!"

„Nun … wenigstens ist Ihnen nichts passiert. Ist sonst noch jemand bei Ihnen?"

Emily blickte zu Kinuta, der mit ausdruckslosen Augen am Boden hockte und ins Leere starrte. „Hiromu Kinuta aus meinem Team."

„Ah, das freut mich, dass ihm nichts zugestoßen ist. Hat er durch den Schrecken abgenommen?"

„Ren!"

„Entschuldigung. Nicht der richtige Zeitpunkt für Späße …"

Alle verbliebene Kraft schien aus Kinuta zu weichen, denn in diesem Moment sank er in seiner Ecke, in der er an der Wand lehnte, wie ein Sack Kartoffeln in sich zusammen.

Emily stellte den Stuhl, den sie umgestoßen hatte, wieder auf und setzte sich darauf. „Außerdem ist noch Richard Fuchs hier." Fuchs war inzwischen neben sie getreten und blickte auf das Telecom.

„Was!?", stieß Sprague erschrocken aus. „Was macht der denn bei euch?"

„Das wüsstest du wohl gerne", erwiderte Fuchs mit ironischem Unterton. „Ich lass mich jedenfalls nicht mehr reinlegen."

Spragues Seufzen war über die Lautsprecher nicht zu überhören. Fuchs griff nach dem Mikrophon. „Ren, klär uns über die Lage auf, so weit sie dir bekannt ist. Emily hat ja bereits gesagt, dass wir vom Chef der Wachleute angegriffen wurden. Er schien noch einen Willen zu haben, schließlich hat er munter mit seiner Maschinenpistole auf uns geballert. Allerdings war er mehr Matsch als Mensch, sein halber Körper hatte sich bereits verflüssigt."

„Ach …?", rief Sprague erstaunt. „Dann ist der Zerfall also schon so weit fortgeschritten?"

„Tu doch nicht so überrascht!" Fuchs zog die Augenbrauen zusammen. „Du bist hier derjenige, der zerfallen ist, Mann!"

Sprague brach in Gelächter aus. Es wirkte so, als würde das Lachen Reena Mittfords starrem Gesicht entspringen – eine gespenstische Vorstellung. Ob er wohl gerade vor dem Monitor beide Arme vor der Brust kreuzte, dann die Hände hochnahm und ein V-Zeichen machte – seine charakteristische „Love & Peace"-Geste?

„Was ist denn daran so komisch?"

„Ach, nichts. Offensichtlich wurde das Virus durch die Kuh, die man in das Wasserspeicherbecken geworfen hat, in Umlauf gebracht. Wie Emily schon befürchtete, hat das Wasseraufbereitungssystem versagt. Aber … warum ausgerechnet eine Kuh? Finden Sie das nicht auch lustig?"

Lustig …? Wie konnte er sich zu so einem Zeitpunkt amüsieren? Er musste von Sinnen sein.

Emily packte den Monitor und starrte hinein. Doch Reena Mittfords Gesicht flimmerte sie nur ausdruckslos an.

„Kannst du vielleicht mal Klartext reden?", drängte Fuchs ungeduldig.

„Na, Reena hat es doch gesagt. Alma befindet sich in der VR-Simulation, und Rose träumt von ihr. Ist es denn nicht offensichtlich? Im Zentrum der ganzen Ereignisse hier steht Rose. Sie ist der Auslöser!"

„Ren, was soll das? Was reden Sie denn da?"

„Können Sie mir nicht folgen, Emily? Haben Sie sich die Videobilder mal genau angeschaut? Ich habe sie mir wieder und wieder angesehen. Darin wird Alma von einem Freund als ‚Hexe' bezeichnet. Warum wohl?"

„Keine Ahnung! Ich hatte genug damit zu tun, in Todesangst zu fliehen! Da war keine Zeit für genaue Studien! Es ging ums nackte Überleben!"

„Tut mir Leid, ich weiß. Also, dann will ich es mal erklären. Das Mädchen konnte die Erinnerungen lesen, die Materie anhaftet."

„Was soll dieser Ausflug ins Märchenreich! So etwas gibt's doch in der Realität nicht!", schnappte Fuchs.

„Sicher?"

„Ja. Ganz sicher", unterstrich Emily Fuchs' Aussage.

Spragues Lachen schallte wieder aus den Lautsprechern. „Nun gut. Natürlich ist das nur meine ureigene aberwitzige Interpretation. Alma hat also die ganze Zeit in der Trägerflüssigkeit geschlummert und war Teil jener virtuellen Welt, die von dem VR-System geschaffen wurde. Sie träumte friedlich vor sich hin, von Spaziergängen in den Bergen Guatemalas. Doch eines Tages wandelte sich der Traum in einen Alptraum. Die Erinnerungen, die sie in sich trug, erwachten ..."

„Wollen Sie sagen, sie rächt sich? Indem sie die Stromversorgung unter ihre Kontrolle brachte, diese Bilder abspielte, das System an sich riss und allmählich das ganze Forschungsinstitut zerstört? So ein Unsinn! Wie sollte das denn möglich sein? Und was ist mit der Kuh? Die wurde doch offensichtlich von Menschenhand in den Tank geworfen!"

„Eine Frage", schaltete sich Fuchs ein. „Wo ist eigentlich Rose?"

Einen Augenblick lang herrschte Schweigen, bevor erneut Gelächter aus den Lautsprechern hallte. Fuchs zog die Augenbrauen zusammen und wartete, bis das beinahe hysterische Lachen wieder verstummt war. Es schien fast eine Minute zu dauern, bis Sprague sich wieder fing.

„Dann weißt du es also noch gar nicht? Und hast es auch nicht bemerkt?" Er sprach die Sätze glucksend, denn es gelang ihm offensichtlich noch immer nicht ganz, die Beherrschung zu wahren. Fuchs warf Emily einen ratlosen Blick zu.

„Sagen Sie es ihm, Emily. Er will es wissen."

Emily sah Fuchs an und wusste einen Augenblick lang nicht, wie sie es ihm vermitteln sollte. „Fuchs ... Sie haben es doch auch gesehen. Dieses rote Schlammwasser in dem Tank, der im Kapselraum steht. *Das* ist Rose. Eine Mischlösung aus Stammzellen, der Trägerflüssigkeit und dem Virus – *das* ist Roses eigentliche Gestalt."

„Was – diese trübe Suppe soll Rose sein? Aber das kann doch nicht …" Fuchs rief sich die Erinnerung an vorhin – an den Tank und dessen Inhalt – ins Gedächtnis und erschauderte. Er wandte sich vom Telecom ab und ging unruhig im Behandlungsraum auf und ab.

Sprague lachte immer noch und klopfte mehrmals auf das Mikrophon. „Ein ganz schöner Schock, wie? Aber beruhige dich wieder, Ambrose. So schlimm ist das nicht. Es ändert ja nichts daran, dass das ‚Projekt Rose' nach wie vor im Gange ist."

„Verdammt!", schrie Fuchs in der Mitte des Raumes plötzlich. Kinuta, der das Ganze zusammengesunken verfolgte, sprang erschrocken auf.

„Und was ist dann aus dem Mädchen geworden, das wir damals mitgenommen haben?", brüllte Fuchs.

„Damals …?", wiederholte Emily. „Was soll das heißen, Sie haben sie mitgenommen? Waren Sie etwa in Raccoon City?"

„Ja. Allerdings, bevor durch den Kernwaffenangriff alles zerstört wurde. Wir waren gerade dabei, Material zu sammeln, als wir sie fanden."

„Haben Sie es gesehen?", fragte Emily wie in Trance.

„Ja. Ein schrecklicher Unfall", antwortete ihr Sprague trocken.

„Und warum haben Sie das nicht gesagt?", brüllte Emily ins Mikrophon.

„Sie haben alles gewusst, oder? Sie wussten, welche Art von Forschung wir hier betreiben! Und was wir damit angerichtet haben! Sie wussten alles. Alles!"

„Aber Sie wussten es doch auch, Miss Ran." Die Stimme aus den Lautsprechern klang besänftigend. „Dieses Forschungsinstitut ist von Raccoon City vereinnahmt worden. Was wir jetzt erleben, *ist* Raccoon City."

Emily schloss die Augen und biss sich auf die Lippen.

„Emily, wegen der Kuh … Ich habe beim System-Check etwas Interessantes auf den Überwachungsbändern der letzten Woche gefunden. Ziemlich aufschlussreich … Darauf ist zu sehen, wer die Kuh ins Becken geworfen hat. Er schien sich überhaupt nicht dafür zu interessieren, dass er von der Kamera aufgenommen wurde."

„Wer?"

„Dieser Gruppenführer der Wachleute, der Sie angegriffen hat … Ulysses Allam."

Wie bitte? Emily starrte an die Decke. *Ulysses Allam … hat es getan?* Mit weit aufgerissenen Augen fixierte sie Reenas Abbild auf dem Monitor.

„Er war von Anfang an verdammt – und doch zutiefst überzeugt von seinem Handeln. Er muss die VR-Maschine schon seit langem regelmäßig zusammen mit Reena benutzt haben. So kam er mit Rose in Kontakt. Tatsächlich muss Rose schon begonnen haben, ihn zu vereinnahmen und zu zersetzen, lange bevor Reena diesen Unfall hatte. Ihr habt gesagt, er war bereits zur Hälfte verflüssigt? Das ist der Beweis dafür, dass die Zeit knapp wird. Aber das Ganze bedeutet nicht, dass Rose sich rächt, Emily. Sie träumt einfach nur. Und dieser Traum, dieser Alptraum, wird nun wahr. Wir befinden uns gerade mitten in diesem Traum, wir treiben hilflos in der Gebärmutter eines jungen Mädchens …"

Reenas Abbild begann plötzlich heftig zu flackern, und Emily hieb mit der Faust gegen den Monitor. „Sagen Sie mir endlich, was der Grund für das alles ist! Sie sind es, hab ich Recht? Sie haben diese Bilder kreiert und abgespielt! Warum tun Sie das alles, Sie Wahnsinniger! Was ist Rose in Wirklichkeit? Ren …!“

„Wir sind die Insekten, die den Blütenstaub von einer Blume zur nächsten tragen, den Samen … das Virus! Bald wird sich die Rosenblüte endlich öffnen. Das Erntedankfest naht, die Parade steht in den Startlöchern …“ Der Bildschirm mit Reenas Gesicht begann zu rauschen und flackerte heftig. „Es geht los! Es ist so weit! Die Ernte hat begonnen … Was wollt ihr jetzt tun? Ihr habt keine Zeit mehr zu fliehen.“

Der Monitor verdunkelte sich kurz, dann flimmerten unbekannte Bilder über den Schirm. Ein Basketball-Feld. Ein Jugendlicher, dessen Haut beinahe vollständig abgeschält war, erschien in Großaufnahme. Sein Gesicht wirkte im Gegensatz zu seinem Körper eigenartig alt. Das war nicht das Gesicht eines jungen Mannes. Es gehörte Ulysses Allam.

Emily hämmerte mit ihrer Faust gegen den Monitor, so lange, bis Kinuta aufstand und ihren Arm festhielt. Plötzlich hallte Carmens Stimme durch den Raum. *„Biohazard festgestellt. Warnung an alle Mitarbeiter. Im Institut breitet sich das T-Virus aus. In zehn Minuten wird die gesamte Forschungseinrichtung mit dem T-Virus-Impfstoff ‚Rose‘ desinfiziert.“*

Fuchs hob den Kopf und sah zur Decke. Die Belüftungsanlage startete summend wie ein Bienenschwarm und begann, einen Luftstrom aus den runden Öffnungen zu blasen, die einen Durchmesser von etwa zwanzig Zentimetern hatten.

Der unerwartete Windstoß ließ Emily die Augen zusammenkneifen. Sie sah zu Kinuta hinüber, der verzweifelt aufschrie. „Das kann doch nicht wahr sein! Jetzt wird Rose über die Belüftungsanlage versprüht!“

Emily klopfte das Herz bis zum Hals. Vor ihrem geistigen Auge erschien Ulysses Allam, dessen halber Körper zerflossen war.

Da hörte sie Fuchs etwas rufen: „Was ist mit dem Innenhof? Können wir dorthin nicht über die Feuertreppe fliehen …?“

Emily schüttelte den Kopf. „Bringt nichts. Dort gibt es auch Sprühanlagen, die an das Belüftungskontrollsystem angeschlossen sind.“

Emilys Gedanken überschlugen sich. Carmen war übernommen worden. Die Ernte stand kurz bevor. Eine Flucht war ausgeschlossen. Durch die bewusste Zweckentfremdung des Systems wurde diese Katastrophe gesteuert, und sie alle waren der Situation hilflos ausgeliefert.

Plötzlich meldete sich Kinuta zu Wort. „Der VR-Raum! Wir müssen in den VR-Raum! *Dort* gibt es keine Belüftungsanlage!“

3. Oktober, 22:35 Uhr, Gang des Forschungsinstituts

Der Countdown hatte begonnen. Der eben noch dunkle Korridor war nun in weißes Licht getaucht. Emily und die anderen rannten ihn wortlos hinunter. Der VR-Raum war ihr erklärtes Ziel. Um die anfälligen Gerätschaften und Lösungen vor Fremdeinwirkung zu schützen, war der VR-Raum als einziger nicht an das Belüftungssystem angeschlossen – was den Raum für gewöhnlich unerträglich heiß und stickig machte, sich jetzt aber als Glücksfall erwies.

Es gab zwei Wege, um vom dritten Stockwerk, in dem sie sich befanden, in den VR-Raum im vierten zu gelangen: mittels Aufzug oder Treppe. Der Aufzug stellte jedoch ein gewisses Risiko dar. Carmen verhielt sich nicht normal und es gab keine Garantie dafür, dass sie auch wirklich im vierten Stock landen würden.

Der einhellige Konsens war, das Stockwerk besser zu Fuß zu erreichen. Sie entschieden sich also für die Treppe.

Zunächst rannten sie den langen Gang hinunter, bogen ab und erreichten schließlich das Treppenhaus. Dort stiegen sie die Stufen empor.

Kinuta hielt sich am Geländer fest und schleppte sich unter Qualen nach oben. Er schwitzte fürchterlich. Aus jeder einzelnen Pore seines Körpers strömte der Schweiß.

„Schneller, wir haben keine Zeit!“, rief Fuchs, der bereits oben angekommen war, aber wieder ein paar Stufen kehrtmachte, um Kinuta anzustacheln.

Kinuta stützte die Hände auf die Knie und keuchte heftig.

„Noch sechs Minuten bis zur Freisetzung von Rose.“

Auf dem Gang zum VR- und zum Kapselraum lagen drei, vier frische Leichen. Kinuta kreischte und klammerte sich an Emily.

„Weiter!“, hallte Fuchs’ Stimme durch den Gang. Sie umgingen die Leichen mit großen Schritten; keine einzige hatte mehr ihren Kopf auf den Schultern sitzen. Kinuta hastete entschlossen den Gang entlang, die beiden anderen folgten ihm.

Als Kinuta die Tür erreicht hatte, tastete er hektisch über die Schalttafel, bis er schließlich den Knopf zum Öffnen traf.

Die schwere Schiebetür glitt zur Seite und gab den Blick auf den quadratischen Betonraum frei, dessen Seitenlängen und Höhe identisch waren: jeweils zehn Meter.

Neben dem riesigen Tank im Zentrum des Raumes saß ein Mann, mit dem Rücken an das Metallungetüm gelehnt. Es war ein alter Bekannter. Das feiste Gesicht, der kahle Schädel, der fleischige Körper … Das grelle orangefarbene Hemd war verrutscht, und die weite schwarze Freizeithose sprach auch nicht für sein Händchen, was Modedinge anging. In seiner rechten Hand hielt er eine Automatikpistole.

„Hey!“ Christian Selfridge hob die linke Hand.

„Was machst du hier?“, fragte Fuchs.

„Was ich hier mache? Dasselbe wie ihr. Ich bin hierher geflohen. Zuerst dieser Stromausfall und dann, als das Licht endlich wieder da war, diese Rose-Warnmeldung … Da bin ich ein bisschen in mich gegangen …“ Er tippte sich demonstrativ gegen die Schläfe. „… und schließlich hier gelandet.“ Selfridge erhob sich und kam mit Raum greifenden Schritten näher. „Allerdings gab es ein paar unvorhergesehene Probleme. Ich weiß nicht, wie man das hermetische Schloss hier bedient und war schon fast am Verzweifeln. Doch offensichtlich war mir das Glück mal wieder hold und hat euch geschickt! Seid so gut und riegelt den Raum hermetisch ab.“

Emily und Fuchs warfen sich Blicke zu.

„Von wegen! Du hattest doch vor, dir in der allgemeinen Verwirrung Rose im Nebenraum unter den Nagel zu reißen! Die ganzen Leichen da draußen gehen sicher auch auf dein Konto!“, schrie ihn Fuchs an.

Selfridge richtete die Waffe gelassen auf Emily. „Wir haben jetzt keine Zeit für Diskussionen. Los!“

„Noch vier Minuten bis zur Freisetzung von Rose.“

„Halt’s Maul, Selfridge!“ Fuchs richtete seine Beretta auf ihn.

Selfridges Gesicht bebte kurz vor Wut. Dann stieß er einen Seufzer aus, neigte den Kopf leicht zur Seite und betätigte den Abzug seiner Waffe. Die Kugel schlug in Fuchs’ Oberschenkel ein. Fuchs schrie vor Schmerz und ging zu Boden; im Nu waren die weißen Fliesen vom austretenden Blut rot gefärbt.

Selfridge stieß die vor ihm liegende Beretta mit dem Fuß weg. Die Waffe schlitterte bis zur Wand und blieb in einer Ecke des Ganges liegen.

„Tut mir Leid, aber ich hab keine Zeit für lange Erklärungen", sagte Selfridge. „Wir müssen jetzt schnelle Entscheidungen treffen."

Kinuta sah Emily mit völlig verwirrtem Gesichtsausdruck an.

„Wenn euch euer Leben lieb ist, geht ihr da auch rein!" Selfridge kehrte in den Raum zurück, ohne Emily eines Blickes zu würdigen.

Sie starrte ihm eine Weile nach. Dann half sie Fuchs auf, der seinen Arm um ihre Schulter legte, und schleppte ihn hinter Selfridge her. Hinter ihnen schloss sich die Schiebetür.

Fuchs löste sich von Emily. Verzweifelt versuchte er, auf eigenen Beinen zu stehen, doch das einzige Resultat seiner Bemühungen war, dass immer mehr Blut aus seinem Bein quoll. Selfridge betrachtete ihn gedankenverloren.

„Sie hatten sowieso vor, auf Fuchs zu schießen, nicht wahr?" Emily schluckte und griff in ihrer Tasche nach der kleinen Glock.

Selfridge zuckte nur mit den Schultern. „Glauben Sie, was Sie wollen. Aber jetzt ist nicht die Zeit für Diskussionen."

Plötzlich hämmerte irgendetwas von außen mit unbeschreiblicher Wucht gegen die Tür. Emily wich erschrocken zurück und beobachtete angsterfüllt, wie die schwere Tür unter der Gewalteinwirkung regelrecht vibrierte. Eine Stimme, die unmöglich einem Menschen gehören konnte, brüllte auf der anderen Seite des Schotts Unverständliches.

Kinuta stieß einen panischen Schrei aus, verkroch sich hinter dem Tank in einer Ecke und vergrub den Kopf zwischen seinen Armen.

„Noch zwei Minuten …“

Selfridge begann, mit fester Stimme zu sprechen. „Irgendwas ist da draußen. Zombies oder was weiß ich … Jedenfalls keine Menschen, das steht fest.“ Er rieb sich mit den Handballen die Schläfen. „Wir müssen den Raum abriegeln.“

Emily drehte sich um und fixierte die schwarze Waffe in Selfridges Hand. Der Knöchel des Fingers, der am Abzug lag, trat weiß hervor. Die Waffe zitterte, und auf Selfridges Gesicht lag ein hysterischer Ausdruck.

„Selfridge, beruhigen Sie sich …“

„Wir müssen den Raum abriegeln! Wenn Sie es nicht tun …“ Er sah Kinuta an, der ihnen den Rücken zuwandte und in seiner Ecke kauerte. „… erschieße ich Sie, und er wird es tun.“

Emily sank fassungslos vor dem Computer-Terminal zu Boden. Selfridge hatte Recht – sie hatten im Moment keine andere Wahl. Also streckte sie die Hand nach der Tastatur aus, gab routiniert ein paar Befehle ein und aktivierte die Versiegelung. Das Silikon, das bei allen Türen zur Vermeidung eines Biohazard angebracht war, schoss in die Ritzen, und der Raum wurde hermetisch abgedichtet.

Als diese Prozedur abgeschlossen war, zählte der Countdown bereits die letzten fünf Sekunden.

„Fünf … vier … drei … zwei … eins …“ Bei Null angelangt, verkündete Carmen: „Ich beginne jetzt mit dem Versprühen des ‚Rose‘-Impfstoffs.“

Auf dem Gang hörte man, wie eine Flüssigkeit versprüht wurde. Die Tropfen prasselten so heftig gegen die Wände, dass es beinahe so klang, als würde ein Platzregen innerhalb des Gebäudes niedergehen.

Allmählich ließ das Hämmern gegen die Tür nach.

„War es das?“, stöhnte Emily kraftlos.

„Können Sie sich ein Bild von der Lage im Institut machen?“, fragte Selfridge.

Er wischte sich mit seinem behaarten Unterarm den Schweiß von der Stirn. Emily tippte etwas in die Tastatur und stellte eine Verbindung zum Netzwerk her. Sie suchte die korrekte Zugriffsroute, um durch Carmens Augen erkennen zu können, was draußen auf dem Gang vor sich ging.

Irgendwie hatten die Überwachungskameras wohl sämtliche Ereignisse überstanden – auf dem Bildschirm wurde alle zehn Sekunden zwischen den einzelnen Kameras durchgeschaltet.

Was sie sahen, war einfach nur entsetzlich. Überall auf den Institutsgängen waren schwarzrote schlackige Pfützen zu sehen, die Überreste derer, die bereits vom Virus befallen gewesen waren und sich aufgelöst hatten. Von der Decke regnete es dunkelroten Schleim, der auf dem Boden zähe Rinnsale bildete und die Korridore entlang rann. In diesem unwirklichen Sud trieben die Köpfe, Arme und Beine derer, die sich noch nicht vollständig aufgelöst hatten.

Emily kappte wortlos die Verbindung.

Im Raum hallten Fuchs’ schmerzerfülltes Stöhnen und Kinutas weinerliches Wimmern wider. Selfridge blies Emily seinen aufgeregten heißen Atem in den Nacken. Der Monitor wurde schwarz. Sie schloss die Augen und vergrub den Kopf zwischen ihren Armen.

Kapitel 6

Der junge Soldat hielt seine Maschinenpistole vor sich auf den Boden gerichtet und näherte sich so Ren Sprague. Um seinen Hals baumelte eine Sauerstoffmaske, wie man sie bei Feuerwehreinsätzen benutzte. Aufgrund des schwarzen Schutzanzugs wurde der Mann von der Dunkelheit beinahe verschluckt und wirkte unheimlich, fast wie ein Geist.

„Offenbar sind hier keine Überlebenden."

Sprague nickte, ließ die Hand mit der Videokamera sinken und kickte einen Brocken Schutt zur Seite. Es war tiefe Nacht in Raccoon City. Seit sie den Helikopter verlassen hatten, war gerade mal eine Stunde vergangen, und doch waren sie schon etliche Male von diesen menschlichen Horrorgestalten angegriffen worden. Die Lage in der Stadt war zehnmal schlimmer als befürchtet. Überall waren Brände ausgebrochen; das Feuer mochte mehr Menschen in den Tod gerissen haben als das Virus. Die Leute waren offenbar in Panik geraten und hatten ihre Häuser – ihre ganze Heimatstadt – angezündet.

Es war augenscheinlich, dass selbst dieser Soldat hochnervös war. Obwohl er speziell dazu ausgebildet worden war, in jeder Situation einen kühlen Kopf zu bewahren. Und obwohl er dem Briefing beigewohnt hatte, in dem ihnen klar gemacht worden war, was sie hier unten erwarten würde.

Und Ren Sprague? Er war aus wissenschaftlichem Interesse und einer gewissen Neugierde hergekommen, fest entschlossen, die Katastrophe zu untersuchen. Doch jetzt war von seiner Entschlusskraft nicht mehr viel übrig. Er wollte nur noch zurück ins Forschungsinstitut und eine heiße Dusche nehmen, ein paar Gläser Brandy trinken und alles vergessen. Vielleicht noch ein Lied auf der Gitarre zupfen und dazu singen …

Das war es, was er sich gewünscht hätte. Doch vorher gab es noch etwas zu erledigen. Sprague wischte sich die Schweißtropfen von der Stirn.

Der junge Soldat, der ihn zu seinem Schutz hierher begleitet hatte, war bleich geworden und zitterte leicht. Wäre er ein Zivilist gewesen, hätte er vor Angst wohl schon nicht einmal mehr gehen können.

„Nur noch vier Stunden, bis alles durch den Atomschlag vernichtet wird“, schnarrte er. „Was meinen Sie, wie lange der provisorische Impfstoff noch wirkt …? Wir sollten besser schnell von hier weg.“

„Ja, ich weiß. Geben Sie mir noch dreißig Minuten!“ Sprague stieg über den Schutthaufen hinweg. Der Soldat eilte hinter ihm her und begab sich an seine Seite. „Wonach suchen Sie eigentlich?“

„Sie haben sie aus dem Helikopter doch auch gesehen, oder? Es ging alles so schnell, und es war nur undeutlich auszumachen, aber das Mädchen schien noch nicht befallen zu sein.“

Sprague sah die Kleine im Geiste vor sich, wie sie auf der Straße von den Infizierten umzingelt worden war. Er hätte dem Piloten Feuerbefehl erteilt und mit eigenen Augen gesehen, wie die Kleine von jemandem aus der brennenden Gasse gezerrt worden war. Demnach war ihr die Flucht gelungen.

„Das war vor über einer Stunde … Meinen Sie wirklich, sie ist immer noch am Leben?"

„Ich will einen Überlebenden finden – koste es, was es wolle. Lassen Sie uns nur noch zu dieser Gasse vorstoßen, in Ordnung? Dann kehren wir um." Sprague sah sich auf dem tragbaren Navigationsgerät, das an seinem Gürtel befestigt war, den Stadtplan von Raccoon City an. „Ich bin mir sicher, dass es hier irgendwo war …"

Der Soldat nagte an seiner Lippe und schwieg. Er legte seine zitternden Hände um die Maschinenpistole, die an einem Schultergurt hing. Ihr allein war es zu verdanken, dass sie bis hierher gekommen waren – sie hatte die rotfleischigen Teufel, zu denen die Menschen entartet waren, aus dem Weg geräumt.

Wortlos stiegen sie über die Trümmer der Stadt. Dass sie nicht sprachen, lag an der schleichenden Angst, die ihre Gefühlswelt beherrschte. Die Sorge, sich zu weit vom Helikopter entfernt zu haben. Die Furcht, vielleicht nicht mehr zu ihm zurückzufinden. Oder was, wenn der Pilot in der Zwischenzeit angegriffen und der Hubschrauber zerstört worden war? Dann wären sie ausweglos in dieser Hölle gefangen.

„Herr Direktor … Bitte sagen Sie mir die Wahrheit." Der Soldat war stehen geblieben. „Hat das hier etwas mit den Forschungen zu tun, die unser Konzern durchführt?"

Sprague wandte sich um und nickte. „Leider muss ich das bejahen. Wenn dieser tragische Unfall auch nicht in direktem Zusammenhang mit meinem Institut steht …"

Der Soldat schüttelte langsam den Kopf. „Wie können Sie das nur so nüchtern sehen? Hier wurden nicht einfach Menschen getötet … hier wurde eine ganze Stadtbevölkerung ihrer Menschlichkeit beraubt und ist auf geradezu bestialische Weise umgekommen!"

„Ich weiß. Es ist unverzeihlich." Sprague sah über das Gebäude eines Supermarktes, dessen Fensterscheiben allesamt zersplittert waren, zum bleigrauen Himmel empor. Durch die Wolken liefen kreuz und quer Risse, und es hatte fast den Anschein, als wäre dort oben noch eine andere Erde.

„Ich habe auch einen Schock erlitten … nur äußert er sich anders als bei Ihnen. Aber was sollen wir Ihrer Meinung nach tun?"

Stürmische Böen peitschten durch die Stadt und ließen allerorten Brände auflodern. Der Wind verfing sich in den Hohlräumen und Spalten der zerstörten Häuser und bildete tosende Strudel. Ein Windstoß erfasste Spragues langes blondes Haar und zerrte an seinem Pferdeschwanz.

Der Soldat und er marschierten wieder los, und der Widerhall ihrer Stiefel auf dem Beton klang durch die nächtliche Stadt.

Sprague wollte nur einen einzigen Beweis für Leben in dieser Geisterstadt finden. Dieser Wunsch bestärkte ihn und verlieh ihm die Kraft, weiterzusuchen.

Zwischen zwei Ruinen machte Sprague plötzlich die Gestalt einer zusammengebrochenen Frau aus. Das Herz schlug ihm bis zum Hals.

Ist sie das etwa?

Er preschte los und stoppte ein, zwei Schritte vor ihr. Im Schein der Lampe, die um seinen Hals hing, erkannte er, dass die Kleider der Leiche blutverschmiert waren. Der Unterleib der Frau war fast entblößt. Ein abscheulicher Anblick. Mit ihren mageren Armen hielt sie den Leichnam eines Säuglings umschlossen. Mutter wie Kind hatten keinen Kopf mehr. Fast schien es, als habe eine der Sturmböen die Köpfe davongeblasen.

Nein, sie ist es nicht ...

Als er sich umdrehte, war der Soldat direkt hinter ihm in die Hocke gegangen. Er zitterte am ganzen Leib. „Ich kann nicht mehr ... Verdammt! Was machen wir hier eigentlich?“

Sprague sah den Mann ruhig an und unterdrückte den Impuls, sich neben ihn zu kauern und ebenfalls der Verzweiflung nachzugeben. Er ging bis zur Straße, blieb stehen und wandte sich um. „Ambrose, Sie bleiben hier. Ich suche allein weiter. Wenn etwas ist, können Sie mich über Funk erreichen.“

Unter Zuhilfenahme seines Navigationsgeräts arbeitete er sich eine Zeitlang durch die zerstörte Stadt und erreichte endlich sein Ziel. Die gesuchte Gasse war mit Geröll und Mauerstücken übersät; ein Labyrinth aus Schutt war entstanden. Wohin er auch schaute, überall lagen zerfetzte Leichen.

Sprague bekam einen Angstanfall. Der kalte Schweiß trat ihm auf die Stirn. Er schaltete die Videokamera aus und befestigte sie an seinem Gürtel. Dann nahm er die Maschinenpistole in beide Hände und sah sich panisch um – jeden Moment konnte einer dieser grässlichen Mutanten hinter einer Ecke hervorspringen und ihn anfallen!

Er biss sich nervös auf die Lippe, kam fast um vor Angst.

Wenn ich getötet werde, war's das eben. Ich lass mich von dieser Angst nicht unterkriegen! So wichtig ist mir mein Leben auch wieder nicht, versuchte er sich Mut zuzusprechen.

Plötzlich hallte ein Schuss in seinen Ohren wider. Er kam aus Richtung des kleinen Ladens, an dem er gerade vorbeikam.

Sprague blieb stehen und sah an dem verfallenen Gebäude hoch. HARTLINE ANTIQUITÄTEN stand auf dem Schild über dem Eingang.

Der Schuss war von hinter dem Gebäude gekommen. Da er sich fast zu jedem Schritt zwingen musste, begab sich Sprague leise wie ein Profi zur Rückseite des Hauses. Der Boden war stark aufgeweicht, und Schlammbatzen bildeten sich an seinen Stiefelsohlen.

Dann sah er das kleine Gewächshaus vor sich. Er wollte darauf zugehen, rutschte aber aus und fing seinen Sturz mit einer Hand am Boden ab. Danach war auch sein Handschuh voller Schlamm. Sprague setzte seinen Weg fort.

„Ist da jemand?“, rief er in das Gewächshaus hinein. Die schwere, stickige Luft staute sich in dem unübersichtlichen Raum. Doch darüber hinaus hing auch der typische Geruch in der Luft, an den er sich gewöhnt hatte, seit er in dieser Stadt war – Verwesungsgestank.

Hinten in der Dunkelheit erkannte er im Schein seiner Lampe einen braunen Mantel. Spragues Herz begann zu rasen – das war der Mantel, den er vom Helikopter aus gesehen hatte!

Sie ist es. Ein Wunder! Endlich habe ich sie gefunden! Wusste ich es doch!

Langsam betrat er das Gewächshaus und ging auf das Mädchen zu. Es hatte seine Hand in die eines Jungen gelegt – wahrscheinlich war er es gewesen, der sie vorhin mit sich und in Sicherheit gezerrt hatte.

Er lag rücklings auf einer Plane und war bereits am gesamten Körper übersät mit schwarzroten Schwellungen, genau wie jene Einwohner, von denen sie draußen mehrmals angefallen worden waren. Kopfhaut und Schädelknochen waren aufgeplatzt, Blut und Gehirnmasse breiteten sich als dickflüssige Pfütze auf der Plane aus.

Keine Frage, er war tot. Neben dem Mädchen lag eine Pistole.

Haben sie aus Furcht vor dem kompletten Verlust ihrer Persönlichkeit und der Verwandlung in einen dieser … Zombies gemeinsam Selbstmord begangen?

Sprague lief hastig zu den beiden hin. Die Brust des Mädchens hob und senkte sich noch schwach.

Dem Himmel sei Dank!

Er blieb vor ihr stehen, ging neben ihr in die Hocke und musterte ihr Gesicht. Im selben Augenblick rieselte es ihm eiskalt über den Rücken. Die Haut des Mädchens war bereits stark durch den Einfluss des T-Virus in Mitleidenschaft gezogen. Er war zu spät gekommen.

Wenn man erst mal mit dem Virus infiziert ist, kann man es nicht mehr aufhalten, so sehr der eigene Körper auch versuchen mag, dagegen anzukämpfen. Letzten Endes gewinnt immer das Virus und ergreift vollständig Besitz von seinem Opfer …

Sprague strich mit der weiß behandschuhten Hand sanft über das Gesicht des Mädchens. Die roten Bläschen auf ihrer Wange wölbten sich, als wollten sie zerplatzen.

Sprague wurde von einer Woge der Resignation überrollt. Ambroses Stimme hallte in seinem Kopf wider: „Verdammt, was tun wir hier eigentlich?“

Ohne Schutzhandschuh dürfte ich nicht mal ihre Wange berühren. Das ist die Realität, die wir geschaffen haben. Die traurige Wirklichkeit.

Er riss seinen Blick vom Gesicht des Mädchens los und musterte es von oben bis unten; am leicht gewölbten Bauch erkannte er schnell eine weitere traurige Tatsache: Die blutjunge Frau war schwanger. Außerdem entdeckte Sprague neben ihr ein Notizheft. Im Schein der Lampe las er ein paar Zeilen darin. Offenbar war es das Tagebuch der Kleinen.

Er blickte sich um und atmete tief durch. Das hier war wohl ihr Gewächshaus. Was mochte sie wohl angebaut haben? In den Beeten und Töpfen waren zwar vereinzelt Setzlinge auszumachen, wirklich wachsende oder gar in Blüte stehende Pflanzen waren aber Fehlanzeige.

Sprague hatte plötzlich das Gefühl, nie wieder aufstehen zu können.

„Wer bist du?"

Sprague sprang fast vor Schreck auf, als die junge Frau plötzlich den Mund öffnete und ihn ansprach. Sie hatte die Augen geöffnet; die schwarzen Pupillen schienen ihn regelrecht bannen zu wollen. Als er ihr mit der Lampe ins Gesicht leuchtete, kniff sie die Augen jedoch zusammen.

„Wer bist du?", wiederholte sie gequält.

„Ich bin Ren … Ren Sprague. Ich bin gekommen, um dich zu retten!" Spragues Stimme überschlug sich beinahe, doch offenbar hörte sie ihn gar nicht. Ihre Wangen zitterten.

„Ich sterbe, nicht wahr?"

„Unsinn. So schnell stirbt man nicht." Er starrte auf das Tagebuch und wiederholte: „Ich bin hier, um dich zu retten."

Sie reagierte nicht. Das seitlich auf der Plane liegende Mädchen hatte die Augen wieder geschlossen. Die Brust hob und senkte sich unregelmäßig.

Grundgütiger. Sie ist ja noch bei Verstand!

Sprague wanderte unruhig im Gewächshaus auf und ab. Nach fünf unschlüssigen Minuten nahm er endlich das Funkgerät zur Hand. „Ambrose … Ambrose! Antworten Sie!"

Aus dem Gerät ertönte die monotone Stimme des Soldaten, die aufgrund der Störgeräusche nur schwer zu verstehen war. „Was ist los? Wo befinden Sie sich? Bis zum Atomschlag bleibt nicht mehr viel Zeit!"

„Ich weiß. Ich habe eine Überlebende gefunden – das Mädchen von vorhin. Sie müssen zum Helikopter zurück, eine Trage holen und herbringen! Wir nehmen sie mit!“

In Ambroses Stimme war Verwunderung, aber auch ein Anflug von Zweifel. „Ist sie … gesund?“

„Nein, sie ist infiziert. Aber sie lebt.“

„Aber es ist doch verboten, mit Infizierten in Kontakt zu treten … Wir können sie unmöglich mitnehmen!“

„Sie ist infiziert, aber noch bei klarem Verstand. Ihre Befindlichkeit ist zwar angegriffen, aber ihre Persönlichkeit noch vorhanden! Ein höchst eigenartiger Krankheitsverlauf. Dieses Mädchen könnte mir bei meiner Impfstoffforschung von größtem Nutzen sein. Das werde ich vor meinen Vorgesetzten auch so vertreten. Ich übernehme die volle Verantwortung. Wir haben keine Zeit zu verlieren, also beeilen Sie sich!“

„Verstanden.“ Die Funkverbindung wurde unterbrochen.

Sprague kehrte zu der Plane zurück, auf der das Mädchen immer noch schwer atmete. Erschüttert betrachtete er das von der Infektion gezeichnete Gesicht, und ihm gingen die abenteuerlichsten Gedanken durch den Sinn.

War es möglich, dass das Mädchen an einem Immundefekt litt? Ein Defekt, der dazu führte, dass das körpereigene Abwehrsystem gegen die virusbedingte Veränderung vorging? Vielleicht hatte es auch damit zu tun, dass die junge Frau schwanger war …

Sprague rief sich die Erkenntnisse ins Gedächtnis, die seine eigene Anti-T-Virus-Forschung erbracht hatte: Wenn das Virus das komplexe „System Mensch“ angriff und vernichtete, bedeutete das einerseits den Tod des Menschen. Doch von einer höheren Warte aus betrachtet wurde dem „chemischen Gebilde Mensch“ auch ein neues, zufälliges Element hinzugefügt … Das Virus war also letztlich nichts anderes als ein *Instrument*, das eine neue Ordnung schuf.

Dass die Menschen dies als Krankheit ansehen, liegt einfach daran, dass sie Angst davor haben, ihr individuelles Bewusstsein zu verlieren, dachte Sprague.

Das T-Virus griff das menschliche Individuum an, und wenn es das System Mensch übernommen und Besitz vom Körper ergriffen hat, wurden die Grenzen aufgelöst und eine neue Trennlinie zur Umwelt gezogen. Mit anderen Worten: Die Menschen, die diese Veränderung durchlaufen hatten, waren die Vorboten einer neuen Spezies!

Da diese junge Frau offenbar einen Defekt in ihrer Immunfunktion hatte, konnte sie diesen „Evolutionssprung" nicht vollziehen. Aus diesem Grund hatte sie den Angriff des T-Virus, dessen Eigenschaft es war, Besitz vom Immunsystem zu ergreifen und es zu verändern, überstanden. Ein paradoxer Zufall …

Sprague drückte die weiche Hand des Mädchens. Der Homo sapiens war so verletzlich, dass es ein Wunder war, wie er so lange existieren konnte.

Ich will, dass du lebst!

Sprague blickte zum Mantel des Mädchens und fand die Rose, die daraufgestickt war.

4. Oktober, 00:15 Uhr, VR-Raum

„Du darfst nicht rausgehen, Emily. Draußen sind lauter Bakterien." Ihr Vater lachte und umarmte Emily von hinten.

Wie alt mochte sie da gewesen sein?

Sie erinnerte sich noch daran, wie hell die kalifornische

Sonne geschienen hatte, und wie dunkel es dagegen im Zimmer gewesen war. Die kleine Emily hatte es wieder mal nicht geschafft, sich unbemerkt nach draußen zu schleichen. Sie fluchte so leise, dass es niemand hörte.

Vor der Tür bogen sich die Palmen im Wind. Auf der Straße vor dem Fenster trat ein junger Mann in die Pedale seines Fahrrads; der Helm, den er aufgesetzt hatte, reflektierte blau schimmernd das Sonnenlicht.

Wenn man der Straße folgte, kam man ins lebhafte Zentrum von Los Angeles mit seinen hohen Geschäftsgebäuden, deren Fensterfassaden das Stadtbild wie ein Spiegellabyrinth in alle Richtungen dehnten. Dort pulsierte das Leben, waren die Straßen vom Atem und der Körperwärme der Menschen erfüllt.

Emily hatte sich gerade von einem bösen Fieber erholt, das eine ganze Woche lang angedauert hatte. Sowohl für ihre Eltern als auch für sie selbst war ihre Kränklichkeit schon alltägliche Routine. Und so kurz nach der Ausheilung durfte sie noch nicht nach draußen. Ihr Vater hob sie hoch und setzte sie sich auf die Schultern. „Komm, wir gehen in mein Arbeitszimmer. Ich zeig dir was ganz Besonderes, okay?“

Irgendwann war auch Hiromu Kinutas Schluchzen verstummt und zu einem leisen Schnarchen geworden. Emilys Hüfte tat weh, weil sie nun schon seit über einer Stunde so dasaß. Sie hob den Kopf, der zwischen ihren Knien vergraben gewesen war, und öffnete langsam die Augen.

Vier Personen – drei Männer und eine Frau – eingesperrt in einem zehn mal zehn Meter großen Raum. Inzwischen war es erdrückend heiß geworden. Es roch nach einem Gemisch aus Blut, Schweiß und der viskosen Trägerflüssigkeit. Emilys Kopf fühlte sich schwer an.

Der Raum war nach wie vor hermetisch abgeriegelt. Wie lange mochte der Sauerstoff in einem solchen Raum wohl für vier Insassen reichen? Sie grübelte eine Weile darüber nach, schaffte es aber einfach nicht, sich zu konzentrieren.

Hinter der Tür klang es immer noch so, als würde eine Dusche laufen. „Jetzt weiß ich's wieder", sagte Emily. „Ich bin Carmen!"

„Wie bitte …? Die Hitze bekommt Ihnen wohl nicht." Fuchs, der auf der Seite lag, öffnete die Augen einen Spalt weit. Er atmete gleichmäßig. Der provisorische Verband – oder besser gesagt das Taschentuch – hatte sich durch sein Blut rot gefärbt; die ursprüngliche Farbe war nicht mehr zu erkennen.

Nein. Emily schüttelte den Kopf. Irgendwie war ihr tatsächlich komisch zumute, ihr war sogar ausgesprochen schlecht. Sie hatte für diesen Abend ihre Tabletten noch nicht genommen.

An jenem Tag damals hatte ihr Vater ihr sein veraltetes, selbst entwickeltes Textgenerierungsprogramm gezeigt. Seltsam, dass ihr das alles gerade jetzt wieder so klar einfiel, denn sie hatte lange nicht mehr an die feineren Zusammenhänge gedacht. Und trotzdem – oder gerade deswegen – hatte sie das System des Instituts auf den Namen „Carmen" getauft, ganz unbewusst.

Sie dachte an Ann. Ihre Eltern hatten später auch sie mit dem Spitznamen Carmen bedacht.

Sie wollte zu ihren Eltern. Sie wollte zu Ann. Sie wollte den kleinen warmen Körper an ihre Brust drücken und nie wieder loslassen. Sie dachte an „Die Abenteuer des Huckleberry Finn" auf ihrem Schreibtisch.

„Wie lange müssen wir wohl hier drinnen bleiben?", fragte

Selfridge missmutig. Er saß in einer Ecke des Raumes, mit dem Rücken gegen die Wand gelehnt. Seine Augen waren blutunterlaufen, und in seinen Mundwinkeln klebten getrocknete Speichelfäden. *Der Mann ist total am Ende,* dachte Emily. *Wir sollten sorgsamer mit unseren Kräften umgehen.*

Emily zog ihre mit Dreck und Blut beschmutzte Daunenjacke zu sich heran und legte sich darauf. An der Decke verliefen Rohre, in denen die hindurchgeschleuste Druckluft unangenehme schrille Laute erzeugte. Vorboten der tödlichen Gefahr, die ihnen drohte, falls die Rohre der Belastung nicht standhielten. Dann würde das ihr Ende sein.

„Darf ich Sie was fragen?“ Emily schloss die Augen. „Es war Ren Sprague, der Sie zu Roses Kapselraum geschickt und reingelassen hat, nicht wahr?“

„Ja, das stimmt. Er hat mich gerufen.“

„Sie sagten aber, Sie seien *damit* reingekommen?“ Sie zog das Diktiergerät aus ihrer Tasche.

„Nun ja, das war so ein spontaner Einfall …“ Fuchs errötete leicht. „Ich hatte zu dem Zeitpunkt noch keine Ahnung, was Spragues tatsächliche Pläne waren. Ich dachte in meiner Naivität, alles könnte noch gut gehen und habe ihm wohl trotz allem irgendwie vertraut. Allerdings …“ Er deutete mit dem Kinn auf Selfridge. „… dass der da Rose entführen wollte, stimmt!“

„Dann hast du also nur zum Schein mit mir kooperiert?“, fragte Selfridge und schnaubte wütend.

„Halt's Maul.“

„Kooperiert?“

Selfridge senkte auf Emilys Frage hin den Blick und hüllte sich in Schweigen.

„Emily, Richard Fuchs ist in gewisser Weise nur ein Pseudonym für eine Autorität, die die Gegenbewegung zu allen Konzernen symbolisiert, welche viel zu mächtig geworden sind und dem staatlichen Einfluss zu entgleiten drohen. Die Personifizierung eines mächtigen Konsortiums; die kollektive Identität einer bestimmten Organisation und auch die Rolle, in die man bei Einsätzen schlüpft."

Emily nickte, nachdem sie Fuchs' Ausführungen eine Weile hatte wirken lassen. *Vielleicht ist das die ursprüngliche Bedeutung von Autorität,* dachte sie sich. *Es gibt unzählige Autoritäten auf der Welt und viele Menschen legen ihre Autoritäten, ihre Persönlichkeiten zusammen, um zu vermeiden, dass die Ordnung zusammenbricht. Wenn man es recht bedenkt, sind Autorität und Individuum nicht zwangsläufig miteinander einhergehende Begriffe. Wenn sich Menschen gegenseitig Autorität verleihen, erhalten manche Individuen erst eine Persönlichkeit und es entsteht eine Organisation. Das System Mensch ist nicht mehr als eine einzelne schwache Existenz, die ein „Ich" erzeugen muss, um sich vom von außen kommenden „Du" abzugrenzen. Ein Immunsystem. Doch das T-Virus greift die Abwehr an, und wenn es sie niedergerissen hat, verschwimmt das Ich zusehends, und der Mensch löst sich, seiner Abgrenzung beraubt, in der Welt auf – ohne sein Bewusstsein bewahren zu können.*

Emilys Gedanken schweiften zu Rose. *Das um sich greifende Virus raubt uns die Individualität als Menschen und das Abstraktum „Rose" ist jetzt auf das gesamte Forschungsinstitut übergegangen. Wir befinden uns in Rose. Vielleicht sind wir nicht mehr als einzelne Elemente, die im Verbund die Organisation Rose bilden.*

„Ich wurde zur Inkarnation dieser Autorität und habe versucht, die Hintermänner der Unternehmen aufzuspüren. Je größer ein Konzern, desto mehr spielt sich auch im Hintergrund ab. Ich sammele die Informationen, und das System spielt sie den Massenmedien zu – so wird der Markt und das Machtgefüge gesteuert. Konzerne, die aus der Reihe tanzen, gliedern sich wieder in die allgemeine Balance ein."

„Umbrella wurde als Gefahr angesehen?"

„Mehr als das. Und dass sie sich in letzter Zeit mehr und mehr nach Europa orientierten und auch eine Verlegung des Hauptsitzes nicht auszuschließen war, gab den Ausschlag. Nicht zu vergessen, dass zur Behebung der Unfallfolgen in Raccoon City sogar Kernwaffen eingesetzt wurden. Über solche Entwicklungen sieht Amerika nicht einfach hinweg."

„Ich dachte, Umbrella wäre Amerika …"

„So einfach ist das nicht. Natürlich ist Umbrella mehr als nur ein gewöhnlicher Pharmakonzern. Umbrella ist auch ein Rüstungskonzern, das ist ein offenes Geheimnis. Und die Spitze unterhält Verbindungen bis in höchste Regierungskreise. Genau aus diesem Grund wäre es kritisch gewesen, wenn dieses Unternehmen mit seinem strategisch wichtigen Virus samt dem dazugehörigen Impfstoff nach Europa übergesiedelt wäre. Das hätte das globale Gleichgewicht zerstört. Die Entwicklung eines Impfstoffs für so eine biologische Viruswaffe hat selbstverständlich allerhöchste Priorität. Der Befehl, den ich also als Richard Fuchs erhielt, lautete, Ermittlungen zum ‚Projekt Rose' anzustellen und Umbrellas gegenwärtige Absichten zu erfassen. Und ich sollte den sich in der Entwicklung befindlichen Impfstoff entwenden, quasi als Pfand nehmen."

„Sie sollten den Impfstoff als Pfand nehmen?", fragte Emily. „Als politisches Druckmittel gegen Umbrella. Wer den Impfstoff in Händen hält, braucht die Abschreckungswirkung des T-Virus nicht mehr zu fürchten. Für den Konzern hätte das bedeutet, sich nicht mehr von Amerika lösen zu können."

Fuchs starrte zu Selfridge hinüber. „Der da hatte vor, Umbrella zu hintergehen und zu einem anderen Pharmaunternehmen überzulaufen. Wie eine Ratte, die das sinkende Schiff verlässt. Doch um das Schiff herum ist nichts als finsterer Ozean."

Selfridge wehrte sich. „Der da hat mich ausgenutzt! Er hat mich glauben lassen, es gäbe eine Firma, die den Impfstoff kaufen will. Und ich habe es ihm abgenommen!"

„Wie Sie ja jetzt wissen, war ich zur Zeit des Unfalls mit dem Institutsdirektor in Raccoon City. Ich war Soldat bei Umbrella und wurde zu seinem Geleitschutz mitgeschickt. Wir sind dort zusammen durch diese Hölle gegangen, haben das Grauen mit unseren eigenen Augen gesehen. Damals haben wir beschlossen, so etwas dürfe nie wieder passieren – und dass Umbrella dafür vernichtet werden müsse. Das war unser, na ja, zumindest *mein* Ziel. Ich kontaktierte die Organisation, die hinter dem Namen Richard Fuchs steht, indem ich angab, Informationen über Umbrella zu haben und weitere beschaffen zu können. Hierbei kam dann übrigens Selfridge irgendwann ins Spiel, als Mittel zum Zweck. Ferner verbreitete ich Gerüchte über die Einzelheiten der Zerstörung von Raccoon City, was die Aktienpreise ins Schwanken brachte und zur Folge hatte, das Umbrella alsbald wirtschaftlich angeschlagen war. Sprague hingegen kehrte in das Institut hier zurück und sollte den Impfstoff fertig stellen. Wenn ich ihn dann entwendet hätte, wäre die Abschreckungswirkung und der Wert des T-Virus gleich null gewesen."

„Doch Sprague hatte andere Pläne ..."

„Ich hab keine Ahnung, was er sich dabei eigentlich gedacht hat“, gab Fuchs zurück.

„Er ist nicht ganz richtig im Kopf, das wird es sein!“, stieß Selfridge aufgebracht hervor.

„So oder so, das ist jetzt das Ende. Wir alle werden hier drin sterben.“ Fuchs schloss die Augen und schien andächtig dem Plätschern der tiefroten Dusche auf dem Gang draußen zu lauschen.

„Sterben? Wer …?“ Hiromu Kinuta war offensichtlich wieder aufgewacht. Mit entrücktem Gesichtsausdruck rieb er sich die Augen. „Was … ist das immer noch nicht vorbei?“, rief er, als er das anhaltende Plätschern vernahm. Sein ganzer Körper bebte, als er ruckartig die Arme um seine Knie schloss.

Emily beobachtete ihn wortlos. Die Rohre über ihren Köpfen begannen immer schriller zu kreischen. Sie wusste, dass sie nicht mehr lange standhalten würden. Emily atmete tief durch. Der Name ihrer Tochter spukte ihr im Kopf herum.

Jetzt oder nie. Das ist die letzte Chance.

Sie richtete sich auf. „Wir dürfen noch nicht aufgeben. Wollen wir doch mal die Fakten betrachten …“

Fuchs richtete sich ebenfalls mit schmerzverzerrtem Gesicht auf und sah Emily an. „Ganz recht. Wir müssen irgendwas tun.“

„Also, zuerst war da der Unfall von Reena Mittford. War das geplant – oder ein wirklicher Unfall?“

„Es war ein Unfall“, erwiderte Fuchs. „Sprague hat selbst gesagt, dass es ein Unfall war.“

Emily nickte und fuhr fort. „Dann die mit dem Virus infizierte Kuh. Das war aber kein Zufall, richtig? Ulysses Allam hat sie in das Wasserspeicherbecken geworfen.“

„Sprague meinte doch, dass Allam von Rose vereinnahmt worden sei, während er heimlich die VR-Maschine mit Reena benutzte." Kinuta starrte auf den Tank, während er sprach.

„Ja." Emily sah auf ihre Hand. „Das ist richtig. Also sind diese zwei Vorfälle durch denselben Auslöser entstanden."

„Was soll das heißen?" Selfridge klang lustlos.

„Ganz einfach. Alle beide wurden von Rose in der virtuellen Welt, die diese als Medium nutzte, manipuliert. Sie haben sich hier als Liebespaar getroffen und sich gemeinsam dem Cyberspace hingegeben – doch war es eine verhängnisvolle Menage à trois. Darauf läuft es doch hinaus, oder?"

Selfridge schüttelte verärgert den Kopf und kratzte sich an der Glatze. „Diese Idioten! Was glauben die, was diese sündhaft teure Maschine eigentlich ist? Ein Vergnügungspark? Diese kindischen Narren …!"

Emily ignorierte ihn und sprach weiter. „Und dann ereignete sich der Stromausfall. Was ist damit?"

„Das Timing war einfach zu perfekt. Der Ausbruch der Verseuchung, die rasende Ausbreitung des Biohazard – und dann diese eigenartigen Videoeinspielungen …"

Kinuta knetete sein Doppelkinn und senkte den Blick. „Genau. Vielleicht wurde Carmen während des Stromausfalls übernommen. Durch den Stromausfall wurde das System nach und nach unter Kontrolle gebracht und schließlich zweckentfremdet."

„Und als es vollkommen unter Kontrolle war, wurde Rose freigesetzt, richtig? – Aber wozu das alles?"

„Es geht um die ‚Ernte'. Das Ziel ist, dass der Impfstoff das Virus verschlingt."

„Einen Moment mal. Ist Rose etwa mehr als nur ein Impfstoff? So was wie ein … Lebewesen?" Kinuta wurde bleich.

In Emily erwachte mit Macht eine Idee. Wie ferngesteuert erhob sie sich. „Ah …“

Die fortlaufenden Impulse der virtuellen Realität. Ein System, das als Feedback darauf elektrische Signale aussendet. Das ist die wahre Gestalt von ‚Projekt Rose‘! Was, wenn es ein Lebewesen gibt, für das die virtuelle Welt den ganzen Kosmos darstellt? Es würde all seine grenzenlosen Empfindungen nach innen richten. Was, wenn dieses Forschungsinstitut, wie Sprague meinte, tatsächlich in Roses Traum gefangen ist?

„Hier.“ Emily ging zum Tank. „Vielleicht können wir damit Kontakt zu Rose herstellen.“

Die drei Männer beobachteten Emily irritiert, wie sie aufgeregt auf und ab ging.

„Kinuta, steh auf und hilf mir. Ich werde einen VR-Tauchgang durchführen. Ich werde vom Tank aus ins System eindringen und uns Carmen zurückholen. Wenn ich die Funktionen des Belüftungskontrollsystems an mich reißen kann, schaffen wir es, von hier zu fliehen.“

Kinuta sah sie mit einem verständnislosen Blinzeln an. Emily blickte zu den Rohren an der Decke hoch, die immer schrillere und beunruhigendere Geräusche von sich gaben. Sie musste es tun, bevor sie alle hier drinnen zugrunde gingen!

„Kommen wir ohne Carmen überhaupt in die VR-Simulation?“, fragte Kinuta, der offensichtlich von Emilys demonstrativem Blick zur Decke wachgerüttelt worden war.

„Das Terminal und die Supercomputer des Tanks sind lokal miteinander verbunden und können über das System nicht beeinflusst werden. Es müsste also funktionieren.“

Emily blickte hinüber zu den drei Supercomputern, die in die Wand eingelassen waren. „Kinuta, du setzt dich an das

Terminal und versuchst, das System so weit wie möglich zum Laufen zu bringen. Such nach Carmens Neuronen und dringe zu ihnen durch. Und ich …" Sie betrachtete den Tank mit zusammengekniffenen Augen. „Ich steige in diese Zauberkiste und stelle mich ihren Fantasien."

Emily entdeckte den Gummianzug zum Einstieg hinter dem Tank – er lag noch genauso da, wie sie ihn das letzte Mal zurückgelassen hatte, und sie zog sich rasch hinter dem Behälter um. Dann stieg sie die Leiter hoch und öffnete die runde Luke. Der Tank war randvoll mit der gelblich-grünen Trägerflüssigkeit – und Emilys Kopf voller Selbstzweifel.

Was Reena Mittford zugestoßen ist, kann mir auch passieren. Im schlimmsten Fall werde ich in dieser schleimigen Brühe ums Leben kommen …

Die gelblich-grüne Flüssigkeit erschien ihr plötzlich wie der Eingang zur Unterwelt. Um ihre Unsicherheit abzuschütteln, konzentrierte sie sich voll und ganz auf die bevorstehende Aufgabe.

Sie zog den Schlauch heraus, der aus der Luke des Tanks ragte, und schloss ihn an ihren Anzug an. Mit einem Geräusch, als würde ein Korken herausgezogen, begann die Flüssigkeit, in die Hohlräume des Anzugs zu laufen. Trotz des dicken Gummis fühlte sie sich ziemlich kühl an.

Emily nahm noch einmal die VR-Brille ab und betrachtete den sie umgebenden Raum. Vielleicht war es das letzte Mal, dass sie die wirkliche Welt sah. Allerdings war es kein besonders erquickender Anblick: kahle Betonmauern, unverkleidete Deckenrohre … eine höchst unattraktive Realität.

Selfridge saß neben der Tür, die Sprachlosigkeit stand ihm ins Gesicht geschrieben. Kinuta war vor dem Terminal in seine Arbeit vertieft, und Fuchs schaute zu ihr hoch, nachdem er zuvor mühsam seinen Oberkörper an die Wand gelehnt hatte. Sein angeschossenes Bein tat ihm offenbar weh, jedenfalls war sein Gesicht schmerzverzerrt.

Sie wollte alles, was sie gerade sah, in ihr Gedächtnis einbrennen, damit das Bild zu einem Anker wurde, der sie in dieser Welt hielt.

„Okay, ich habe das VR-System hochgefahren“, rief Kinuta vom Terminal zu Emily herauf. „Bist du auch sicher, dass du das tun willst?“

Emily unterstrich ihre Entschlossenheit mit einem vehementen Nicken. Die Sauerstoffmaske hinderte sie am Sprechen – sie streckte ihren rechten Arm aus und hob den Daumen.

Kinuta wandte sich wieder dem Monitor zu. „Mute dir bitte nicht zu viel zu. Wenn du eine Anomalität spürst, schick mir sofort einen Notruf, okay?“

Emily atmete einmal tief ein und setzte dann die Brille wieder auf. Sie drückte sie fest an ihr Gesicht, sodass die Luft mit einem Zischen entwich und die VR-Brille mit ihrem Gesicht verschmolz. Dann starrte sie auf die Oberfläche der Flüssigkeit und tauchte, mit den Füßen voran, geräuschlos in den Tank ein.

4. Oktober, 01:00 Uhr, VR-Maschine – VR-Raum

Es herrschte Dunkelheit. Eine Dunkelheit, die jegliches Licht absorbierte.

Nach einer Weile entstanden in großer Ferne Punkte, vermehrten sich und breiteten sich rasend schnell aus. Bald erstreckte sich um Emily herum die nächtliche Berglandschaft Guatemalas. Eine Szenerie, die auf topographischen Daten aus der realen Welt basierte. Emily betrachtete eindringlich den computergenerierten Urwald.

Sicherlich wirkte der Wald real, aber er glich nicht perfekt seinem Vorbild. Die Texturen, mit denen die Bäume versehen waren, dehnten sich an einigen Stellen unnatürlich aus, um auf das Raster zu passen. Aber wenn man sie berührte, fühlten sie sich doch wie richtige Bäume an. Es lag sogar ein Geruch von Holz, von lebendigem Grün in der Luft.

Doch für Emily galt es nun, tiefer in das System einzudringen – hinein in den Kern, der sich hinter dieser Simulation verbarg. Die wahre Gestalt der VR-Maschine. Sie musste in diese Blackbox gelangen.

Emily rief eine virtuelle Tastatur vor sich auf. Wegen der Sauerstoffmaske, die sie zum Atmen trug, war kein Sprachaustausch mit der Außenwelt möglich. Darum war die Tastatur entwickelt worden. Vor Emily schwebten auf einmal grünlich schimmernde Buchstaben in der Luft. Ein imaginäres Interface, das auf mathematischen Algorithmen beruhte. Emily ließ ihre Finger über diese Tastatur gleiten.

OKAY. ALLES IM GRÜNEN BEREICH. ICH BEWEGE MICH WEITER.

Durch den Kopfhörer erklang Kinutas hohe Stimme. „Verstanden. Aber das System ist ziemlich gut geschützt. Damit habe ich nicht gerechnet. Obwohl ich eigentlich alle Passwörter des Forschungsinstituts kenne, komme ich nur schwer voran. Kann also noch ein bisschen dauern. Genieß solange den Anblick der Berge, ja?"

Emily lachte gequält. Für Kinuta war es offenbar wirklich nichts Neues, sich über Restriktionen hinwegzusetzen.

Ich bin wirklich eine lausige Chefin. Na ja, ich habe mir sowieso von vornherein gedacht, dass ich nicht für Führungspositionen geeignet bin.

Emily blickte zum Firmament. Am Nachthimmel thronte ein großer Vollmond. Aber auch dieser Mond war nur eine Illusion. Anders als sein reales Vorbild, wirkte er eher wie eine fixierte Lichtquelle, die in unmittelbarer Nähe angebracht war.

Für ein Wesen, dessen Lebenswelt einzig und allein aus dieser virtuellen Realität besteht, ist der Mond auf jeden Fall kein Himmelskörper, der die Erde umkreist. Und nicht nur der Mond, auch alle anderen Dinge, die in dieser Welt existieren, lassen sich für dieses Wesen in die elementaren Kategorien unterteilen, die hinter allem Gesehenen, Gehörtem, Gerochenem oder Ertastetem stehen; im Falle des Gesichtssinns zum Beispiel Gitterrastermodelle und Texturen ...

Wenn Sprague wirklich versucht hatte, nur mithilfe einer Simulation, die diese virtuellen Gegebenheiten nutzte, Leben zu erschaffen, was würde dieses Leben – also Rose – dann wohl in der realen Welt empfinden?

Emily blickte auf die weit entfernte Gebirgskette.

Rose wusste nichts von der Karibik hinter den Bergen – sie konnte nichts davon wissen. Und die Bewegungsmuster der wogenden Wellen dort waren viel zu komplex, als dass die gegenwärtige Darstellung sie akkurat hätte wiedergeben können.

Irgendwann wird bestimmt der Tag kommen, an dem auch sämtliche Wellenbewegungen auf dem Meer in Echtzeit abgetastet werden können.

Und für Rose, diesen von Menschenhand geschaffenen, gestaltlosen Golem, käme dann vielleicht doch irgendwann der Moment, da sie das Meer kennen lernen würde.

Während Emily über dieses zerbrechliche Wesen nachdachte, das an Maschinen an- und in ihnen eingeschlossen war, irgendwo auf der Grenzlinie zwischen Mensch und Maschine umherirrend, wurde sie von Schwermut erfasst.

Sprague, was versuchst du da bloß zu tun?

„Gut, bin im System! Chefin, gibt es irgendwelche Veränderungen?“

Die Texturen auf den Rastern lösten sich von den Modellen und zerfielen zu Partikeln, die als Bildpunkte verschwanden. Auch der zu einem anorganischen Gittergerüst gewordene Wald begann rasend in sich zusammenzufallen … nein, vielmehr formten sich die Linien zu neuen Strukturen.

DAS IS

Emily wollte etwas auf der Tastatur tippen, brach aber ab und betrachtete verdutzt ihre Umgebung. Nachdem der plötzliche Sturm der geometrischen Formen abgeklungen war, befand sie sich auf einmal in einer U-Bahn. Es war das Szenario, das sie bereits aus den Videoeinspielungen kannte.

In der U-Bahn waren sonst keine Fahrgäste. Es war ruhig, sie schien sich im vordersten Waggon des Zuges zu befinden.

Emily spürte etwas Warmes, das an ihren Beinen vorbeistrich, und als sie nach unten blickte, entpuppte sich diese flauschige Wärme als eine schwarze Katze. Die Katze bewegte sich in Richtung der hinteren Waggons und blieb dann stehen. Sie blickte zu Emily zurück, und ihr Schwanz wedelte dabei geschmeidig in der Luft. Es sah aus, als bitte sie Emily darum, ihr zu folgen.

„Was ist los? Bitte antworten!“, ertönte Kinutas Stimme aus dem Kopfhörer. Emily tippte ihre Antwort, ohne den Blick von der Katze zu lösen.

OKAY. ALLES IM GRÜNEN BEREICH.

Ein Schauer durchlief sie, dann folgte sie angespannt der Katze.

Okay. Alles im grünen Bereich.

„Hä?"

Nachdem Kinuta Emilys Antwort erhalten hatte, bemerkte er ein seltsames Signal und legte den Kopf schief. Neben den Signalen aus dem Tank war plötzlich eine weitere Zugangs-Signatur aufgetaucht. Das bedeutete, dass zusätzlich noch jemand von außerhalb auf dieses VR-System zugriff. Jetzt, in diesem Moment!

„Was ist?", fragte Fuchs, der neben Kinuta saß und den Bildschirm beobachtete.

„Neben unserer lokalen Verbindung hat sich noch jemand Zugang zum System verschafft."

„Etwa Sprague?"

Kinuta gab hastig Befehle ein und versuchte, die Zugriffsquelle zu lokalisieren. Das ging überraschend leicht, das Ergebnis war dafür umso verblüffender.

„Der Zugriff erfolgt über alle fünf Server des Instituts und außerdem noch aus der Rose-Kapsel. Ein gewaltiges Signalchaos ist das!" Kinuta blickte Fuchs überrascht an.

„Und das bedeutet?", fragte Fuchs.

„Vielleicht ist *das* ja Rose. Eine Informations-Entität, so wie Carmen. Der Überbau, die Inkarnation sämtlicher Informationen innerhalb des Netzwerkes."

„Blödsinn. Ich habe Rose in Raccoon City leibhaftig gesehen. Sie war ein Mädchen aus Fleisch und Blut", erwiderte Fuchs.

„Und ich dachte, Rose wäre ein Impfstoff?", rief Selfridge von der Tür aus zu ihnen herüber.

Eine Informations-Entität im Netzwerk; ein Mädchen aus Fleisch und Blut; ein Impfstoff … was von alldem war nun Roses wahre Identität? Kinuta verschränkte die Arme hinter dem Kopf und dachte eine Weile nach.

Der physikalische Körper von Rose ist diese schlammige Brühe. Streng deinen Grips an. Die Definition von Mensch lautet: Verstand, Körper, eine gesellschaftliche Funktion …

„Natürlich!", rief er plötzlich und sprang aufgeregt hoch. Von Kinutas Gewicht befreit, gab der Stuhl ein jubelndes Quietschen von sich.

Wenn man Verstand, Körper und Funktion ausschließlich als eine Einheit ansah, blieb die Lösung verborgen. Aber Rose war keine Einheit, sie war ein Lebewesen, das in mehrere Teile gespalten war. Sie besaß einen Verstand in Form der Informationen des Netzwerks, sie besaß einen Körper in Form der schlammigen Brühe, und schließlich hatte sie auch noch eine Funktion als Impfstoff gegen das T-Virus.

„Nicht der Direktor hat Carmen übernommen, sondern Rose …!"

Als Reaktion auf Kinutas Gemurmel zog Fuchs eine Augenbraue hoch.

„Und die Videoeinspielungen im System sind ihre Gedanken. Hier, nur hier gibt es für Rose eine Welt, in der sie fühlen kann." Kinuta schaltete den Monitor auf Video-Modus um und war verwundert über die Szenerie, die auf dem Bildschirm erschien – das waren nicht mehr die Berge Guatemalas. Es war das Innere einer … U-Bahn?

Emilys Blickausschnitt bewegte sich in der rasenden U-Bahn langsam vorwärts und schwankte dabei leicht im Rhythmus ihrer Schritte. In der Dunkelheit vor ihr erklangen schrill kratzende Störgeräusche.

Kinuta erschrak, als er bemerkte, dass sich sein Atem ganz von selbst beschleunigt hatte. Mit beiden Händen griff er an die linke Brustseite, aber sein rasender Herzschlag wollte sich partout nicht beruhigen.

In diesem Moment berühren wir vielleicht den Kern aller Ereignisse.

Fuchs schrie ins Mikrophon: „Miss Ran, es gibt noch jemanden, der auf die Simulation zugreift! Das ist zu gefährlich. Kommen Sie da erst mal wieder raus!"

„Was reden Sie denn da?! Wir sind gerade dabei, endlich der Wahrheit auf den Grund zu gehen", erwiderte Kinuta erschrocken.

„Wenn hier jemand von außerhalb das System steuern kann, dann vermag er auch problemlos die Sauerstoffzufuhr zu kappen! Es ist klüger, den Einsatz vorläufig abzubrechen."

„Aber …"

Eine Nachricht von Emily erschien auf dem Monitor.

ALLES LÄUFT PLANMÄSSIG. HABE CARMEN WIEDER UNTER UNSERE KONTROLLE GEBRACHT. BITTE ÜBERPRÜFEN. ES MÜSSTE JETZT WIEDER MÖGLICH SEIN, DAS BELÜFTUNGSKONTROLLSYSTEM ZU STEUERN.

Fuchs und Kinuta blickten einander an. Kinuta sprang auf seinen Stuhl zurück und hackte eifrig auf der Tastatur herum – auf dem Bildschirm erschien eine Statusanzeige der institutsinternen Belüftungsanlagen. Unverzüglich gab er den Befehl, die Versprühung des schleimartigen Impfstoffes auf dem Gang vor dem VR-Raum zu stoppen, und das Plätschern, das sie bis dahin von draußen gehört hatten, verstummte augenblicklich.

Das Rauschen ist wirklich unerträglich.

Emily wollte sich die Ohren zuhalten, aber da der Lärm direkt aus dem Kopfhörer an ihren Ohren drang, war dies ein sinnloses Unterfangen. Es blieb ihr nichts anderes übrig als zu versuchen, die Störgeräusche einfach zu ignorieren. Emily glaubte kurz, jemanden inmitten des tosenden Lärms nach ihr rufen zu hören – aber sie war zu sehr damit beschäftigt, ihre Konzentration auf das zu richten, was vor ihr lag, um sich dessen sicher zu sein.

Ihr Blickfeld war stark eingeschränkt, und sie fürchtete, die ihr vorausgehende Katze aus den Augen zu verlieren. Die grafische Darstellung war ebenfalls stark durch Interferenzen gestört. Es war, als könnte die schwarze Katze jeden Moment in einem der vielen kleinen Risse verschwinden, die sich überall auftaten.

Ein mit bunten Bommeln behängter Clown ging an ihr vorbei. Emily betrachtete ihn eindringlich, doch der Clown reagierte nicht auf sie und vermittelte den Eindruck eines völlig stupiden Geistes.

Die schwarze Katze lief nun schneller und schien schnurstracks auf die hinteren Waggons zuzuhalten. Doch genau in dem Moment, da die Katze den nächsten Wagen betrat, erhob sie sich plötzlich in die Luft und verschwand spurlos.

Emily blieb stehen und sah sich konzentriert um. Obwohl die Bahn heftig schaukelte, hatte sie keine Probleme, das Gleichgewicht zu halten. Sie ging näher an einen der Sitze heran, auf dem ein einzelnes Mädchen saß. Vielleicht schlief es, denn es verharrte völlig regungslos.

Obgleich es sich um eine virtuelle Person in einer virtuellen Realität handeln musste, strahlte dieses Mädchen im Gegensatz zu dem Clown von eben eine sehr reale Präsenz aus.

Es hatte das Gesicht von Reena Mittford. Emily rief die virtuelle Tastatur auf und stellte sie auf das Mädchen ein.

DU BIST …, begann Emily die Kontaktaufnahme.

Das Mädchen blickte abwesend zu ihr auf – so als würde sie Emily ansehen und sie doch nicht wahrnehmen. Ihr Bewusstsein schien in einem fernen Traumland zu verweilen.

„Kennen wir uns …?“, fragte das Mädchen. Für Emily war nicht festzustellen, ob es sich um Reena oder eine andere Person handelte.

SAGST DU MIR DEINEN NAMEN?

Auf Emilys Frage hin verzog das Mädchen sein Gesicht. Emily lief ein kalter Schauer über den Rücken, denn es wirkte nicht wie bei einem Menschen, der eine Grimasse schnitt. Es wirkte vielmehr so, als würde ein Stück Papier zusammengeknüllt.

„Geh weg“, sagte das Mädchen.

SAG DOCH, WER BIST DU?, gab Emily hastig über die Tastatur ein.

Die Bahn hielt an, und das Mädchen erhob sich. Es sah so aus, als wollte sie an dieser Station aussteigen. Beim Verlassen des Abteils sagte das Mädchen fast flüsternd: „Alma … Alma Hartline. Und wer oder was bist du? Bist du ein Mensch?“

Die Antwort schon auf den Lippen beziehungsweise in den Fingerspitzen, bemerkte Emily, dass sie sich plötzlich wieder an einem anderen Ort befand. Sie stieß einen Seufzer aus, rief die virtuelle Tastatur auf und tippte eine Nachricht für Kinuta ein.

KINUTA, WIE SIEHT ES BEI EUCH AUS?

Sie lauschte angestrengt und versuchte, Kinutas Stimme aus dem Strom von Störgeräuschen herauszufiltern. Doch so sehr sie sich auch konzentrierte, eine Antwort konnte sie nicht vernehmen.

„Ein voller Erfolg. Carmen läuft wieder!“, schrie Kinuta ins Mikrophon. „Chefin, es sieht so aus, als hätten wir wieder die volle Kontrolle über das Belüftungskontrollsystem!“

Auf dem Bildschirm erschienen Buchstaben.

IN ORDNUNG. BRING ES ZUM LAUFEN. SPÜL ROSE AUS DEM INSTITUT.

„Bin schon dabei“, murmelte Kinuta und leckte sich freudig die Lippen.

Er verschränkte die Hände und ließ einmal kräftig die Fingergelenke knacken. Dann wandte er sich abermals der Tastatur zu. Er wusste nicht, warum, aber irgendwie bereitete ihm die ganze Situation großen Spaß. Auch die panische Furcht davor, eingeschlossen und umzingelt zu sein, war vollständig verflogen.

„Ob das wirklich alles so einfach geht?“, raunte Fuchs, der unmittelbar neben Kinuta stand und demonstrativ die Augenbrauen hochzog, um seiner Skepsis Nachdruck zu verleihen.

Kinuta gönnte seinen Fingern eine Pause auf der Tastatur und lächelte Fuchs freudestrahlend an. „Das ist wie mit dem Ei des Kolumbus. Die einfachste Lösung – wie nicht anders von Emily Ran zu erwarten. Wer auch immer unser Gegenüber ist, er hat wohl nicht damit gerechnet, dass wir uns direkt in die Höhle des Löwen begeben. Am Ende siegt eben der, der zu Taten bereit ist.“

Eingabe um Eingabe sprangen die Anzeigen der einzelnen Belüftungsanlagen wieder von Rot auf Grün um. Die Übersichtskarte des Instituts im linken oberen Bildschirmsektor zeigte an, dass jetzt alle Belüftungsanlagen stillstanden.

„Gut, das wäre geschafft. Fehlt nur noch das Ausspülen. Aber …"

Kinuta stoppte seine Finger, die mit atemberaubender Geschwindigkeit über die Tastatur gehuscht waren, und dachte nach. Kurz darauf begann er erneut mit atemberaubendem Tempo Befehle einzugeben.

„Was machen Sie denn jetzt?", fragte Fuchs.

„Hab von unserer lokalen Verbindung auf das Netzwerk umgeschaltet … Ich durchsuche die Server." Kinuta hob seinen Kopf. „Das ist unsere Chance. Wir schmeißen Rose aus dem Netzwerk!"

„Verzetteln Sie sich nicht. Es ist jetzt viel wichtiger, den Status Quo zu überprüfen." Fuchs griff nach Kitunas Arm.

Dieser schaute Fuchs leicht genervt an. *Der versteht aber auch wirklich gar nichts. Das ist jetzt* die *Chance, endlich Rose ausfindig zu machen.* „Na gut, damit sollten selbst Sie zufrieden sein …" Kinuta gab behände einen Befehl ein. „Jetzt habe ich gleichzeitig die lokale Verbindung *und* das Netzwerk im Auge." Sein Daumen klopfte ungeduldig auf dem Tastaturrand herum.

Plötzlich zischte es, als würde komprimierte Luft austreten, und die Tür, die eigentlich verriegelt sein sollte, öffnete sich. Selfridge, der lethargisch vor dem Eingang gesessen hatte, sprang erschrocken auf.

In der Türöffnung stand eine hochgewachsene Frau. Sie hatte langes schwarzes Haar, ein Gesicht wie Porzellan, und ihre schlanken Gliedmaßen schlotterten. Ihr zerrissener Overall hing in Lumpen an ihrem Körper herab.

„Was machst –" Kinuta erhob sich stirnrunzelnd. Er ging langsam auf die Frau zu, fast wie in Trance. „Was machst du denn hier … Reena Mittford?"

„Hey, nicht näher rangehen!“, warnte Fuchs.

Kinuta blieb ungefähr in der Mitte des Raumes stehen. Das rote Schlammwasser, das in die Korridore herabgeregnet war, strömte zwischen den Beinen der Frau hindurch in den Raum und legte sich wie ein Ölfilm über den Boden.

Kinuta spürte, wie sich jedes einzelne seiner Körperhaare aufrichtete. Selfridge tastete sich langsam an der Wand entlang in Richtung Tank.

„Hey, Kinuta! Sehen Sie sich das mal an! Was passiert denn jetzt?“, ertönte die Stimme von Fuchs.

„Was ist los?“, erwiderte Kinuta.

„Die grünen Kontrolllämpchen werden langsam alle wieder rot!“

Diese Bemerkung von Fuchs schien das Signal gewesen zu sein.

Eine Detonation, wie von aufeinander schlagendem Metall, erklang, und überall aus den Öffnungen der Belüftungsanlage schoss aufgestaute Druckluft. Im nächsten Moment begann erneut rotes Schlammwasser den Gang draußen zu beregnen.

Wir wurden reingelegt!

Kinuta zitterte. Rose hatte nur darauf gewartet, dass er die lokale Verbindung und das Netzwerk gleichzeitig öffnete. Und jetzt riss sie die vollkommene Macht an sich, die erforderlich war, um die in das VR-System eingedrungenen Fremdkörper zu eliminieren.

Der schützende Wall existierte nicht länger.

Das ist meine Schuld.

„Hierher, Kinuta! Rauf auf den Tank!“

Kinuta schaute sich um. Richard Fuchs war auf den riesigen Metallkubus geklettert und schrie auf ihn ein. Neben Fuchs stand Christian Selfridge, der ebenfalls in Kinutas

Richtung blickte. Doch Kinutas Knie waren weich wie Pudding, und er schaffte es nicht, auch nur einen Fuß vor den anderen zu setzen. Sekunden später schüttelte er die Lähmung endlich ab und versuchte, in einen der hinteren Bereiche des Raumes zu flüchten. Er rutschte jedoch in dem roten Schlammwasser aus und fiel zu Boden. Sein Körper wurde wie von rotem Schleim bedeckt.

„Warum versuchst du zu fliehen?“, rief Reena Mittford lachend hinter ihm. „*Wohin* willst du fliehen?“

Reenas lange Arme schlangen sich um Kinutas Hals.

Aus den Poren ihrer Arme keimten unzählige rote Punkte auf, die nach und nach größer wurden und ihren Körper schließlich wie im Zeitraffer vollständig übersäten.

„Du …“

Kinuta drehte sich um und blickte in Reenas Gesicht. Augenblicklich erstarrte er. Dort, wo das Gesicht hätte sein sollen, befand sich rein gar nichts. Eine Welt aus rotem, wimmelndem Nichts breitete sich dort aus.

Die auf dem Boden entlangrinnende Flüssigkeit sammelte sich um Reena, umgab sie und begann mit ihr zu verschmelzen.

Auf diese Weise sind wir endlich vereint.

Reenas Brust platzte auf, und ein zweites Gesicht brach hervor. Es blickte Kinuta an, während es sich ständig drehte wie brodelnder Brei in einem Kochtopf und neue Formen entwarf. Dazu ertönte schallendes Gelächter.

Kinutas gellender Hilfeschrei hallte durch den Raum. Der rote Schlamm deckte Reena vollständig zu, und sie wurde zu einem riesigen purpurroten, geleeartigen Klumpen, der waberte und zuckte und Kinuta schließlich in sich aufnahm.

Die Szene wechselte. Wieder Raccoon City. Eine Situation, wie sie schon auf den Monitoren des Instituts zu sehen gewesen war. Menschliche, nach Fleisch gierende Zombies, die durch die Straßen wandelten …

Emily verbarg sich keuchend hinter dem nächstbesten Schutthaufen. Ihr Herz schien wild in ihrer Brust umherzuspringen.

Der VR-Anzug übertrug sogar die sengend heißen Windstöße, die die überall lodernden Feuer verursachten. Der Geruch von verbranntem Fleisch lag in der Luft, und der Gestank war so extrem, dass Emily am liebsten die Sauerstoffmaske, die auch sämtliche Komponenten der simulierten Gerüche verströmte, abgerissen hätte. Sie kämpfte um ihre Selbstbeherrschung.

Ganz ruhig, dies ist nichts weiter als eine virtuelle Realität. Es besteht keine Gefahr. Ich befinde mich im Tank.

Eine infizierte Person wankte direkt vor ihrem Gesicht vorbei. Emily hielt den Atem an. Der Mann bemerkte sie offenbar nicht, doch Emily war aus einem ganz anderen Grund erschrocken.

Das ist doch … Robert Prasch!

Ohne zu überlegen wollte Emily dem Mann hinterherlaufen, hielt dann aber abrupt in ihrer Bewegung inne. Das waren ohne Zweifel Praschs Züge. Dieses eingefallene, ausdruckslose, an eine Mumie erinnernde Gesicht, das sie nur zu gut vom Telecom her kannte – o ja, es *war* dieses Gesicht vom Telecom!

Die Erkenntnis durchzuckte Emily wie ein Blitz. Sie sprang hinter dem Schutthaufen hervor und musterte die wandelnden Leichen. Alle hatten sie Gesichter, die sie irgendwo schon mal gesehen hatte. Viele benutzten offensichtlich die auf dem Server hinterlegten ID-Bilder der Institutsangestellten, die für die Kommunikation via Telecom dienten. Es wirkte fast, als wetteiferten sie um die Komparsenrollen in einem neuen Horror-Schocker.

Die Porträtbilder waren als Texturen über die Köpfe der Modelle gelegt worden!

Irgendwo hier läuft vielleicht auch eine Leiche mit meinem Gesicht herum. Emily blieb schaudernd stehen und betrachtete die umhertorkelnden Menschen. *Das ist ja fast wie eine Parodie auf unser Forschungsinstitut.*

Ren Sprague hatte gemeint, die Geschehnisse im Institut würden denen in Raccoon City gleichen und war offenbar der Überzeugung, das Institut wäre von Raccoon City vereinnahmt worden.

Und in diesen Bildern hier imitierte Raccoon City die Ereignisse im Institut wie ein Spiegelkabinett auf dem Jahrmarkt. Ein Gefühl des Schwebens, als wäre man in eine ewig fortdauernde Flut aus Reflexionen geworfen worden.

Lautes Gelächter.

Als Emily den Kopf hob, hockte auf einmal die schwarze Katze oben auf dem Schutthaufen. Die Katze sprang herunter, lief ein paar Schritte und schaute dann zurück zu Emily.

Du willst mich wohl wieder irgendwohin führen, was?

Emily folgte der Katze und gelangte zu einem umzäunten Basketball-Platz an einer größeren Straße. Auf dem Spielfeld befanden sich lediglich ein Junge und ein Mädchen; die Katze war irgendwann einfach wieder verschwunden.

Noch bevor Emily das Tor im Zaun aufstieß und das Spielfeld betrat, wusste Emily bereits, um wen es sich bei den beiden Halbwüchsigen handelte.

Emilys Blick fiel auf Ulysses/Frank. Der Junge stand breitbeinig gegen die Stange des Basketball-Korbs gelehnt und blickte teilnahmslos zum Himmel. Das Mädchen lag, Arme und Beine von sich gestreckt, auf dem Spielfeld und betrachtete ebenfalls den Himmel. Bei beiden waren klare Anzeichen der Infizierung zu erkennen – rote Risse in der Haut, Flecken im Gesicht und stellenweise bloßgelegtes Fleisch. Das Mädchen jedoch hatte wie schon zuvor eine merkwürdig reale Aura, die den anderen Protagonisten hier fehlte.

Reena/Alma blickte zu Emily herüber und lachte. „Endlich bist du gekommen."

Endlich hab ich dich. Steckst du hinter dem Ganzen? Emily rief die Tastatur auf und hämmerte wie von Sinnen auf sie ein. Sie vertippte sich ein ums andere Mal und musste das Geschriebene korrigieren. Reena/Alma beobachtete das Ganze lächelnd.

WER BIST DU?

„Ich hab dir doch schon gesagt, ich bin Alma Hartline. Wie oft denn noch?"

DEIN NAME INTERESSIERT MICH NICHT. ICH WILL WISSEN, WER DU BIST. WAS BIST DU?

„Eine Rose … offen für alles, alles aufnehmend, sich alles zu eigen machend." Sie verharrte nach diesen Worten wie geistesabwesend. Ungeduldig kniete sich Emily nieder und schüttelte sie. Keine Reaktion. Hastig rief Emily die Tastatur wieder auf und tippte eine Nachricht ein.

ROSE … ES IST DOCH RICHTIG, WENN ICH ANNEHME, DASS DU ROSE BIST, ODER?

Das Mädchen nickte.

WO IST REN SPRAGUE?

Das Mädchen blickte Emily an und schüttelte den Kopf. „Sprague …? Ich kenne keinen Ren Sprague."

Emily sank auf die Knie und blickte zum Himmel, wo ein Helikopter seine Kreise zog.

„Dein Freund ist sicher an Bord. Mein Tagebuch … ich muss es holen. Da stehen eine Menge peinlicher Dinge drin … Sag mal, stinke ich eigentlich?“

Diese Bemerkung machte Emily auf etwas aufmerksam. Schon seit einigen Augenblicken war der beißende Gestank in ihrer Nase verschwunden. Mehr noch, die Luft an sich, die ihr die Maske spendete, war immer dünner geworden.

Es wird kein Sauerstoff mehr freigegeben! Emily konnte plötzlich kaum noch atmen. KINUTA, KINUTA! SCHEISSE, DIE SAUERSTOFFVERSORGUNG IST UNTERBROCHEN. HILF MIR! BITTE, HILFE!

Aufgeregt bearbeitete Emily die Tasten. Reena/Alma starrte lächelnd nach oben. Der Himmel war von Gewitter aufgewühlt. Emily rief das virtuelle Interface auf und kalibrierte es auf das Netzwerk.

Ich kann nicht länger warten.

Alle Texturen blätterten ab, die Welt bestand nur noch aus einem Gitterraster. Auch die Form war denkbar simpel, bildeten die Gitter doch nichts weiter als einen einzigen riesigen Kubus. Emily befand sich mitten in diesem Kubus, gestaltlos.

Die Tonqualität war jetzt kristallklar und frei von jeglichem Störgeräusch, und auch die Verarbeitungsgeschwindigkeit war unglaublich schnell.

Emily war aufgeregt, beinahe ekstatisch. Sie wählte die Sicherheitskopie von Carmen innerhalb des Systems an und bereitete einen Neustart vor. Eine jungfräuliche Carmen – selbst wenn sie starb, konnte man rasch wieder eine Neue ins Leben rufen.

Carmen – Sauerstoff, bitte!

Emily fühlte sich ganz benebelt und meinte, durch verschiedene Szenerien zu streifen: eine Allee, das Innere eines Busses, ein Friedhof, ein Gewächshaus … und sie verstand. Dies war nicht einmal eine Blackbox. Alles war Illusion. Eine Lithographie von Scheinerkenntnis, in der Reaktionen als Bewusstsein vorgegaukelt wurden. Nicht mehr als ein mit Kratzwunden der Liebe übersätes Tagebuch, das jemand ausgewertet hatte. Ob es nun die Brechstange des Imperialismus, ein Hauch von Zärtlichkeit oder die liebenswerten Spinnereien eines Mystikers waren, eine Geschichte blieb immer noch nur eine Geschichte.

Ren Sprague erschien vor ihrem geistigen Auge. Sein lichtes Haupthaar, sein abgemagertes Gesicht, gezeichnet von zahllosen Enttäuschungen und Ernüchterung.

Spragues Sehnsüchte hatten die Geschichte hervorgebracht – und die Geschichte schließlich hatte Sprague verschlungen.

Die Antwort ist so einfach! Und dann noch Carmen – so habe auch ich als Komplizin dazu beigetragen, die Geschichte voranzutreiben. Carmen hat überhaupt keine Probleme verursacht, sondern lediglich ohne Gegenwehr mit Rose gespielt.

Rose und Carmen waren von Anfang an eins.

„Toll, nicht wahr, Emily?“ Ihr Vater lachte.

Das Textgenerierungsprogramm reihte die Episoden nach dem Zufallsprinzip aneinander. So funktionierte dieses Spiel. Die gespeicherten Geschichten und die eigentliche, vom Benutzer eingegebene trafen aufeinander und wurden miteinander verwoben. Auf diese Weise entstand nach und nach eine seltsame Collage einzelner Erzählungen.

In den Märchen aus Tausendundeiner Nacht tauchte plötzlich das tapfere Schneiderlein auf, und Don Quijote stritt mit

Kapitän Ahab. Doch das Programm konnte noch mehr; sogar einfach Konversation war mit ihm möglich.

WER BIN ICH?, gab ich mit meinen ungeschickten Zeigefingern über die Tastatur ein.

Nach einer kurzen Bedenkzeit antwortet der veraltete Apple II: CARMEN. DU BIST CARMEN.

Vater prustete los. „Das ist ja der Name der Frau, die den Torero verführt hat!"

Von da an war ich Carmen, und auch meine Tochter sollte später diesen Kosenamen bekommen.

„Du darfst nicht rausgehen. Draußen sind lauter Bakterien!"

Meine Tochter, meine süße kleine Carmen, die mein schwaches Immunsystem geerbt hat. Ich rufe diesen Namen …

„Carmen, setze sofort alle Belüftungsanlagen außer Betrieb."

„Verstanden."

Emily atmete tief durch – auch diese Carmen würde wahrscheinlich sofort wieder von Rose übernommen werden, aber das war nicht zu ändern.

Emily kontrollierte die in die Brille projizierte Uhr. Es war schon nach zwei Uhr nachts. Sie entschied sich, den Zeitpunkt für Carmens Wiedergeburt als KI auf drei Uhr zu setzen – die Stunde der Wahrheit.

Plötzlich krümmte sich die Welt. Störgeräusche prasselten wieder an ihr Gehör, und der aus einem simplen Gitterraster bestehende Kubus löste sich von einem Augenblick zum nächsten in Nichts auf. Ihr Sichtfeld wurde auf einmal rabenschwarz, und Panik ergriff Besitz von ihr. Hysterisch schlug und trat sie um sich.

Inmitten vollkommener Dunkelheit, die sämtliches Licht

absorbierte, schwamm Emily wild und planlos in der klebrigen Flüssigkeit und suchte nach einem Ausgang. Obwohl der Tank nur fünf mal fünf Meter groß war, ließ sich nirgends eine Öffnung finden. In der zähen Trägerflüssigkeit konnte man kaum oben von unten unterscheiden – doch dann erschien unter Emily plötzlich etwas Rundes, das für sie wie das Licht am Ende des Tunnels war.

Die kleine quadratische Welt hatte sich also auf den Kopf gestellt. Mit aller Kraft arbeitete sich Emily auf das Licht zu. Plötzlich griff eine starke Hand nach ihrem Arm, oben und unten kehrten sich um, und bevor sie sich versah, wurde Emily aus dem Tank herausgezogen.

Sie klammerte sich an den Arm, der ihr entgegengestreckt war, hangelte sich an ihm empor und blieb nach einer schwungvollen Rollbewegung, die sie von der Luke weg beförderte, oben auf dem Tank liegen.

Ihr war speiübel – die normale Folge einer ausgedehnten VR-Session.

Der Tank war leicht zur Seite gekippt. Emily nahm die Brille ab und riss sich die Sauerstoffmaske vom Gesicht. „Was ist denn eigentlich passiert? Ich wäre fast umgekommen!"

„Ich auch …"

Emily blickte in die Richtung, aus der die Stimme gekommen war. In ihrer unmittelbaren Nähe rang ein hoch gewachsener Mann nach Luft. Es war Richard Fuchs. Von seinem Körper troff die gelblich-grüne Trägerflüssigkeit. Fuchs ließ sich auf den Tank nieder und schöpfte tief Atem.

Emily zog mit einem Ruck an der hauteng anliegenden Kapuze des Gummianzugs, die sich mit einem schnalzenden Geräusch von ihrem Kopf löste und dann zwischen ihren

Schulterblättern herabbaumelte. In ihrem kurzen dunkelblonden Haar klebte die viskose Flüssigkeit, und fast hätte man meinen können, Emily habe sich ihre Haare mit Gel zurückgekämmt. Sie zog die Handschuhe aus und wischte sich mit den Handflächen über das Gesicht. Sie fühlte sich jämmerlich.

„Sie haben mich jedenfalls gerettet. Danke."

Fuchs hob nur stumm die Hand. Seine Bewegung schleuderte die zähe Flüssigkeit in langen Fäden fort.

„Sind Sie in Ordnung?"

Fuchs nickte beinahe unmerklich. Sein ganzer Körper war mit Blut bedeckt, und man sah sofort, dass er sehr schwer verletzt sein musste. „Rose ist auf einmal hier eingedrungen. Ich weiß auch nicht, was genau passiert ist. Wir sind ausgetrickst worden."

„Ausgetrickst? Und wohin ist sie dann verschwunden?"

„Keine Ahnung. Sie kam jedenfalls nicht, um uns zu töten. Nachdem sie die Einrichtung total zerstört hatte, verschwand sie einfach wieder. Allerdings …"

Emily schaute sich im Raum um. Er war vollkommen verwüstet und bot ein schreckliches Bild. Das Terminal war in seine Einzelteile zerlegt, und aus den Supercomputern in der Wand quoll Rauch hervor. Der Tank war zur Seite gekippt und mit Beulen und Dellen übersät.

„Kinuta – wo ist Kinuta?", fragte Emily.

„Der ist von ihr verschluckt und mitgenommen worden. Er war plötzlich wie versteinert vor Angst und hatte keine Chance …" Fuchs hielt inne, als würde er sich erst jetzt richtig erinnern und wurde kreidebleich.

Emily senkte den Blick und massierte ihre Schläfen. „Kinuta …"

„Die Belüftungsanlagen sind außer Betrieb!“, erklang es von der Tür her. Selfridge klammerte sich an den Türrahmen. Sein Blick war starr auf den Gang gerichtet, er wirkte unendlich erschöpft. Die wenigen noch verbliebenen Haare des spärlichen Kranzes waren in alle Himmelsrichtungen zerzaust, und sein orangefarbenes Hemd zerknittert getrocknet – als hätte man es ohne Wasserenthärter gewaschen und anschließend ungebügelt gelassen.

Emily sprang von dem schräg stehenden Tank herunter. „Es ist besser noch zu warten, bis alles vollständig dekontaminiert worden ist.“ Sie verschwand hinter dem Tank, zog sich den VR-Anzug aus und schlüpfte in ihre Kleidung. Sie betrachtete ihre verschmutzte Daunenjacke, verzog das Gesicht und warf sich stattdessen einen weißen Kittel über, der sich ebenfalls im Kleiderkorb befunden hatte. Sie kehrte die Taschen nach außen, wobei ein paar zerknüllte Notizzettel zu Boden fielen, und verstaute die Gegenstände aus den Taschen ihrer Daunenjacke in denen des Kittels.

Als sie wieder hinter dem Tank hervorkam, hockte Fuchs mit dem Rücken gegen die Wand gelehnt am Boden. Emily schritt auf ihn zu und setzte sich neben ihn. Selfridge stand in der Nähe der Tür und starrte immer noch unruhig auf den Gang.

Fuchs sprach als Erster. „Und? Sind Sie ihr begegnet? Was ist diese Rose jetzt wirklich? Was ist da drinnen passiert?“

„Das ist schwierig zu erklären … Anfangs waren da sehr viele Szenerien, und ich dachte, das wäre vielleicht Roses Bewusstsein. Aber im Endeffekt war das alles lediglich Teil eines von Sprague vorbereiteten Skripts. Dass sich Rose mit Carmen vereinigen sollte, war von Anfang an vorgesehen. Zu diesem Zweck ist sie in das System des Instituts integriert und darin kultiviert worden.“

„Das hellt die Sache wirklich kein bisschen auf. Also ich kann Ihnen jedenfalls nicht folgen."

„Nun ja, also ... als dieses Projekt begann, da war ich erst mal überglücklich, weil es mir die Möglichkeit bot, meine Versuchssimulationen durchzuführen. Mehr wollte ich gar nicht. Einfach nur die Simulationen auf die Versuchsflüssigkeit übertragen, deren Reaktionen mit ihnen in Einklang bringen und die Ergebnisse aufzeichnen. Diese Ergebnisse wiederum verglich ich akribisch mit Aufzeichnungen aus anderen Experimenten und versuchte so, zu dem am passendsten Reaktionsmuster für einen Abwehrstoff zu kommen. Die für die Entwicklung eines Impfstoffes gegen das T-Virus notwendigen Proteine entwickelte ich also auf der Grundlage von Versuch und Irrtum. Das unterscheidet sich so betrachtet kaum von dem, was sich auch im Körper eines Menschen abspielt. Diese theoretischen Simulationen hätten der Ausgangspunkt für die praktische Entwicklung eines T-Virus-Impfstoffes sein sollen. Doch Ren Sprague verfolgte andere Ziele. Jetzt ist mir das klar. Für ihn war Rose ein revolutionäres Werkzeug, um seine eigene Theorie zu verifizieren."

„Spragues Theorie? Und was soll das für eine Theorie sein?"

„Man kann dem Immunsystem nicht einfach so einen Impfstoff verabreichen und auf eine allgemeingültige Wirkung vertrauen. Immunität ist von Anfang an ein geschlossenes System, das auf den einzelnen Menschen zugeschnitten ist."

„Das kam zwar vorhin auch schon mal zur Sprache, aber verstehen tue ich es immer noch nicht ganz. Immunität ist also keine Funktion, die Krankheiten bekämpft?"

„Ganz genau. Das Immunsystem unterscheidet zwischen dem eigenen Körper und dem eines anderen Menschen. Man kann also nicht einfach Antikörper, die bei einer Person eine Krankheit erfolgreich bekämpft haben, auch bei einer anderen Person einsetzen. Im Gegenteil, dann könnte es sogar passieren, dass die eigentliche Krankheit verfehlt wird und dafür gesunde Körperzellen angegriffen werden. Sprich, ein Impfstoff macht nichts weiter, als den Menschen gegen den eigentlichen Feind zu stärken, indem er ihn im voraus gegen einen imaginären Gegner kämpfen lässt. Die Entwicklung des eigentlichen Abwehrstoffes aber, also der Antikörper, übernimmt das Immunsystem selbst und innerhalb der individuellen Rahmenbedingungen des Patienten."

„Erinnert mich entfernt an eine Schießübung mit Pappkameraden. Wenn du einen Verbrecher erwischst, wächst dein Punktekonto … pustest du aber einen Zivilisten um, gibt's Abzüge."

Fuchs legte die Hände zusammen, tat so, als wären seine beiden Zeigefinger eine Waffe, zielte in die Luft und ahmte den Rückstoß eines Schusses nach.

„Wenn dieser Vergleich Ihrer Vorstellungskraft auf die Sprünge hilft … Aber dann ist es eine Übung, die bei schlechter Ausführung durchaus jemanden das Leben kosten kann. Insbesondere, wenn der Feind so stark ist wie das T-Virus. Das T-Virus hängt sich, nachdem es in den menschlichen Körper eingedrungen ist, an die Zellen und verändert deren Struktur zu seinem eigenen Nutzen. Vergleichbar mit einem Soldaten, der unter Hypnose gesetzt wird und plötzlich sein eigenes Land angreift. Deshalb ist es extrem schwierig, einen Impfstoff zu entwickeln – weil sich nämlich bei einer Infizierung mit dem T-Virus zwei verschiedene DNS in einem Körper befinden. Im ungünstigen Fall wird bei dieser Übung also nicht das Virus, sondern die eigene DNS erschossen."

„Stimmt, das hieß es gestern bereits ... Durch die Selbstzerstörung des Immunsystems wird der Mensch seiner Menschlichkeit beraubt, und die Grenzlinien seiner Existenz gehen verloren, was sich auch in der verblassenden Wahrnehmung des Todes dieser ... Zombies äußert."

„Als Maßnahme zur Bekämpfung des T-Virus hat der Direktor nach einem Weg gesucht, das Immunsystem schon im voraus anzugreifen und zu einem gewissen Grad außer Gefecht zu setzen. Aber ein wehrloser Körper wird notwendigerweise zu einer Niststätte für fremde Bakterien und Viren; vereinfacht ausgedrückt, er erkrankt. Doch Sprague sah das nicht so. Er betrachtete dies einfach nur als eine Veränderung des Körpers."

„Was für ein Idiot. Ein Krankheit ist eine Krankheit!"

„So zu denken wäre normal. Aber eben nicht für Ren Sprague. Seiner Theorie zufolge bleibt eine Stadt weiterhin eine Stadt, auch wenn nach einem Bombardement alles Leben darin ausgelöscht und sämtliche Gebäude zerstört worden sind. Es muss nur die Überzeugung existieren, dieser Ort sei weiterhin eine Stadt, lediglich mit verändertem Erscheinungsbild. Natürlich verneint diese Logik als Konsequenz schlussendlich das menschliche Leben. Und Sprague hat es verneint. Die ausufernde Manifestation des Ganzen war dann das Schlammwasser. Spragues Ziel war es, nicht einen Impfstoff, sondern eine neue Lebensform zu schaffen, die jedes System überwinden kann. Und diese Lebensform hat er in den Erinnerungen der virtuellen Realität großgezogen."

Etwas, das offen für alles ist, alles aufnimmt, sich alles zu eigen macht. Eine grenzenlose Verkettung. Ein grenzenloses Verständnis. Eine grenzenlose Evolution.

„Das also soll Rose sein?" Fuchs begann zu zittern.

Emily schaute ihn fragend an. Er lachte. Er lachte verzweifelt, und Tränen schossen ihm in die Augen.

„Ich war damals in Raccoon City. Als Soldat in Umbrellas Privatarmee, die den unspektakulären Namen ‚Anti-Biohazard-Spezialeinheit' trug. Man hatte uns ausgesandt, um Informationen zu sammeln, und keiner von uns hatte mit so etwas gerechnet. Dieser furchtbare Anblick! Diese völlig chaotische, beschissene Realität! Ich war längst erwachsen und wurde dennoch traumatisiert, mein Lebenswille schwand. Moralische Fragen, falsch und richtig, gut und böse, schwarz und weiß … drauf geschissen! So einfach wie möglich leben, das Denken einstellen. Überleben oder sterben – für was man sich auch entschied, es war immer derselbe Mist."

Noch immer mit dem Rücken an die Wand gestützt, stand Fuchs langsam auf. „Sie haben doch ein Kind, oder?"

„Ja, hab ich. Ein Mädchen, sieben Jahre alt …"

„Und der Vater?"

„Ist sonst wo."

„Verstehe, bei Ihnen scheint auch nicht alles so einfach zu sein … Wer kümmert sich denn um die Kleine?"

„Meine Eltern, bei uns zu Hause. Ich eigne mich nicht besonders als Mutter. Na ja, hat viele Gründe. Bin nicht unbedingt ein großes Vorbild."

„Was meinen Sie damit?"

„Nun ja, es ist nicht so, dass ich immer und überall mein Bestes gegeben hätte. Ist ja auch vollkommen klar. Wo etwas Gutes ist, ist auch Schlechtes. Wenn es aufwärts geht, dann geht es auch genauso wieder bergab. Als ich ein Kind war, hatte ich mir mein Leben irgendwie anders ausgemalt, eher in einer konstanten Kurve, wie bei einer Pflanze und nicht als Berg- und Talfahrt …"

„Auch wenn es anders gekommen zu sein scheint, bewahren Sie sich dieses Ideal. Das gibt einen prima Lebenssinn ab."

Unwillkürlich starrte Emily Fuchs an. „Dass diese Worte von Ihnen kommen, überrascht mich am meisten."

„Los, sorgen wir dafür, dass wir hier lebend rauskommen!" Fuchs bemühte sich redlich, ein cooles Augenzwinkern zu produzieren.

Selfridge, der unverändert in der Nähe der Tür hockte, meldete sich nach langer Zeit erstmals wieder zu Wort und raunte ihnen zu: „Genug getrödelt. Lasst uns jetzt von hier abhauen."

Emily sah auf ihre Uhr. Ja, es war Zeit. Sie betrachtete die zerstörte VR-Maschine. *Jetzt ist es nicht mehr möglich, Kontakt zu Rose herzustellen. Und Carmen kann auch nur noch dieses eine Mal neu gestartet werden. Das ist jetzt definitiv die letzte Chance.*

„Und wie lautet der Plan? Sagen wir diesem verfluchten Institut endlich Lebewohl?", fragte Fuchs, während er seine Hände ausstreckte.

„Nein, für eine Flucht ist es noch zu früh." Emily griff nach seinen Händen, zog sich hoch und schüttelte den Kopf.

Fuchs blickte sie fragend an. „Und was machen wir dann?"

„Wir gehen zum Direktor! Ren Sprague ist vermutlich im Kontrollraum. Wir werden ihm einen kleinen Besuch abstatten."

Kapitel 7

4. Oktober, 02:45 Uhr, Kontrollraum

Unzählige Kabel, die dem institutseigenen gigantischen Stromgenerator entsprangen, schlängelten sich hier und da an den Wänden empor. Das Ganze bot ein sehr befremdliches Bild. Etliche Rohre verliefen an Decke und Wänden, und zusammengenommen erinnerte das Ganze irgendwie an das Skelett eines Lebewesens. Oder besser gesagt an knochenartige Wucherungen, wie man sie aus manchen Sciencefiction-Filmen kennt. An einer anderen Wand waren zahllose viereckige Monitore angebracht und zeigten verschiedene Bereiche des Instituts. Überall auf den Bildschirmen sah man Roses zähes, rotes Schlammwasser, das sich über den ganzen Komplex ausgebreitet zu haben schien.

Im Kontrollraum stank es beinahe unerträglich nach Verfaultem. Auf einem runden Metallstuhl in einer Ecke saß Ulysses Allam. Er hielt eine Maschinenpistole umschlungen, so wie man normalerweise eine Puppe in den Armen hielt, und es schien, als würde er Worte in seinem Mund zerkauen.

Der extremste Geruch wehte genau aus seiner Richtung. Die Haut seines halben Gesichts war bereits komplett abgeschält und das rote Fleisch entblößt. Seine verfaulten Muskeln, die den Unterkiefer nicht mehr verlässlich an seinem Platz hielten, lagen strängeweise frei, und die linke Körperhälfte hatte sich fast vollständig verflüssigt. Ein Tentakel, der aus seinem linken Ellbogengelenk hervortrat, strich liebevoll über Mündung und Lauf der Maschinenpistole. Seine Gestalt im Rampenlicht der grellen Neonröhren wirkte wie die eines unheimlichen Wesens aus einer fremden Welt. Überraschenderweise saß Hiromu Kinuta direkt daneben. Er hatte die Arme um seine Knie gelegt.

Kinuta tat nichts weiter, als mit leerem Blick an die Decke zu starren und zeigte keinerlei Reaktion, als Emily vor ihm erschien. Sprague saß auf einem Stuhl in der hinteren Ecke des Raumes. Vor seinen Füßen stand eine auffällige blaue Kiste, eine Kühlbox vermutlich, deren Aggregat ein tiefes Brummen von sich gab.

„Nun, meine lieben Gäste, erst einmal möchte ich euch meine herzlichsten Glückwünsche aussprechen. Ihr habt euch wacker geschlagen, habt überlebt und es bis hierher geschafft. Ich freue mich wirklich von Herzen. Es lag mir übrigens viel daran, euch nach Kräften zu unterstützen."

„Herr Direktor, setzen Sie mich sofort darüber in Kenntnis, was hier vorgeht!", brüllte Selfridge, der zu seiner alten Arroganz zurückgefunden hatte.

Ren Sprague warf ihm einen gleichgültigen Blick zu. Emily, die völlig erschöpft war, stützte sich auf den Schreibtisch in ihrer Nähe.

„Ren, was haben Sie mit Kinuta gemacht?"

„Gar nichts. Den haben Sie doch in diese Sache reingezogen. Kinuta traf auf Reena und wurde dann leider von Rose assimiliert."

„Wo ist Reena Mittford? Ist sie am Leben?"

„Ihr Leben als Individuum ist vorbei. Sie schläft jetzt, eins mit Rose."

„Erzählen Sie uns keinen Mist. Es waren doch wohl Sie, der Reena getötet hat, oder etwa nicht?" Emily war aufgebracht.

Sprague schnaubte durch die Nase. „Nun, wie kann ich das bloß erklären? Wenn man das Ganze von Ihrem Standpunkt aus betrachtet, hat sie wohl Selbstmord begangen. Das wäre aber eine sehr eindimensionale Sichtweise. Vielleicht vergleichbar damit, dass man auch das Hinunterstürzen einer Herde Lemminge von einer Klippe als Gruppenselbstmord bezeichnen könnte. Reena hat … nun, nach dem Unfall im VR-Raum hat Reena angefangen zu glauben, sie sei Alma. Das war wirklich ein unglücklicher Zufall. Ein Treppenwitz des Schicksals. Roses Bewusstsein ist aus dem Hintergrund der Simulation in den Vordergrund getreten. Reenas unbedarftes, wiederholtes Eintauchen in die Simulation aus privatem Antrieb heraus war wohl der Auslöser dafür. Wahrscheinlich hat Rose, weil sie Reenas Gesicht als Maske für ihr Alter Ego benutzt hat, Reena für eine ‚Verwandte' gehalten. Daraufhin habe ich mich entschlossen, keinen Augenblick mehr länger zu zögern. Endlich war die Zeit gekommen, Rose freizulassen."

Sprague verengte die Augen zu Schlitzen und lachte flach. „Und Kinuta?"

„Der war zu neugierig. Deswegen hat er sein Leben verloren. Das heißt, sein Leben als selbstständiges Individuum. Jetzt ist er ein Vehikel, das einen Teil von Rose transportiert."

Emily blickte wieder auf die kauernde Gestalt von Kinuta. Sein Blick war leer, sein Atem hatte ausgesetzt, und sein Körper ließ nicht die kleinste Regung erkennen. Für Emily konnte es keinen Zweifel daran geben, dass Kinuta tot war.

Genau in diesem Moment kippte Hiromu Kinuta um und begann sich in kurzen Abständen zu schütteln. Wie ein an Land gespülter, mit dem sicheren Tod ringender Fisch, der zappelnd nach Luft schnappte.

„Was ist denn nun los? Was zur Hölle geht denn jetzt schon wieder ab?“

Fuchs, der zu Kinuta hechten wollte, wurde gerade noch von Emily zurückgehalten. „Nicht! Er …“

Aus Kinutas Augen und Nase – eigentlich aus jeder seiner Körperöffnungen – ergoss sich eine tiefrote, schlackige Masse, die auf keinen Fall Blut war … auf keinen Fall Blut sein *konnte*. Die Austrittsgeschwindigkeit steigerte sich explosionsartig und sein Mund klaffte so stark auf, dass es die Haut bis tief in die Wangen einriss. Seine Nase barst, und die Flüssigkeit schwemmte jetzt in Strömen über den Flur. Für einen Moment gischtete die Ekel erregende Masse bis zu den Knien hoch, senkte sich dann jedoch schnell wieder auf Bodenniveau ab. Dort begann sie langsam, durch die dünnen Fugen zwischen den Fliesen zu rinnen und sich wie ein Netz bis in den hintersten Winkel des Raumes auszubreiten.

Abgesehen von Ren Sprague verschlug es allen beim Anblick dieses gleichermaßen bizarren wie abartigen Schauspiels die Sprache. Mehr noch als Trauer gewannen Schrecken und Furcht die Oberhand. Nur Sprague beobachtete das Spektakel völlig gefasst, so als sei nichts Besonderes geschehen.

„Das ist übrigens eine alte Bekannte von euch. Ach, die arme Rose. Wenn sie keine Elektrizität mehr bekommt, stirbt sie auf diese traurige Art. Und das, obwohl sie vorher extra eine Symbiose mit ihrem Wirt eingegangen ist … Jammerschade. Eine vollendete Lebensform, die sogar das mächtige

T-Virus verschlingen kann – und doch auch das Vergänglichste auf dieser Welt …“

Christian Selfridge schrie wutentbrannt: „Mich kümmert nicht die Bohne, wie viele Institutsmitarbeiter hier schon verreckt sind! Genug von diesem abgehobenen Gerede! Wo zum Teufel ist der Impfstoff? So lange das Serum unversehrt ist, sind sowohl Sie als auch ich aus dem Schneider. Also – was ist mit dem Zeug?“

Sprague verzog das Gesicht. „Sie wollen wirklich mit Rose als Geschenk im Gepäck zur Konkurrenz überlaufen? Selfridge, Sie sind bis zuletzt ein Narr – noch dazu einer, der sich für besonders schlau hält. Was wollen Sie denn danach bitteschön tun? So wie bislang aus den schmutzigen Händen anderer Ihr Essen und Geld plündern und mit Ihren sauberen Händen an den Brüsten einer Hure herumspielen? Ist das etwa spannend? Ein langweiliges Leben ist das, Selfridge. Vollkommen belang- und sinnlos. Sehen Sie das etwa nicht so? Eigentlich sollten sie das, nun, da Sie dem Tod so unmittelbar ins Auge blicken …“

Sprague hatte sein sonst so zurückhaltendes und leicht schüchtern wirkendes Wesen komplett abgelegt, und Selfridges Gesicht wurde ob dieser Verwandlung grün vor Verwunderung und Zorn.

„W-Was glauben Sie eigentlich, mit wem Sie gerade sprechen?!“

„Sind Ihnen etwa nie Zweifel gekommen, weil ausgerechnet eine Expertin für Simulationen die Chefin eines Impfstoff-Entwicklungsprojektes wurde?“

Selfridge rang nach Worten und erstarrte dabei in seinen aufbrausenden und wirbelnden Bewegungen.

„Ahnungsloser Intrigant! Das Mädchen Rose gibt es nicht.

Als ich und Ambrose Alma in Raccoon City fanden, da war sie gerade noch so am Leben. Aber im Helikopter ist sie gestorben. Verstehen Sie? Sie ist gestorben. Doch obwohl sie infiziert war, starb sie, ohne zu einem Zombie zu werden! Ich injizierte ihr sofort ein Medikament, damit ihr Blut nicht gerinnt. Zurück im Institut habe ich dann unverzüglich ihr Blut und ihre Gebärmutter untersucht. Ich dachte, dass vielleicht ihr ungeborenes Kind noch leben könnte – aber es war vergebens. Die Lebensfunktionen des Fötus waren bereits erloschen. Alles, was Alma uns hinterließ waren ein Fötus, der aufgehört hatte zu atmen, und die Zellen in ihrem Blut."

Sprague zog ein abgegriffenes Tagebuch aus seiner Tasche und legte es behutsam auf den Schreibtisch. „Das ist ihr letztes Vermächtnis. Das Tagebuch von Alma Hartline. Das Drehbuch für diese Geschichte."

„Sie war also bereits tot?" Fuchs spie die Frage regelrecht aus.

„Ja, doch ich wollte noch nicht aufgeben. Schließlich war sie *vor* der Umwandlung in einen Zombie gestorben. Emily, wir haben alles Ihren Simulationen zu verdanken. Die VR-Supercomputer haben sämtliche nur erdenklichen Möglichkeiten des Lebens durchgespielt und Rose ständig mit elektrischen Impulsen versorgt. Und so wurde neues Leben erschaffen – ähnlich wie zum Anbeginn der Evolution, als die Naturgesetze aus der Ursuppe Leben kreierten. Nur milliardenfach schneller. Die Simulation hat dabei die Stufe der Menschheit hinter sich gelassen und Rose eine völlig neue Gestalt verliehen. Denn Rose hat in der Simulation an allen theoretisch möglichen Kreuzungen der Evolution gestanden, von potenziell denkbaren ebenso wie von undenkbaren Lebensformen erfahren und sich innerhalb dieser Erfahrung immer wieder neu erschaffen. Sie ist wahrlich eine philosophische Existenz!“

Emily schaute durch das Fenster und erschrak – der quadratische Innenhof mit seinen jeweils fünfzig Metern Seitenlänge begann sich in einen Pool zu verwandeln, der mit der roten Flüssigkeit gefüllt war, und die Oberfläche des im Mondschein funkelnden, zähen Wassers stieg stetig an.

„Aber … wieso vermehrt es sich bloß so stark?“, fragte Fuchs kopfschüttelnd.

„Die Kuh …?“, murmelte Emily.

„Genau. Der Kuhkörper als Träger!“, antwortete Sprague.

„Und was heißt das?“, fragte Fuchs, während er die Stück um Stück steigende Flüssigkeit beobachtete. „Wäre es nur darum gegangen, das Virus zu verbreiten, hätte es gereicht, es in das Wasserbecken zu geben. Doch er hat nicht nur das Virus in die Kuh injiziert, sondern gleichzeitig auch Rose darin untergebracht – denn hätte er Rose einfach so in das Wasser gegeben, das ja keine Elektrizität besitzt, dann wäre sie schon nach kurzer Zeit verendet. Deshalb schloss er Rose in die Kapsel aus Fleisch ein, wahrscheinlich noch mit einer Neun-Volt-Batterie zwischen den Rippen …“

„Genau. Für den Anfang reichte ein simpler Auslöser, der erste Dominostein. Danach würde Rose sich ganz allein verbreiten – mit menschlichen Körpern als Nährboden.“ Sprague ergriff die Handgelenke des zurückweichenden Selfridge und brach in schallendes Gelächter aus. „Sehen Sie doch! Dieses Schlammwasser ist der Impfstoff, nach dem Sie so verzweifelt suchen. Rose kann nicht nur in alle erdenklichen Lebenssysteme eindringen, sondern auch jede Art von Virus vertilgen. Sie ist ein *lebender* Impfstoff! – Allerdings zerstört sie bedauerlicherweise das erkrankte System …“

Emily betrachtete den auf dem Boden liegenden Fleischklumpen, der vor kurzem noch Hiromu Kinuta gewesen war.

„Heilung bedeutet ja in gewissem Sinne immer Zerstörung. Denn was allgemein als ‚gut' empfunden wird, ist in Wirklichkeit äußerst grausam. Bei jeder Art von Heilung wird das zum Nährboden des Krankheitserregers gewordene System vernichtet – das ist die grundlegende Methode, die hinter jedweder Heilung steckt." Sprague warf seinen Kopf aufgeregt hin und her. Dabei fiel der raketenförmige Kugelschreiber, den er hinter eines seiner Ohren geklemmt hatte, auf den Boden und rollte direkt vor Emilys Füße.

Emily ging langsam in die Hocke und hob ihn auf. „Ren, Ihre Logik basiert darauf, ein verletztes Bein einfach zu amputieren und so die Wunde ‚verschwinden' zu lassen."

„Das sehen Sie vollkommen richtig! Heilung interessiert mich nämlich in Wirklichkeit nicht die Bohne." Sprague brach abermals in schallendes Gelächter aus.

Die Nahtstellen einiger Rohrleitungen an den Wänden hielten schließlich dem Innendruck nicht mehr stand und platzten auf. Das Schlammwasser, Rose, quoll aus den Rohren. Als verfolge sie eine ganz bestimmte Absicht, sammelte sich die Flüssigkeit Tropfen für Tropfen. Dabei schien sie die im Raum befindlichen Personen langsam einschließen zu wollen.

Sprague hob den viereckigen blauen Kasten, der einer Kühlbox ähnelte, mit beiden Händen an einem Gurt hoch. „Hier drin befinden sich die neuartigen Stammzellen, die aus den weiterentwickelten Blutzellen von Rose kultiviert wurden. Die durch den boxeneigenen Motor erzeugte Wärme schützt sie, sodass sie noch drei Tage haltbar sind." Sprague setzte die Box vor Emilys Füßen auf den Boden. „Nehmen Sie das mit. Sie sind die Richtige dafür."

Emily, die für einen Augenblick im Begriff stand, instinktiv ihre Arme auszustrecken, besann sich und vergrub stattdessen ihre Hände hastig in den Taschen ihres weißen Kittels. Dann zog sie eine Diskette hervor, die sie Sprague vor die Nase hielt.

„Das brauche ich nicht. Vorhin im VR-Raum habe ich vorsorglich die wichtigsten Daten auf diese Diskette hier kopiert. Ich beschäftige mich mit Simulationen. Daher bin ich ausschließlich an Daten interessiert und nicht an irgendwelchen dämlichen Zellen, die Sie mit sich herumschleppen."

Sprague wirkte für einen Moment so verletzt, als hätte er um ein Rendezvous gebeten, aber einen Korb bekommen. Er lächelte verlegen. „Ach so. Schön. Wenn Sie das so sehen, dann ist das auch okay … Nun gut, dann will ich diese Box dem ‚ehrenwerten' Mr. Selfridge zum Geschenk machen. – Verschwinden Sie bloß damit! Weil Sie das hier wollten, haben Sie doch so ungeniert intrigiert und sind jetzt hier, nicht wahr, Selfridge? Aus diesen Zellen von Rose können Sie endlich Ihren ersehnten Impfstoff gewinnen."

Sprague hob die blaue Box wieder hoch und streckte sie Selfridge lässig entgegen. Dieser nahm die Box lachend entgegen und hängte sich den Gurt um den Hals. Er sah aus wie ein Getränkeverkäufer in einem Baseball-Stadion, und als dieser Gedanke Sprague durch den Kopf schoss, musste er laut losprusten.

„Allerdings ist Rose ohnehin schon hier überall. Sie saugt Unmengen des T-Virus in sich auf und kultiviert sich so fortlaufend weiter, indem sie ein System befällt und es zu ihrem eigenen Wohl optimiert. Wer weiß, dieser lebende Impfstoff kann Ihnen vielleicht sogar helfen, das Ausmaß Ihrer beispiellosen Dummheit zu heilen."

Emily bekam eine Gänsehaut. Rose war zweifelsfrei zur alles beherrschenden Königin des Instituts geworden. So wie sie die Sauerstoffzufuhr der VR-Maschine abgeschaltet hatte, konnte sie auch ohne weiteres sämtliche hier Anwesenden durch eine Blockade des Belüftungssystems ersticken.

„Ich hab ein ganz mieses Gefühl. Wir müssen hier abhauen. Sonst werden wir noch alle umgebracht!“, rief Emily aufgeregt Fuchs zu.

Wie auf ein Signal hin floh Selfridge, kaum dass Emily zu Ende gesprochen hatte, mit lautem Gebrüll aus dem Raum. Und genau in dem Augenblick, als sich alle Augen auf Selfridge richteten, nahm Fuchs seine ganze Kraft zusammen und rammte Ulysses Allam mit seinem vollen Gewicht.

Ohne dass auch nur ein einziger Laut seine Lippen verließ, wurde Allam gegen die Wand geschmettert. Sofort griff Fuchs nach der auf dem Boden kreiselnden Maschinenpistole, die Allam entfallen war. Er richtete sie auf die wabernde Masse roten Fleisches. Ohne zu zögern, drückte Fuchs ab. Vom Hagel der abgefeuerten Salve wurde Allam abermals gegen die Wand geschleudert und fiel dann bäuchlings zu Boden. Der Tentakel an seinem Arm schlängelte wild umher, als wollte er nach etwas greifen, und der ganze Körper wurde von Krämpfen geschüttelt, die sich in kurzen Intervallen wiederholten.

Die plötzliche Gewalteskalation schien Ren Sprague völlig kalt zu lassen. Er hob lediglich leicht die Brauen. „Ulysses Allam, der arme Kerl“, sagte er. „Bis zuletzt wandelte er auf der Grenze zwischen T-Virus und Rose, schwankte zwischen Mensch und Zombie. War er dir denn so verhasst?“

Fuchs behielt Allam, der sich auf dem Boden wand und gequält keuchte, noch eine Weile im Auge, dann zielte er mit der Mündung der Maschinenpistole auf Sprague.

„Keine Bewegung, du Mistkerl! Das war also dein beschissener Plan? Die Wahrheit über Raccoon City und Rose zu verbreiten und dadurch Umbrella auf dem Aktienmarkt kollabieren zu lassen … war das nicht unser hehres Ziel? Warum dann diese verdammte Scheiße hier? Was soll dieser Irrsinn?!"

Sprague zeigte immer noch kaum eine Regung. „Ambrose, du bist wie eh und je ein Hitzkopf. Es wäre wirklich am besten gewesen, du wärst im Schutz von Roses Kapselraum geblieben. Zu genau diesem Zweck hatte ich den Raum doch extra verriegelt … Nun ja, deine Aufgabe ist es nun wohl, der amerikanischen Öffentlichkeit von dieser Katastrophe zu berichten. Durch die Zerstörung des Instituts wird Umbrella großen Schaden nehmen, und in euren Händen liegt es dann, sich um das zu kümmern, was danach kommt. Denn was passiert, wenn Umbrella nicht mehr ist? Die Menschen können sich nicht so schnell an neue Umstände anpassen wie Rose. Als Konsequenz des natürlichen Laufes menschlichen Handelns wird es zwangsläufig zu einem zweiten, ja einem dritten Raccoon City kommen."

„Hör doch auf damit, hier zu faseln wie ein verrückter Wissenschaftler! Mit deiner selbstverliebten Sophisterei hast du alle deine Kollegen umgebracht, du Spinner!"

„Ich habe nicht mehr getan, als Rose zu erschaffen. Es war nicht mein Wunsch, dass so viele Menschen sterben. Doch darauf habe ich keinen Einfluss. Denn alles, was hier vorfällt, entspringt einzig und allein Roses Träumen."

Emily schritt auf Sprague zu. „Ich hatte direkten Kontakt zu Rose. Ist sie sich dessen bewusst?"

„Rose ist nicht im Besitz von so etwas wie Bewusstsein. Vergleichen Sie sie bitte nicht mit einer so minderwertigen

Lebensform wie dem Menschen und dessen so genanntem Bewusstsein. Rose bewegt sich in einer viel höheren, für uns nicht zugänglichen Sphäre. Auch wenn es für Sie vielleicht so aussah, als ob Rose denken würde, so hat sie sich lediglich an menschlichen Gefühlen orientiert. Mit den VR-Bildern als ihren Gesten und Worten vermittelt sie uns flüchtige Botschaften. Doch es ist an uns Menschen, diese Botschaften zu interpretieren. Natürlich gab es mein Skript. Aber Darsteller und Überbringer der Botschaften ist Rose. Ich habe das System durcheinander gebracht. Allam ist zu ihrem Soldaten geworden und hat den Wirtskörper der Kuh mitsamt Rose in das Wasserbecken geworfen. Menschen fraßen Menschen und verbreiteten das T-Virus. Es scheint widersprüchlich, doch damit sich Rose, der lebende Impfstoff, ausbreiten kann, ist das todbringende T-Virus als ihr Feind essenziell. Wir haben die Aussaat unterstützt."

„Ach, halt doch endlich das Maul, du Scheißkerl!", schrie Fuchs.

Emily griff nach seinem Arm. „Sehen Sie genau hin!"

Aus einem von Spragues Nasenlöchern rann ein einzelner roter Tropfen. Es war jedoch kein Blut – es war Rose.

Sprague wischte die Flüssigkeit mit der Hand weg. „Tja, sieht so aus, als hätte es auch bei mir begonnen … Wenn es so weitergeht, nehme ich dasselbe Ende wie der tote Kinuta dort."

Das Ventil eines der Rohre, die an der Decke entlangliefen, heulte auf wie ein kreischendes Kind, wurde von einer unsichtbaren Kraft fortgerissen und schlug auf den Boden. Aus der entstandenen Öffnung tropfte die zähe Flüssigkeit nach unten. Farbe, Geruch und Beschaffenheit wiesen eine große Ähnlichkeit mit Rose auf, als sie noch in der Kapsel eingeschlossenen gewesen war.

Sprague hob im Sitzen ein Kabel vom Boden auf, das mit dem Notaggregat in der Ecke des Raumes verbunden war. Beinahe zärtlich strichen seine Fingerspitzen über das Kabel. „Wenn Rose nicht mit einer elektrischen Quelle verbunden ist, stirbt sie binnen kürzester Zeit. Ein schwaches, zerbrechliches Lebewesen …"

Emily verfolgte die Szene mit wachsendem Mitleid. Spragues freie Hand griff in die Hosentasche und holte einen Schlüssel hervor, den er Emily entgegenstreckte. „Das ist der Schlüssel von meinem Landcruiser. Der ist zwar ein etwas rauer Bursche, aber zuverlässig. Falls es Ihnen gelingen sollte, aus dem Institut zu fliehen, hauen Sie damit ab!"

Emily klaubte den Schlüssel aus Spragues Hand und steckte ihn in eine der Taschen ihres Kittels. „War es von Anfang an Ihr Ziel, auf diese Weise zu sterben? Seit wann? Seit jenem Tag in Raccoon City?"

„Das ist doch völlig egal. Wie man es auch dreht und wendet, mich an mein Leben als eigenständiges Individuum zu klammern, habe ich schon längst aufgegeben. Was noch bleibt ist höchstens die aufrichtige Neugier auf ein von dir gezaubertes Mahl."

Emily unterdrückte das starke Bedürfnis, einfach nur laut loszuschreien. Stattdessen sagte sie: „Eine Frage habe ich noch. Hatten Sie vor, uns alle zu töten? Wenn dem so ist, warum haben Sie mich dann bis hierher kommen lassen?"

Sprague starrte auf die Stifte des Steckers, die zwischen seinen Fingerspitzen matt das Licht reflektierten. Irgendwo hörte man Rohre bersten. Rose blies zur ultimativen Attacke auf den Kontrollraum – und doch, Emily konnte ihren Blick nicht von Sprague abwenden.

„Nun … das verstehe ich ehrlich gesagt selbst auch nicht so

recht. Ich wollte wohl einfach Ihre Reaktion sehen. Ich habe Sie immer respektiert, sie waren de facto mein einziger Forschungspartner. Ich wollte Ihnen alle meine Ideen zeigen und Ihre Meinung dazu hören. Es war wirklich nicht mein Wunsch, dass sich irgendjemand infizieren würde, und doch war natürlich mit nichts anderem zu rechnen … Ich weiß nicht, ob es nun Roses Wunsch war oder doch meiner … Ehrlich, ich habe keinen blassen Schimmer. Ehe ich mich versah, war ich zu einem Teil von Roses Körper geworden. Und nicht nur ich. Alle hier im Institut sind ab einem bestimmten Zeitpunkt mehr und mehr zu Rose geworden. Ich habe wirklich keine Ahnung, bis zu welchem Punkt es mein eigener Wille war und ab wann Roses Traum."

Fuchs feuerte das komplette Magazin auf das vor ihm befindliche tosende Meer roter Flüssigkeit, doch alles, was er erreichte, war, ein paar Spritzer im Raum zu verteilen. Er schleuderte die Maschinenpistole verärgert zu Boden und schrie Emily zu: „Jetzt wird's aber höchste Eisenbahn, wir müssen weg hier! Schnell!"

Doch Emily war in einer Finsternis gefangen, aus der sie sich nicht befreien konnte. Das Flackern der Neonröhren inszenierte Spragues lachendes Gesicht, und dieses Lachen zauberte eine Jugend in sein Antlitz, die Emily so noch nie gesehen hatte.

„Ren, warum hat Rose menschliche Gestalt angenommen? Und warum gibt sie vor, menschliche Empfindungen zu haben?"

„Ja, warum wohl …? Vielleicht glaubt Rose ja, sie *sei* ein Mensch. Aber dann … wo ist die Grenze zwischen Mensch und Nicht-Mensch? Der Mensch ist nicht mehr als ein instabiles und erschreckend verletzliches Stück Masse, von dem man nie weiß, wann es zerfallen könnte. Dieses Stück Masse gibt sich eine kurze Weile der Wahnidee hin, ein Mensch zu sein. Aber in Wirklichkeit verlässt der Mensch seinen materiellen Körper ständig, indem er Dinge erschafft, sie kreiert."

Sprague hielt sich den Kabelstecker vor den Hals. Die an der Decke entlanglaufenden Rohre barsten, und tiefroter Schlamm spritzte heraus.

„Auf Wiedersehen, Emily. Auf Wiedersehen, Ambrose. Ich habe nichts mehr zu sagen. Meine Zeit ist abgelaufen."

Langsam drückte er den Stecker in eine weiche Stelle seines Halses ein. Sein Körper zuckte heftig unter den Stromstößen, und er flog rücklings zu Boden. Das rote Schlammwasser, das aus seinem Körper austrat, glich einer Protuberanz auf der Sonne und zeichnete einen wunderschönen Bogen um Spragues einsam wirkenden Leichnam.

Die Monitore, die die Räume und Korridore des Instituts gezeigt hatten, wechselten wieder zu den schrecklichen Bildern des lichterloh lodernden Raccoon City. Ulysses Allam erhob sich, streckte beide Arme weit von sich und verfiel in Mark erschütterndes Gebrüll. Das Licht im Zimmer erlosch, doch das Flimmern der Monitore erhellte den Raum stroboskopartig. Fuchs schlang seine Arme um Emily, die wie angewurzelt stehen geblieben war, und trieb sie den Gang hinunter.

4. Oktober, 02:50 Uhr, Gang des Forschungsinstituts

Christian Selfridge rannte mit todesmutiger Entschlossenheit in Richtung der Aufzüge. All die Intrigen, die er bis dahin gesponnen hatte, verschwanden aus seinen Gedanken. In seinem Kopf staute sich nur noch eine einzige Sehnsucht.

Ich will weiterleben!

Der schreckliche Anblick Kinutas, der wie ein Luftballon zerplatzt und jämmerlich gestorben war, hatte sich tief in sein Gedächtnis eingebrannt.

So will ich auf keinen Fall sterben!

Die Box, in der sich die Basis für den Impfstoff befinden sollte, behinderte ihn. Der Gurt verdrehte sich und schnürte ihm den Hals zu. Das Atmen fiel ihm immer schwerer. Selfridge wäre diese Last gerne losgeworden, aber er konnte die Box nicht zurücklassen.

Alles wird gut, wenn ich damit entkomme. Ich kann meine zu Unrecht verlorene Ehre zurückgewinnen und den Wohlstand erwerben, der mir zusteht. Von wegen sinnloses Leben! Was versteht dieser durchgeknallte Irre schon? Mein Leben besteht aus Herausforderungen. Kampf um Kampf habe ich all meine Gegner aus dem Weg geräumt. Und das soll ein sinnloses Leben sein?!

Die Box sprang an seinem wippenden Hals hin und her. Sie war unerträglich schwer, fast, als könnte sie ihm jeden Moment das Genick brechen.

Verdammt, ich möchte dieses Mistding einfach nur wegschmeißen – aber das darf ich unter keinen Umständen tun!

Mit Schwung prallte die Box gegen seine Kniescheibe, und von der Wucht des Aufpralls und dem Schmerz überwältigt, ging Selfridge in die Knie. Die Box hatte ihn so unglücklich getroffen, dass ihm vor Schmerz die Tränen in die Augen stiegen.

Verfluchtes Scheißteil!

Zornig schleuderte Selfridge die Box von sich. Sie verursachte einen hohen, metallischen Ton, als sie über den Boden schlitterte. Schließlich krachte sie gegen eine Wand und blieb liegen.

Selfridge starrte an die Decke. Warum nur war alles so gekommen? Er hatte fest daran geglaubt, dass es ein geschickter Schachzug gewesen sei, Richard Fuchs zu benutzen. Aber die Dinge hatten sich völlig ins Absurde verkehrt und überstiegen Selfridges Verstand inzwischen bei weitem. Rationale Gedanken oder ausgeklügelte Intrigen waren hier von keinerlei Bedeutung mehr.

Dieser eklige, stinkende, formlose Schleim war also der Impfstoff … war Rose? Selfridge konnte es einfach nicht fassen. Sein hysterisches Gelächter hallte durch den Gang. Er kniete auf dem Boden und lachte einfach nur. Panische Furcht überkam ihn. Es war lange her, dass Selfridge ein so reines Gefühl in sich gespürt hatte.

Man hatte ihn in dieses abgelegene Forschungsinstitut versetzt, ihm diesen unsäglichen Posten als „Management-Beauftragter" aufgedrängt … und beinahe wäre er hier vor Langeweile eingegangen.

Aber die Wirklichkeit, die sich jetzt um ihn her entfaltete, war für ihn ebenso unbegreiflich, ebenso unfassbar wie der fernste Stern im Weltall. Alles, was blieb, war dieses unverfälschte Gefühl von Angst, diese alles beherrschende Furcht, das eigene Leben zu verlieren.

Aber ich werde überleben. Ich werde gewinnen!

Zwanghaft spornte sich Selfridge an, kämpfte sich hoch und stand schließlich wieder auf beiden Beinen. Er sah den Gang hinab, und sein Blick blieb an der blauen Box hängen, die ihm Sprague überreicht hatte. Das blaue Lämpchen an der Oberseite stierte ihm entgegen wie ein unheimliches Auge. Oben an der Decke gluckste es, als würde jemand ertrinken. Sein Herz schlug so schnell, als wollte es jeden Moment explodieren.

Wie magisch angezogen, bewegte sich Selfridge auf die Box zu. Doch als er zwei, drei Schritte gegangen war, erlosch plötzlich das Licht auf dem Gang. Direkt vor seinen Augen flackerte ein Monitor auf, der in eine kleine Säule eingelassen war. Das Ganze erinnerte irgendwie an eine Standuhr, und der Bildschirm, auf dem normalerweise das Menü der Kantine zu lesen war, zeigte nun das rotfleckige Gesicht eines Mädchens.

Selfridge konnte sich nicht des Eindrucks erwehren, dass ihn dieses Mädchen anstarrte – mit einem leicht gedankenverlorenen Ausdruck.

Vor Furcht fast gelähmt stolperte Selfridge auf die blaue Box zu, hockte sich hin und umarmte sie, als wäre sie sein eigenes Fleisch und Blut. Sein Kind.

„Ich war es nicht! Es ist nicht meine Schuld! Bitte verzeih mir!"

Die Rohrleitung an der Decke gab dem Druck nach und barst. Wolkenbruchartig ergoss sich daraus jene übelriechende, dunkelrote Flüssigkeit. Lauwarme Tropfen regneten auf Selfridges Wangen herab, und eine unheimliche Aura vereinnahmte den Gang.

Die Box eng umschlungen hob Selfridge seinen Kopf und sah in den dunklen Korridor. Dort vor ihm standen einige Leute nebeneinander; sie kamen ihm bekannt vor. Es waren Institutsangestellte, auf die er herabgeblickt und die er insgeheim immer verspottet hatte. Fassungslos riss Selfridge die Augen auf, und ein kraftloses Lachen entwich seiner Kehle.

Alle hatten eine schwarzrote Haut und wankten auf der Stelle. Ihre Silhouetten ähnelten von der Gürtellinie abwärts zermatschten Knetfiguren. Die Beine aller waren fest miteinander verwachsen, und sobald sich einer von ihnen bewegte, zerrte er an seinem Nachbarn, der sich sogleich in dieselbe Richtung orientierte.

Auf diese Weise kam es zu einer Kettenreaktion, die den ganzen Verbund in Unruhe versetzte. Jeder blickte ausdruckslos drein und beobachtete Selfridge unablässig, wie aus einer instinktiven Neugier heraus. Von Furcht und Verzweiflung übermannt stieß Selfridge so etwas wie einen Kampfschrei aus. Und als hätte der gespenstische Pulk nur darauf gewartet, verschmolzen die Personen, die ihn mittlerweile im Halbkreis umstanden, nun vollends miteinander und wurden zu einem einzigen gewaltigen Klumpen, der sich wie eine Woge auftürmte und schließlich auf Selfridge herabstürzte.

Selfridges Gesicht wurde von der schleimigen Masse überflutet, die sofort seinen Mund und die Nase verschloss. Er spürte, wie sich der Schleim langsam seine Hose hinab bewegte und in Richtung seines Gesäßes floss.

Er bekam eine Gänsehaut. Kurz darauf durchflutete ihn ein heftiger Schmerz, als etwas in seinen Anus eindrang. Selfridges Körper schnellte in die Höhe, landete bäuchlings wieder auf dem Boden und zappelte wild umher. Die Schleimmasse drang flutartig durch seinen Anus ein und strömte in sein Körperinneres.

Doch Selfridge empfand keine Qualen, obwohl ihm der Hintern förmlich aufgerissen wurde. Er war vielmehr berauscht von einem extremen Lustgefühl, das er bis dahin noch nicht gekannt hatte.

Ja, mehr! Durchdringe mich! Das fühlt sich … sagenhaft an. Ich spüre so was zum ersten Mal!

Selfridge wand sich auf der Schwelle zwischen Todesangst und totaler Ekstase schluchzend hin und her. Sein Bewusstsein verließ den Körper. Schließlich erhob er sich und schritt los, die blaue Box wie einen Säugling an seine Brust gedrückt.

Dann wurde Selfridge durch einen harten Aufprall in seinem Rücken nach vorne gestoßen und torkelte. Ungläubig blickte er auf das klaffende Loch in seiner Brust, aus dem sofort eine undefinierbare schwarze Flüssigkeit quoll. Ob es sich dabei mehr um sein eigenes Blut oder die schlammige Masse handelte, vermochte er nicht zu unterscheiden.

Ohne auf den Boden zu rinnen, formte die Flüssigkeit allmählich einen Tentakel, der den Wärmebehälter streichelte.

Der Strom. So wie Motten das Licht suchen, verlangst du sehnsüchtig nach Strom!

Selfridge konnte nicht glauben, dass er noch lebte obwohl doch in seiner Brust dieses Loch klaffte – groß genug, dass der Wind hätte hindurchpfeifen können. Doch seine Kräfte verließen ihn, und als er schließlich nicht mehr stehen konnte, sackte er zu Boden. Seine Fingerspitzen platzten der Reihe nach auf, und das Schlammwasser ergoss sich daraus wie aus Schläuchen. Nach kurzer Zeit zeriss es seine beiden Hände vollends, und die Armstümpfe pumpten unaufhörlich Schleim hinaus.

Selfridge empfand nach wie vor keine Schmerzen, sondern eine tiefes Gefühl von Befriedigung. Schließlich barst sein ganzer Körper, und die schlammige Flüssigkeit schoss in einer riesigen Fontäne aus ihm heraus.

Erstaunlicherweise war Selfridge zu diesem Zeitpunkt immer noch bei Bewusstsein.

Ich bin das Wesen, das offen ist für alles – das alles aufnimmt und sich zu eigen macht …

4. Oktober, 02:55 Uhr, Gänge des Forschungsinstituts

Emily Ran und Richard Fuchs schritten Seite an Seite durch die Korridore des Instituts. In den Rohren über ihren Köpfen hörten sie tosendes Rumpeln.

Rose sog aus allen Ecken und Enden des Forschungsinstitutes Elektrizität in sich auf. Analog zu ihrem Sturm durch das Rohrsystem schossen Lichtblitze, die durch elektrische Entladungen verursacht wurden, die Rohrleitungen wie gezackte Schlangen entlang.

„Scheiße! Er verfolgt uns ja immer noch!"

Fuchs fluchte leicht außer Atem vor sich hin.

Für Emily schien klar, dass Fuchs bereits am Ende seiner Kräfte angelangt war. Die Schusswunde an seinem Bein hatte wieder begonnen zu bluten. Es sah auch so aus, als sei eine beträchtliche Anzahl seiner Rippen gebrochen, und in diesem Zustand war es ein wahres Wunder, dass es ihm noch gelang, sich auf den Beinen zu halten. Aber diesen Kraftakt würde er wohl nicht mehr lange durchhalten.

Fuchs lehnte sich erschöpft an die Wand und hockte sich dann hin. „Scheiße!"

„Halten Sie sich an mir fest!" Emily schritt auf Fuchs zu und reckte ihm ihre Schulter entgegen.

„Vergessen Sie's. So holt uns dieses Monster sofort ein."

Die beiden starrten zum Ende des Ganges. Man konnte niemanden erkennen, aber das widerhallende Gebrüll kam immer näher. Es war das wutentbrannte, wahnsinnige Geschrei von Ulysses Allams lebendem Leichnam.

„Verdammt, wir haben nicht mal mehr eine Waffe. Es ist aus! Hauen wenigstens Sie von hier ab!", schmetterte Fuchs Emily entgegen.

Emily packte ihn an beiden Schultern, rüttelte ihn und erwiderte energisch: „Reden Sie keinen Unsinn! Kaum haben Sie Ihre Waffen verloren, geben Sie auf? Wir schaffen das schon! Und zwar beide!“

„Sie müssen verrückt sein! Wollen Sie hier unbedingt mit mir draufgehen?“

Mit schmerzverzerrtem Gesicht und tränenden Augen legte Fuchs einen Arm um Emilys Schultern und stützte sich auf sie. Die beiden stolperten den Gang entlang. Ein Stück vor ihnen barst eines der Rohre, und Rose schoss hervor.

Die Oberfläche der glibberigen Masse leuchtete blau im Schimmer der unzähligen elektrischen Entladungen und zeigte Szenen eines apokalyptischen Raccoon City – Bilder von sich gegenseitig auffressenden Menschen vor brennenden Häuserfassaden.

Roses eigentümliche, an ein Tier erinnernde Ausdünstung, die einem die Kehle zuschnürte, füllte den Gang.

„Ihre Erinnerungen zeigen sich auf ihrer Oberfläche?“

Emily blieb überrascht stehen. Etwas, das weit von menschlichem Bewusstsein entfernt und nicht zu beschreiben war, huschte über das von Sprague geschaffene Interface.

Allams Stimme kam aus der Dunkelheit hinter ihnen bedrohlich näher.

Fuchs ließ Emilys Schultern los und brüllte, wobei ihm der Speichel nur so aus dem Mund flog: „Scheiße! Vor uns ein Monster, hinter uns ein Monster! Wohin jetzt, Emily?“

Den Blick in die Finsternis gerichtet, antwortete Emily: „Nach vorne! Gleich dort gibt es eine Abzweigung zum Parkhaus. Da müssen wir hin, bevor Rose sich auch noch uns schnappt!“

Beide atmeten tief ein und blickten nach vorn. Sie dachten

an Hiromu Kinutas Tod. Wenn Rose sie schnappte, war ihnen der Tod ebenso gewiss. Emily kniff die Augen zu engen Schlitzen zusammen und wischte sich fahrig den herabgetropften Schleim vom Gesicht, während sie voranschritt. Die Flüssigkeit war heiß wie kochendes Wasser, und es war, als rinne brodelnde Lava über ihren Arm. Auch über ihre Waden strich irgendetwas Heißes.

Emily und Fuchs liefen durch den Schlammregen und bogen in den vor ihnen befindlichen Gang ab. Dort hatte jemand mit großem Eifer Wände und Boden mit Körpern tapeziert.

Klumpige Fragmente von Rose, die auf den einzelnen Leibern hafteten, zeigten allesamt Almas Gesicht – mal zornig, mal lachend, mal lächelnd, mal weinend.

Durch eine plötzliche Veränderung in ihrem Körper verfiel Emily in einen Hustenanfall. Fuchs, der sich gerade an die Wand lehnen und kurz verschnaufen wollte, wandte sich ihr augenblicklich zu. „Hey, sind Sie okay?"

„Sieht so aus, als wäre ich von Rose befallen. Kein Problem, ist nur eine ganz kleine Menge."

Irgendetwas schlängelte sich durch ihren Körper. Ein seltsamer Rhythmus in ihrem Inneren ließ sie schwanken.

„Ist wirklich alles in Ordnung …?"

Fuchs ging auf Emily zu, doch diese streckte ihre Arme aus und gebot ihm Einhalt. Brechreiz stieg in ihr auf – und in ihrem Inneren brannte eine nie da gewesene Wollust.

Das ist Rose. Das habe ich irgendwo schon mal gespürt.

Durch Emilys Kopf schienen Stromschläge zu zucken, und überall entlang ihres Nervensystems spürte sie ein Brennen. Ihr Bewusstsein wurde von etwas überlagert; zusammenhangslose Visionen folgten einander in Rückblenden.

Ich möchte alles meinem Körper überlassen. Ich will schlafen.

Das Knurren aus ihrem eigenen Mund klang für Emily, als käme es von irgendwo aus weiter Ferne. Desillusioniert starrte sie auf die herabregnende Flüssigkeit.

Ulysses Allam kam durch den Regen aus rotem Schlamm gestapft. Er grunzte, als würde er auf die Laute aus ihrem Mund antworten. Dann stieß er ein bestialisches Brüllen aus, und die Luft erzitterte regelrecht. Seine Gestalt war längst nicht mehr die eines Menschen. Sein Körper hatte sich fast vollständig verflüssigt und war von einem ständigem Wabern durchzogen. Der Kopf war mit dem Torso verschmolzen, und seine Arme waren zu riesigen Fleischklumpen geworden, die über den Boden schleiften. Aus einer Schulter war eine Hand gewachsen, die ziellos in der Luft fuchtelte.

Die Beine waren an den stark angeschwollenen Knien zusammengewachsen und aus dieser geschwürartigen Verklumpung traten vier fleischfarbene Stelzen hervor, die den Körper stützten. Aus einem roten Spalt, der sich zwischen Kopf und Torso gebildet hatte, drang eine animalische Stimme.

Fuchs schrie auf und sackte starr vor Entsetzen in sich zusammen. Emily fixierte Allam und hatte das Gefühl, von Erkenntnis durchströmt zu werden. Nur ihr Kopf war brennend heiß – ein feuriger Impuls in ihrem Körper jagte kristallklare Gedanken durch ihr Bewusstsein.

Ich bin Alma.

Vor Emilys Augen stand kein Furcht erregendes Ungeheuer. Nein, dies war ein von unheilbaren und schrecklichen Schmerzen geplagtes, bemitleidenswertes Geschöpf, das sich genau im Brennpunkt des Krieges zwischen Rose und dem T-Virus befand und rastlos umherirrte. Eine seltsame Sinnestäuschung, aber Emily fühlte sich, als ob sie selbst zu dieser grotesken Erscheinung geworden war. Ihre Gedanken überschlugen sich weiter.

Ich bin Rose … Ich bin das Wesen, das offen für alles ist, alles aufnimmt, sich alles zu eigen macht. Ich bin Reena. Ich bin Kinuta. Ich bin Robert. Ich bin Simon. Ich bin Tobi. Ich bin Emily. Ich bin Ren Sprague. Ich bin Alex. Ich bin Arthur House. Ich.

Emily wandte sich zu Fuchs um.

Um drei Uhr wird Carmen noch einmal hochgefahren.

„Richard, Sie sind erst seit kurzem hier. Ihnen kann vielleicht noch geholfen werden. Keine Angst, diese Ausdehnung von Rose ist nur ein vorübergehendes Phänomen …“

Emily nahm etwas Abstand zu Allam und gleichzeitig eine angespannte Körperhaltung ein.

Ich habe keine Angst.

Vor ihrem geistigen Auge erschien das Bild ihrer Eltern und ihrer Tochter Ann.

Entschuldige. Aber ich muss mich jetzt all dem stellen, was ich bis heute getan habe. Ich muss dem Ganzen ein Ende bereiten. Das Buch, das ich dir nicht geben konnte, die Worte, die ich dir nicht sagen konnte … Das Einzige, was ich dir gab, ist die Bürde einer genetischen Immunschwäche. Doch Ann, du wirst dich sicher aus eigenen Kräften erheben und deinen Weg gehen. Du wirst anfangen, deine eigene Geschichte zu schreiben, dort, wo du jetzt bist.

Emily überprüfte die Uhrzeit und warf dann ihre Armbanduhr von sich. Sie hatte Angst, dass die winzige Menge an Elektrizität, die in der Batterie steckte, sie verraten könnte. Außerdem bestand keine Notwendigkeit mehr, die Uhrzeit zu wissen. Es war zwar schon fast zu spät, doch endlich war der mit Carmen verabredete Moment gekommen.

Emily öffnete langsam den Mund, während sie Allam nicht aus den Augen ließ. „Carmen, kannst du mich hören? Setze das System wieder in Betrieb. Schalte jegliche Beleuchtung an.“

„Verstanden.“

Die Neonröhren auf dem Gang flackerten auf, erwachten summend zum Leben. Emily kniff die Augen zusammen und beobachtete, wie sich Allam verhielt. Sie erinnerte sich an seine extreme Reaktion, als in der medizinischen Abteilung plötzlich das Licht angegangen war.

Im Neonschein wankte Allam gekrümmt umher und schaute zur Decke hoch. Im selben Moment zuckten tausend kleine Nadelstiche durch Emilys Nervensystem. Es fühlte sich an, als würde ihr Scheitel angehoben werden und sie über den Boden schweben.

„Das reicht noch nicht, Carmen. Versorge alles elektrische Gerät wieder mit Strom. *Alles!*“, presste Emily angestrengt die Worte hervor, die sie irgendwo in der Tiefe ihres schwindenden Bewusstseins noch geformt hatte. Ausnahmslos alle Computer und elektrischen Geräte innerhalb des Instituts begannen mit einem Mal wieder zu arbeiten.

Carmen stieß einen schrillen Schrei aus und erlosch. Emilys Blickfeld wurde von gleißendem Weiß überstrahlt. Die Welt wirbelte wie ein Strudel um sie herum und begann sich abwechselnd auszudehnen und dann wieder zusammenzuziehen.

Der Stromgenerator des Instituts erlitt eine Überspannung und war kurz davor, seinen Geist aufzugeben. Die Energieversorgung setzte phasenweise aus, die Beleuchtung ging unentwegt aus und wieder an. Wenn alles, was dieses Wesen wahrnehmen konnte, Elektrizität war, dann musste sich sowohl für Allam als auch für Rose die Welt jetzt fortwährend ausdehnen und wieder zusammenziehen – aus einer Flut von Licht wurde im nächsten Moment ein Meer von Dunkelheit.

Ich lege den Finger an den Abzug und sehe dir in die gläsernen, leblosen Augen.

Gefangen in ihrem auf- und abflackernden Bewusstsein rief Emily Ulysses Allam in Gedanken etwas zu. Es waren längst nicht mehr ihre Gedanken. Es waren die Stimmen von Reena Mittford und Alma Hartline, die tief in ihr Inneres eingetaucht waren.

Mit ausdruckslosen Augen breitete Emily beide Arme aus, um Allam zu umarmen, doch gerade in dem Moment fiel dieser auf den Rücken und wand sich spasmisch auf dem Boden. Seine Gestalt war nicht mehr als ein fleischfarbenes Mosaik. Ein Fleischklumpen, der unkontrolliert tobend einen dunklen See aus Blut um sich herum ausbreitete, während seinem Körper blaues Licht in elektrischen Entladungen entwich und er von der herabregnenden Flüssigkeit bedeckt wurde.

Umschlungen von Rose, die in die Bilder des brennenden Raccoon City gekleidet war, wirkte es so, als würde Allam im Fegefeuer vergehen. Fuchs schaffte es endlich, wieder auf die Beine zu kommen, indem er sich an die Wand gelehnt hochzog.

Dann legte er beide Hände auf Emilys Schultern. „Hey, was ist passiert?“ Noch einmal rüttelte er sie heftig. „Hey!“

Emily schaute in seine braunen Augen. „Alles in Ordnung.“

Die Neonröhren an der Decke glommen nur noch schwach auf. Emily richtete ihren Blick auf den Boden. Auch Roses Schlammwasser, das sich dort angesammelt hatte und alles bedeckte, floss nun irgendwohin ab, und eine gewisse Traurigkeit ergriff sie.

„Rose geht von uns."

Der größte Teil von Ulysses Allams Körper zerfloss ebenfalls, nur sein halber Oberkörper blieb liegen und pulsierte schwach.

Frank.

Emily näherte sich ihm langsam und zog Simons Glock aus der Tasche.

Als sie den Zündschlüssel umdrehte, sprang der Motor des Landcruisers ohne Murren an. Emily legte den Rückwärtsgang ein und hielt mit durchgetretenem Gaspedal direkt auf das Garagentor zu.

Das Tor bog sich nach außen, brach aus seinen Angeln und wurde in einem Stück fortgeschleudert. Emily riss das Steuer herum und schaltete in den Vorwärtsgang. Sie raste auf das Haupttor mit den beiden jetzt unbesetzten Pförtnerhäuschen zu, und der Landcruiser schleuderte ungestüm über die Straße.

Das ist unsere letzte Chance zu fliehen. Nicht mehr lange, dann wird alles hier von Rose verschluckt sein. Nein, das Institut als solches ist *Rose …*

Auf dem Beifahrersitz atmete Fuchs unruhig ein und aus. „Ob wir wohl außer Gefahr sind?"

Emily blickte in den Rückspiegel. „Noch nicht. Rose verfolgt uns."

Erschöpft blickte Fuchs nach hinten.

Rose kann ohne Elektrizität nicht leben. In dem Auto ist eine Batterie, und Roses Sensoren folgen dieser wie von selbst. Wie eine Biene, die von einer Blume angezogen wird. Doch wir können das Auto auch nicht einfach stehen lassen und zu Fuß fliehen. Wenn wir das tun, werden wir mit Sicher-

heit von der sich ausdehnenden Flüssigkeit eingeholt und verschluckt. Deswegen geht es nur so. Es bleibt uns nichts anderes übrig, als zu versuchen, schneller zu sein.

„Geht es Ihnen wirklich gut? Spüren Sie keine Auswirkungen des Kontakts?"

Emily beantwortete Fuchs' Frage mit Schweigen.

Keine Ahnung. Aber meine Gedanken werden immer klarer. Unglaublich klar.

Rose schoss aus dem Gebäudekomplex heraus, schwappte mit atemberaubender Geschwindigkeit über das Institutsgelände und hatte im Nu bis fast ans Heck des Wagens aufgeschlossen. Emily sah, wie sich die geleeartige rote Masse hinter ihnen auftürmte. Als sie wieder nach vorne blickte und einen auf dem Armaturenbrett wild hin und her hüpfenden Gegenstand erspähte, musste sie trotz der prekären Lage schmunzeln.

Ein Päckchen Marlboro. Spragues kleines Geheimnis.

Ich habe wirklich gar nichts gewusst.

Entschlossen trat sie auf das Gaspedal.

Die schwarze Katze hinterlässt ein klaffendes Loch in meinem Blickfeld. Ich schließe die Augen. Auch meine Ohren habe ich fest verschlossen, um nicht das Abfeuern der Patrone zu hören. Weil der Geruch von Schießpulver heranweht, schalte ich auch meinen Geruchssinn ab.

In Wirklichkeit aber höre ich deinen Schrei – in dem Moment als ich den Abzug drücke. Den Knall des sich in unmittelbarer Nähe entladenden Schießpulvers, der fast mein Trommelfell zerreißt. Ich rieche den Gestank eines beendeten Lebens und halte meine Augen geschlossen. Auf der Haut macht sich ein seltsames Gefühl bemerkbar, als würde ein

Bluterguss umherwandern. Ich bin noch bei Bewusstsein. Ich zwinge meine Augenlider mit Gewalt nach oben und betrachte deinen Tod. Den zur Hälfte weggeschossenen Kopf deines Leichnams.

Durch das Loch in deinem Schädel sehe ich Raccoon City. Die schwarze Katze durchstreift die Straßen und sucht und sucht. Die Stadt liegt im Sterben.

Nachdem ich meinen Todesschrei bereits ausgestoßen habe, fühle ich nun, in den letzten flachen Atemzügen, nur noch wie mein Körper nach und nach all seine Funktionen einstellt. Das Gewächshaus knarrt leise im Wind. Irgendwann lässt sich wie aus dem Nichts ein großer Rabe auf der Brust deines kopflosen Leichnams nieder.

Wer bist du?

Der Rabe starrt mich stumm an. Ganz weit hinten in seinen pechschwarzen Augen liegt ein Grund aus noch tieferer Dunkelheit. Dort sitzt die Katze und gähnt laut.

Ich sterbe, nicht wahr?

Der Rabe breitet seine Flügel aus, und seinem aufgerissenen Schnabel entweicht ein unhörbarer Schrei. Ich blicke auf die Leiche von Frank, dem ich den halben Kopf weggeschossen habe. Viele Erinnerungen kommen in mir hoch. Begierden. Unerfüllte Wünsche, halbherzige Ambitionen und Momente der Verzweiflung. Ich bin verwirrt.

Ich rolle mich auf der Plane zusammen, wo dein Blut und deine Gehirnmasse sich als zähflüssige Pfütze ausgebreitet haben. Wenn ich die Augen schließe, wird es ganz still, und ich fühle mich fast so, als würde ich an einem Sandstrand liegen. Wie in einem sich bis ans Ende aller Welten erstreckenden Spiegelhaus leuchtet Sandkorn neben Sandkorn.

Augenblick um Augenblick hört es auf und fängt es wieder

an. Jeden Moment gibt es eine Detonation. Und trotzdem sehnen sich die Menschen nach der Ewigkeit und streben nach Unvergänglichem. Die Menschen sehnen sich nach Ewigkeit und erschaffen Dinge. Sie bauen Städte für die Ewigkeit, Autos für die Ewigkeit, Schulen, Bibliotheken, Firmen. Des Nachts tanzend sehnen sie sich nach der Ewigkeit, ertrinken in erotischen Reizen und versprechen sich die aktuell ewige Liebe. Jeder ist ein Zauberer, Alex. Jeder schreibt auf seinem Bett liegend, sei es nun auf dem Rücken mit dem Blick zur Decke oder auf dem Bauch mit strampelnden Beinen, eifrig seinen kurzen Lebenssinn in sein Notizbuch. Diese persönlichen und sinnlosen Zauberformeln reflektieren sich gegenseitig, und so breitet sich das Spiegelhaus in grenzenloser Mannigfaltigkeit immer weiter aus.

Du kannst doch nicht einschlafen! Los, tanz euren Tanz! Kirkwood rückt sich die Hosenträger zurecht. *Tanz, tanz, tanz!*

Was meinst du, ist morgen wohl für ein Tag? Welchen Tanz werde ich wohl zeigen?

Doch der Rabe krächzt seine Antwort: NIMMERMEHR! Und seine Flügel legen sich um mich, heben mich in die Lüfte. Auf seinen Schwingen gleite ich am Himmel entlang. Unter mir brennt Raccoon City, das all unser Tun übertüncht hat. Es geht zu Ende. Leid, Hass, Trauer, Freude und Vergnügen werden zusammengeworfen und vergehen.

Das Ende vom Anfang. Der Anfang vom Ende. Die zusammengerollte Schlange beißt sich selbst in den Schwanz.

Ich streichele das Kind in meinem Bauch. Zum Abschied blicke ich noch einmal auf Raccoon City. Die nun winzige Stadt gleicht einer Blume, die im Bewusstsein ihrer Sünden verbrennt.

Epilog

Ein einzelner Landcruiser raste die nächtliche Berglandschaft abwärts. Schneidend bahnten sich zwei Scheinwerfer ihren Weg zwischen den schwarzen Erhebungen hindurch. Die Berge lagen so unwirklich ruhig da, dass es schien, als würden sie tief und fest im Dunkel der lichtlosen Nacht schlummern. Irgendwie glich die Szenerie einer großen Lüge.

Der Landcruiser schlängelte sich den Bergpfad hinunter und zog eine Wolke aus Staub und aufgewirbelten Kieselsteinchen hinter sich her. An einem Hang, wo sich der Weg etwas erweiterte, wurde der Landcruiser schließlich langsamer und kam zum Stillstand.

Emily sah vollkommen ausgezehrt aus. Ihre Arme lagen kraftlos auf dem Lenkrad, ihr Körper war so schlapp, dass sie sich nicht einmal mehr im Stande fühlte, auch nur einen Finger zu rühren. Sie ließ sich in den Fahrersitz sinken und holte tief Luft.

Bis hierher sollte reichen.

Sie schaute in den Rückspiegel. Es gab kein Anzeichen mehr dafür, dass sie noch verfolgt wurden. Sie waren entkommen. In Sicherheit. All die Ängste und all die Trauer waren für einen kurzen Moment verflogen und ein müdes Gefühl von Freude breitete sich in Emily aus.

„Schauen Sie sich das an!“, rief Fuchs auf dem Beifahrersitz.

Emily blickte dorthin, wohin auch seine vor Überraschung weit aufgerissenen Augen starrten. Sie verschluckte sich fast an ihrem Atem.

Unter dem Vollmond leuchtete in der Ferne zwischen den Bergen das Forschungsinstitut in mattem Blau. Die Außenmauern des Gebäudes waren von einer gewaltigen rotschwarzen Glibbermasse überzogen.

„War es wirklich so groß? Dieses Ungeheuer, das sich in dem Tank befunden hat?“, keuchte Fuchs.

„Rose hat offensichtlich die Ernte eingefahren. Sie verschlang das ausgesäte T-Virus sowie sämtliches Leben im Institut und hat sich so selbst kultiviert. Dieses Ding wächst mit jedem verstreichenden Augenblick.“

Fuchs zitterte am ganzen Leib. „Ob es in Ordnung ist, wenn wir es einfach so zurücklassen? Wenn es so weiterwächst, dann hüllt es irgendwann den ganzen Globus ein.“

Emily hatte den Kopf gesenkt, lachte leise und gequält. „Was für eine Fantasie Sie doch haben, Fuchs. Aber ja, ich glaube, es ist in Ordnung“, sagte sie, während sich in ihren Augen die im Mondlicht zuckende Rose widerspiegelte.

Eine vollendete Lebensform … und doch auch das Vergänglichste auf dieser Welt.

Die Elektrizität im Institut wurde ausschließlich durch den eigenen Stromgenerator erzeugt. Rose hatte bereits alles im Institut absorbiert, daher sollte sie sich in Kürze auflösen. Sie hatte sich wuchernd ausgedehnt und unweigerlich den Pfad der Selbstvernichtung beschritten. Und tatsächlich, es hatte bereits den Anschein, als verliere der blaue Schimmer auf Roses Oberfläche sekündlich an Glanz.

Sie stiegen gemeinsam aus dem Wagen und schwangen sich

auf die Kühlerhaube. Nebeneinander sitzend verfolgten sie die unweigerlich dem Tode geweihte letzte Erscheinungsform von Rose. Ihre Beine baumelten über dem Boden, während sie die Zigaretten rauchten, die auf dem Armaturenbrett gelegen hatten. Es war still. Der Mond ergoss sein Licht vom Himmel herab, und die Bergkette erstrahlte in mattem Silber, während die Bäume sich im milden Nachtwind wiegten.

Doch auch dieses Bild entsprang vielleicht wieder dem Bewusstsein einer nicht greifbaren, unvorstellbaren Existenz. So wie die virtuelle Realität Roses Bewusstsein symbolisiert hatte, war vielleicht auch diese Szenerie das majestätische Hirngespinst einer Entität, die das menschliche Begriffsvermögen bei weitem überstieg.

Doch auch das war wohl nur ein menschlicher Irrtum, so wie zwei sich gegenüberstehende Spiegel, die sich unendlich reproduzierten. Aus diesem Kreislauf konnte niemand entrinnen; so lange man atmete, existierte die Welt weiter träge vor sich hin, und jedes Mal, wenn man den Blickwinkel neu fokussierte, ergaben sich weitere Koordinaten innerhalb des fixen Systems.

Emily lauschte dem Atem der dicht bewaldeten, abgeschiedenen, schlafenden Berge. Der Wind rüttelte an den Wipfeln der Bäume, und die Blätter plauderten im Schlaf kleine Geheimnisse aus, so als wäre nie etwas passiert. Hier und da hörte man die Rufe einer Eule, das Summen von Insekten, das Rascheln der Baumkronen. Nicht mehr und nicht weniger. Auf der Kühlerhaube neben Emily flüsterte Fuchs: „Eigentlich wollte ich meinen Alpträumen entfliehen. Doch jetzt scheint es, als hätte ich mein Repertoire an Inspirationen für durchgeschwitzte Nächte noch ausgebaut. Ich werde diesen Traum wohl immer weiter durchleben. Und mit jedem Mal werde ich seiner ein Stück überdrüssiger werden. Wie lange schon sehne ich diesen Tag herbei."

Emily nickte leise. „Ist wohl besser, solchen Katastrophen nicht mehr auf provisorische Impfstoffe vertrauend entgegenzutreten. Wenn schon nicht mit dem Virus, so infiziert man sich zumindest mit einem Trauma."

Fuchs nickte mit einem kraftlosen Lächeln. „Klar, so wie alles gelaufen ist, hab ich auch gar nichts anderes vor. Auf gewisse Weise bin ich heute neu geboren worden. Mehr schlecht als recht zwar, aber ich bin neu auf die Welt gekommen. Weinend und schreiend." Fuchs kratzte sich am Kopf. „Sie haben mir wirklich sehr geholfen. Könnten Sie bei dieser Gelegenheit nicht meine Namenspatin werden?"

„Namenspatin?"

„Wissen Sie, ich habe schon auf viele Namen gehört. Ambrose und Richard Fuchs sind nur zwei davon. Wenn sich mein Aufenthaltsort ändert, dann ändert sich auch mein Name. Jetzt bin ich aber an einem Punkt angelangt, an dem ich so langsam mal gerne einen *bleibenden* hätte."

Emily schloss kurz die Augen und öffnete dann den Mund. „Tom."

„Bitte?"

„Ihr neuer Name – Tom."

Der Mann neben Emily brach in schallendes Gelächter aus. „Tom, Tom! Ich soll also auf Tom getauft werden? Ein Gespür für coole Namen haben Sie wohl nicht gerade, was? Hätten Sie sich nicht einen exotischeren aussuchen können? Wie Montezuma oder Nebukadnedzar oder so?"

Emily blickte lächelnd zum Himmel hinauf. „Tom gefällt mir eben."

Tom schüttelte den Kopf, was als Geste der Resignation zu

verstehen war, und legte sich zurück auf die Kühlerhaube. Die Hände verschränkte er hinter dem Kopf. Diese kindliche Gestik erinnerte Emily unweigerlich an Sprague, und ein stechender Schmerz durchfuhr ihre Brust.

Ren, aus welchem Grund nur hast du Rose erschaffen? Das würde ich zu gerne wissen. Aus einem Schuldgefühl gegenüber Raccoon City heraus? Aus Neugier auf die Schöpfung und das Leben? Oder warst auch du am Ende nicht mehr als eine in Roses Geschichte gefangene Marionette?

„Huck und der entflohene Sklave Jim sind ziellos den Mississippi hinunter. Eine Reise ohne Rettung, der sich endlos hinziehende Fluss, das dahintreibende Floß ..."

„Worum geht's?"

„Huckleberry Finn."

„Ach so, Mark Twain. Das habe ich gelesen bis die Seiten rausfielen, als ich klein war. War nämlich das einzige Buch, das ich besaß."

„Huck wollte Jim befreien. Aber die Sklaverei war zu fest in der Gesellschaft verankert. Ihre Reise ging ziellos weiter, und auch Huck wusste am Ende keine Lösung. Doch Mark Twain wollte diese Geschichte auf keinen Fall zu einer entmutigenden Erzählung machen, deswegen hat er einen Jungen als Retter in die Handlung eingebaut."

„Ah, Tom Sawyer, nicht wahr?"

Emily nickte stumm und betrachtete die am Nachthimmel vorbeiziehenden Wolken.

Tom Sawyer hat sich in Hucks Geschichte eingemischt, sie umgeschrieben und zu seiner eigenen Geschichte mit einem glücklichem Ausgang gemacht.

„Und nach der abenteuerlichen Rettung stellte sich raus, dass Jim inzwischen ein freigelassener Sklave war."

Emily schloss ihre Augen, und Spragues markantes Gesicht erschien in ihren Gedanken. Diese letzte Impression, sein lächelndes Gesicht, unmittelbar bevor er sich den Kabelstecker in den Hals gestoßen hatte, erschütterte sie zutiefst. Vielleicht hatte sich auch Sprague eine Geschichte mit Happy End gewünscht. Eine Geschichte, die alles bejahte, was in Raccoon City geschehen war. Mit fester Entschlossenheit hatte er daran gefeilt, um letzlich dann doch alles in den Ruin zu reißen.

„Na ja, ich bin allerdings nicht so gut erzogen und edelmütig wie Tom Sawyer und lese auch praktisch keine Bücher."

Tom rollte sich amüsiert auf die Seite, erstarrte dann plötzlich und schrie: „Was hat das Ding denn jetzt vor?!"

Er richtete sich auf und zeigte auf das Institut. Dort hatte Rose, deren Glühen inzwischen fast vollständig erloschen war, sich zu einer langen, dünnen Schlange zusammengerollt und war im Begriff, sich dem Himmel entgegenzurecken – dem riesigen Vollmond, der über dem Institut thronte. Emily war sofort klar, was Rose vorhatte.

„Der Mond … Rose will zu dem Mond, den sie aus der Simulation kennt. So wie Insekten einem Licht entgegenstreben, glaubt Rose, der Mond wäre eine riesige Stromquelle. In der virtuellen Welt war der Mond ein in einigen Kilometern Höhe fixiertes Licht. Das hat sie sicher aus den Algorithmen behalten."

„Einige Kilometer? An das Original kommt sie jedenfalls nicht ran."

„Nein, der Versuch wird unweigerlich scheitern."

Die Flüssigkeit schraubte sich tröpfelnd in den Himmel und wurde zu einer purpurroten Schlange. Auf ihrem Weg nach oben zeichnete sie eine blaue Spirale, schlängelte sich weiter und weiter empor und versuchte, bis zum unerreichbar fernen Mond zu gelangen.

Zu jenem Himmelskörper, auf dem seinerzeit die amerikanische Flagge hinterlassen worden war.

Rose hatte eine Vision zum Ziel, die sie nie erreichen konnte. Als Emily dies erkannte, spürte sie ein Stechen tief in ihrer Brust. Wahrscheinlich war irgendwo in ihrem Körper immer noch ein Rest von Rose und dachte jetzt weinend und in unendlicher Traurigkeit an den Mond.

Kurz darauf hielt Rose in ihrem sinnlosen Aufstieg inne und schwankte, als schüttele sie den Kopf. Ihre Spitze schwoll an und formte eine riesige Kugel, die den Mond imitierte. Die Kugel wankte geräuschlos im Wind und loderte dann unvermittelt in tiefem Rot auf.

„Brennt das Ding jetzt etwa?“, murmelte Tom erstaunt.

Erst jetzt merkte Emily, dass sie Tränen vergoss. „Das sind ihre Erinnerungen … Die Erinnerungen an das brennende Raccoon City manifestieren sich auf ihrer Oberfläche …“

Es war die Blüte einer unheilvoll großen Rose, die dort am Nachthimmel aufging. Auf ihren Blättern liefen jetzt sicherlich intermittierend die verschiedenen Filmsequenzen ab. Die Szenen, die Emily auch bei ihrer kurzen, zufälligen Begegnung mit Rose gesehen hatte, mochten dort gerade herumwirbeln. Das brennende Raccoon City, sich gegenseitig fressende Menschen und Alma und Frank, die sich bis in alle Ewigkeit halb nackt im Gras des bis zum Horizont und darüber hinaus reichenden Friedhofs wälzten.

Die Rose verdorrte und wurde zu Asche, die still auf die Berge, die Wälder, die Erde und die Köpfe der beiden Beobachter auf dem Landcruiser herabregnete. Tom schrieb mit einem Finger seinen Namen in die Asche, die auf der

Kühlerhaube liegen blieb und eine melancholische Schicht bildete.

Emily wühlte kurz in ihrer Tasche, holte den raketenförmigen Kugelschreiber hervor und umschloss ihn fest mit ihrer rechten Hand.

ENDE

NACHWORT

Das Funkeln eines ungeschliffenen Diamanten
von Norio Chaki, Literaturkritiker

Bei vorliegendem Buch handelt es sich um das Debüt von Tadashi Aizawa. Es gewann den zweiten Preis des von Media Works und Capcom gemeinschaftlich ausgeschriebenen „Biohazard-Romanwettbewerbs“ [Biohazard ist der japanische Titel der *Resident Evil*-Reihe, Anm. d. Übers.]. Das Konzept des Wettbewerbs stellte es den Teilnehmern frei, mit welchen Ideen sie sich der Fiktionalisierung des Biohazard-Universums widmen wollten. Aus den einzelnen Romanen sollte dann der Nachwuchsautor mit dem größten Talent ausgewählt werden. Der Wettbewerb stellte somit eine Neuerung auf dem Buchmarkt dar.

Es ist nun keinesfalls so, dass es bis heute keine Literaturpreise zu einem festen Thema gegeben hätte. Als ein Beispiel aus jüngster Zeit ist sicherlich der Seishi Yokomizo-Preis zu nennen. Die traditionsreiche Nachwuchsauszeichnung aus der Welt der Mystery-Literatur kann bereits auf eine über 20-jährige Geschichte zurückblicken und wurde im Jahr 2000 neben dem bis dato offenen Wettbewerbsteil um einen Wettbewerb mit fest umrissenem Thema ergänzt. Doch die Themenbereiche bei diesem Wettbewerb sind mit Begriffen wie „Digital" oder „Familie" sehr frei auslegbar, während eine enge Themeneinschränkung, wie bei vorliegendem Wettbewerb mit der Festlegung auf eine einzelne Videospielreihe bislang nicht existierte. Das Bemerkenswerte an diesem Wettbewerb war, dass die Eingänge keine bloßen Romanfassungen bereits bekannter Inhalte waren, sondern dass ein Wettstreit zwischen talentierten, kreativen Schriftstellern stattfand, was die Resultate hochinteressant machte.

Aus meiner Erfahrung als Jurymitglied unzähliger Nachwuchswettbewerbe kann ich sagen, dass es weit einfacher ist, Werke aus ein und demselben Genre oder mit einem ähnlichen Thema zu bewerten. So gibt es zum Beispiel im weiten Feld der Mystery naturgemäß ganz unterschiedliche Herangehensweisen.

Da wäre das Subgenre der Reality-Mystery, wo besonders viel Augenmerk auf Realitätsnähe und Stil gelegt wird. Oder das Subgenre der Fundamental-Mystery, wo es hauptsächlich um Tricks und die Auflösung von Rätseln geht. Da in einem solchen Fall eigene Vorlieben nie völlig ausblendbar sind, ist es nahezu unmöglich, beide Subgenres im Hinblick auf das Oberthema völlig objektiv zu bewerten. Wenn allerdings, wie bei vorliegendem Wettbewerb, ein identisches Szenario als Hintergrund dient, dann liegen die Bewertungskriterien klar auf der Hand. Sprachstil und Romanstruktur, die Einbindung liebevoller Details und die Charaktertiefe der auftretenden Figuren bieten Vergleichspunkte, um die Begabung der Autoren unverfälscht gegenüberzustellen. Es ist vergleichbar mit einem Kochwettbewerb, bei dem sich die Teilnehmer mit identischen Zutaten in ihren Kochkünsten messen. Zur Veranschaulichung stelle man sich einfach vor, das früher sehr beliebte Fernsehprogramm „*ry_ri no tetsujin*“ [frei übersetzt „Der Superkoch“, ähnlich aufgebaut wie die deutsche Sendung „Kochduell“, Anm. d. Übers.] wäre zu einem Nachwuchswettbewerb für Schriftsteller geworden.

Unter dieser Betrachtungsweise war der vorliegende Wettbewerb auch für die Jurymitglieder höchst interessant. Im Gegensatz zu „*ry_ri no tetsujin*“ jedoch war der Biohazard-Romanwettbewerb ein offener Wettstreit, bei dem es keine Teilnehmerbeschränkung gab. Da mir die Vorauswahl oblag, belief sich die Zahl der zu bearbeitenden Eingänge auf einige Dutzend. Wie schnell würde ich mich an den Gerichten, die Hobbyköche mit denselben Zutaten gekocht hatten, wohl übersättigen?

Als mir seitens der Redaktion der Vorentscheid überantwortet wurde, war dies meine erste Sorge. Doch zu meiner Überraschung erwies sie sich schnell als unbegründet. Meine Aufgabe war es, aus den Einsendungen, die die erste Hürde geschafft hatten, in einer zweiten Runde die Siegesanwärter zu bestimmen. Zwar hatten alle Romane denselben Hintergrund, doch die Abwechslung war enorm, wie ich mit fortschreitendem Lesen bewundernd feststellen durfte. Und da alle Romane bereits eine erste Vorauswahl überstanden hatten, waren sie auch von hoher Lesbarkeit.

Weiterhin war ich sehr überrascht, dass das allgemeine Niveau der Eingänge, obwohl es sich zu einem Großteil um sehr junge Autoren handelte, verglichen mit anderen Nachwuchswettbewerben nicht im Geringsten abfiel. Würde man ausschließlich das Niveau junger Schriftsteller gegenüberstellen, dann wäre dieser Wettbewerb vielleicht sogar der mit den qualitativ hochwertigsten Beiträgen.

Unter allen Kandidaten war es jedoch der vorliegende Roman „Biohazard – Rose Blank", bei dem ich bereits auf den ersten Seiten das Gefühl hatte, etwas Besonderes in Händen zu halten. Bereits beim Lesen der Virtual Reality-Szene aus dem Prolog war ich mir sicher, dass dies der Gewinner sein musste. Das schriftstellerische Feingefühl, die Situation nicht durch eine Aneinanderreihung von einfachen Beschreibungen, sondern in einer Sammlung einzelner Schilderungen auszumalen und der erstklassige Sprachstil zeigten für einen Autor, der erst Mitte zwanzig war, fast schon von einer erschreckend hohen Begabung. Was mich am meisten beeindruckte, war jedoch die bildliche Darstellungskraft, die ganze Geschichte in der Metapher der „Immunität" zu spinnen. Und einen Teilnehmer mit einer so reichen Ausdruckskraft, um die Welt der virtuellen Realität, die ganz besonderen Gesetzen unterliegt, zu beschreiben, gab es meines Wissens auch in bisherigen Nachwuchswettbewerben noch nicht.

Das geschätzte Jurymitglied Miyuki Miyabe wies auf das schriftstellerische Vermögen mit dem Satz hin, dass „dieses Werk an individuellem Charakter und schreiberischem Können sogar den Wettbewerbsgewinner übertrifft" – und ich war ganz ihrer Meinung. Doch kurz darauf geriet meine Überzeugung ein wenig ins Wanken. Denn im Stadium des Wettbewerbsmanuskripts ließ sich im vorliegenden Buch eine starke Inkonsistenz erkennen, und zwar in der Erzählperspektive. In ganz extremen Fällen waren in einen einzigen Abschnitt die Sichtweisen mehrerer Charaktere gequetscht, sodass es mitunter schwer fiel, bei einmaligem Lesen zu verstehen, was in der Geschichte vorfiel. Auch wenn das schriftstellerische Feingefühl und die Ausdrucksstärke außergewöhnlich waren, eine Festlegung der Erzählperspektive und Zeitebenen bzw. eine Kongruenz im Wechsel dieser strukturellen Grundlagen, die den Unterbau eines Romans bilden, war fehlgeschlagen.

Für das Gesamtwerk war dies ein fataler Malus, wurde dadurch doch auch der in der Grundidee meisterliche parallele Aufbau der Geschichte durch mangelndes Umsetzungsgeschick merklich torpediert. Andererseits schimmerte jedoch an allen Ecken und Enden das darstellungstechnische Können durch, zum Beispiel in der Beschreibung des Leichnams der gehäuteten Kuh, in der letzten Szene, wo Rose zum Mond aufsteigt oder auch im Prolog. Überraschende Stellen und Wendungen finden sich ebenfalls zuhauf.

Zudem war Aizawas Idee eines „Science-Fiction-Katastrophen-Romans, in dem kaum gekämpft wird" neu und erfrischend, was auch vom Auswahlkomitee hervorgehoben wurde. Es kommt nur selten vor, dass das Sprichwort der „potenziellen Schönheit eines ungeschliffenen Edelsteines" auf einen Beitrag so vorbehaltlos zutrifft wie im Falle Aizawas.

In der zweiten Ausscheidungsrunde, in der die Finalteilnehmer ermittelt werden sollten, waren die Meinungen zu „Biohazard – Rose Blank" wie zu erwarten gespalten. Ausgeglichen standen sich zwei Fraktionen gegenüber. Da war das Lager derer, die meinten, ein Roman mit einem solch kapitalen Makel könne nicht als Sieger vorgeschlagen werden und dann die zweite Fraktion, die mit dem Zauber dieses einmaligen, ungeschliffenen Edelsteins argumentierte.

Normalerweise aber werden in einer Endrunde die Gewinner nicht über ihr Potenzial, sondern über die tatsächliche Qualität ihrer abgelieferten Werke ermittelt. Dies hängt auch damit zusammen, dass ein Verlag einen ungeschliffenen Edelstein, der seinen vollen Glanz erst nach einem redaktionellen Abschliff entfaltet, beobachten und eine neuerliche Bewerbung abwarten kann. Doch noch innerhalb dieses Wettbewerbes gab es eine solche zweite Chance nicht. Am Ende hitziger Diskussionen war dieser Aspekt daher ausschlaggebend. Die zweite Auswahlrunde wählte schließlich einstimmig dieses Werk zum *zweiten* Sieger.

Ich möchte abschließend noch auf einen wichtigen Punkt hinweisen: Die vorliegende gedruckte Ausgabe ist vom Autor überarbeitet worden. Die im Auswahlprozess bemängelte Inkonsistenz der Perspektive ist aus diesem Grund nicht mehr vorhanden. Das, was sich in dem noch rohen Edelstein verbarg, ist nach erfolgtem Schliff in der vorliegenden Buchfassung von „Biohazard – Rose Blank“ zu vollem Glanz gelangt. Ich möchte Sie daher bitten, sich von dieser preisgekrönten, funkelnden Begabung verzaubern zu lassen.

THE WALKING DEAD
ENDLICH:
DIE DEUTSCHE AUSGABE
DER ERFOLGREICHSTEN
ZOMBIE-COMICSERIE!
THE WALKING DEAD 1: GUTE ALTE ZEIT
AB SOFORT IM HANDEL!
THE WALKING DEAD
GUTE ALTE ZEIT
ISBN 3936480-311 · €16,00
LESEPROBEN UND
WEITERE INFOS:
WWW.CROSS-CULT.DE
THE WALKING DEAD
SIN CITY
VAMPIRE BOY
HELLBOY
300
TORPEDO
B.U.A.P.
cross cult
COMICS
2006